Prolog

Pressemeldung im *Stuttgarter Tagblatt*, 15. September

Endrunde im Mordfall »Schwiegermuttergift«

Im Prozess vor der 1. Schwurgerichtskammer des Landgerichts Stuttgart wegen Mordes an dem 37-jährigen Stuttgarter Fabrikanten Rolf Ranberg gegen den gleichaltrigen Max B. hat die Staatsanwaltschaft auf lebenslänglich plädiert.

B. war in Verdacht geraten, weil er sich, schon bevor die Leiche am 18. Mai dieses Jahres gefunden worden war, ins Ausland abgesetzt hatte. Spektakulär war, dass er auf dieser Flucht durch Tunesien bis an den Rand der Sahara von der Gattin des Ermordeten begleitet wurde. Da nicht auszuschließen war, dass Max B. sie als Geisel genommen hatte, und Claire Ranberg in Gefahr schwebte, wurde über Interpol ein Amtshilfeersuchen mit Tunesien eingeleitet. Doch als die tunesische Polizei Max B. endlich gefunden und ihn verhaftet hatte, war Claire Ranberg nicht mehr bei ihm gewesen. Die Vermutung, Max B. habe sie verschwinden lassen, ist nicht von der Hand zu weisen. Von Claire Ranberg fehlt bisher jede Spur.

Den Mord an Rolf Ranberg hat Max B. schon bei der ersten Vernehmung gestanden und auch während der Gerichtsverhandlungen nicht widerrufen. Er hat kein Alibi für die Tatzeit, und ihn belasten schwerwiegende Indizien.

Nach wochenlangen Ermittlungen der Kripo Stuttgart konnten alle infrage kommenden Tatverdächtigen ausgeschlossen werden. Morgen wird das Urteil über Max B. gesprochen.

Eins

In ihrer Kindheit waren Max Busch und Rolf Ranberg Freunde. Das hatte sich so ergeben, weil sich die Gärtnerei und die Villa der Ranbergs in unmittelbarer Nachbarschaft befanden.

Die Freundschaft der gleichaltrigen Jungen endete schlagartig, als sie etwa dreizehn Jahre waren. Ein scheußlicher Streich Rolfs schockierte Max dermaßen, dass er seither stotterte. Seit diesem Tag gingen sie sich aus dem Weg. Daran hatte sich auch nichts geändert, als sie erwachsen waren. Max war froh, dass er Rolf, der jahrelang im Ausland weilte, selten sehen musste. Es interessierte ihn auch nicht, wie es seinem ehemaligen Freund fern der Heimat erging.

Doch wenn Max mit der Pflege des weitläufigen Ranberg'schen Gartens, der an seine Gärtnerei grenzte, beschäftigt war, bekam er die Informationen über Rolf förmlich aufgedrängt. Frau Ranberg, eine kleine, mollige Dame mit Silberlöckchen, redete gern. Besonders gern über ihren Sohn. Dass Rolf in Paris geheiratet hatte und bald zurückkäme, um nach dem Tod seines Vaters die »Maschinenfabrik Ranberg« zu übernehmen, hatte Max schon vor einem halben Jahr von ihr erfahren.

»Rolfs Frau heißt Claire«, erzählte sie. »Er hat sie in Bordeaux kennengelernt.«

»Französin?«, fragte Max. »Da kann sie ja die Leute hier gar nicht verstehen.«

»Oh doch!« Frau Ranbergs Stimme klang ehrfürchtig. »Sie ist Dolmetscherin. Sie kann Deutsch und Englisch, Französisch sowieso, und sogar Arabisch.«

»Wieso Arabisch?«

»Stellen Sie sich vor, Max: Sie hat eine französische Mutter und einen Araber als Vater! Einen Tunesier. Er soll steinreich sein. Öl und auch Touristik, wissen Sie.«

»Dann ist's ja gut«, brummte Max.

Frau Ranberg setzte noch vertraulich hinzu, ihr wäre eine Deutsche, eine Fabrikantentochter oder so was in der Art, natürlich lieber gewesen als eine Reingeschmeckte. Sie seufzte so tief, dass sich die Bluse über ihrem Busen spannte.

Ihr Gesicht, das normalerweise bleich und welk war und Max an ein verblühtes Stiefmütterchen erinnerte, bekam rote Wangen. Sie straffte die Schultern und reckte das Kinn hoch. »Rolf hat zu seinem Maschinenbaustudium obendrein noch eins in Betriebswirtschaftslehre abgeschlossen. Mit Diplom! – Die letzten drei Jahre hat er in Frankreich in einem erstklassigen Unternehmen einen wichtigen Posten innegehabt. Da hat er den letzten Schliff als Firmenchef bekommen.«

»Gratuliere«, erwiderte Max unbeholfen. Er griff nach seiner Hacke und der Gartenschere und wollte sich verdrücken.

Frau Ranberg hielt ihn am Ärmel fest. »Können Sie sich vorstellen, Max, wie froh ich bin, dass Rolf nun zurückkommt? Mein Mann fehlt mir so. Und vor allem muss die Fabrik wieder von einer festen Hand geführt werden. Der Geschäftsleiter tut zwar, was er kann, aber Rolf wird nun richtig Schwung in den Betrieb bringen.«

»Natürlich«, sagte Max abwesend. Er trat von einem Fuß auf den anderen, weil er Hunger hatte und an Luzie dachte, die mit dem Mittagessen auf ihn wartete. Sie würde ihren Schmollmund ziehen, den Kopf schütteln, dass die Locken flogen, und vorwurfsvoll auf die Küchenuhr zeigen. Aber dann, wenn er ihr die Ponyfransen aus der Stirn streichen würde, kämen die Grübchen in ihren Wangen zum Vorschein und sie würde ihm und Tobias die Teller füllen und mit heiterer Stimme »Mahlzeit« sagen.

Doch Frau Ranberg, obwohl sie Max' Unbehagen nicht übersehen haben konnte, wollte noch etwas loswerden. »Ich werde demnächst umziehen.«

»Wieso denn das?«

»Rolf möchte, dass ich ihm das Haus überlasse. Ich ziehe in die Nordbahnhofstraße. Betreutes Wohnen.«

»Betreutes Wohnen? Sie sind doch noch fit«, sagte Max. Sie lachte und nahm Haltung an. »Nicht wahr!« Doch dann ließ sie den Kopf hängen. »Rolf hat bereits alles in die Wege leiten lassen. Er meint, in meinem Alter könne man ja nicht wissen, wie lange man noch selbst klarkommt. Damit hat er ja Recht.« Das klang nicht überzeugend, und sie begann sogleich, sich selbst zu trösten: »Ich freue mich darauf, näher bei der Stadt zu wohnen. Alles ist vor der Haustür. Geschäfte und Cafés. Sogar die Stadtbahn. Hier bin ich ja ziemlich abgeschieden, seit mein Mann nicht mehr lebt. Ich habe mir meine neue Behausung schon angesehen: Zweizimmerwohnung mit Balkon. Unten im Haus ist eine Apotheke. Daneben ein Supermarkt. Die Nordbahnhofstraße ist sogar teilweise Fußgängerzone.«

»Stimmt«, sagte Max. »Doch als Spazierweg trotzdem nicht sonderlich geeignet.«

»Aber der Pragfriedhof ist nur ein paar Schritte vom Haus entfernt«, sagte Frau Ranberg. »Da kann ich doch auch spazieren gehen. Es gibt dort jede Menge Bänke und außerdem was zu gucken, wenn jemand beerdigt wird. Es ist ein sehr schöner, alter Friedhof, auf dem viele berühmte Leute begraben sind. Zum Beispiel Mörike.« Nach dieser Mitteilung schaute Frau Ranberg verzückt zum Himmel und rief: »Er ist's!«

»Wer?«, fragte Max verwundert und konnte ihrem Gedankensprung nicht folgen.

Sie faltete die Hände vorm Bauch und zitierte:

»Frühling lässt sein blaues Band
wieder flattern durch die Lüfte.
Süße, wohlbekannte Düfte
streifen ahnungsvoll das Land.
Frühling! Ja, du bist's!«

Obwohl Max nicht entgangen war, dass ein paar Zeilen gefehlt hatten, klatschte er und sagte bravo. Frau Ranberg blühte auf und nahm den Beifall stolz lächelnd entgegen. »Ich kann noch alles auswendig, was wir in der Schule gelernt haben.«

Um zu verhindern, dass sie weitere Gedichte aufsagte, kam Max aufs vorherige Thema zurück: »Schade ist es schon, dass Sie wegziehen.«

Da welkte ihr Stiefmütterchengesicht dahin und sie flüsterte: »Es fällt mir sehr schwer, das Haus zu verlassen. Ich habe fast mein ganzes Leben hier gewohnt.«

Max blickte auf die Freitreppe, die zu der zweiflügeligen Eingangstür führte: »Eigentlich ist doch genug Platz in Ihrem großen Haus.«

Bevor das Stiefmütterchen ganz vertrocknen konnte, wurde es nun von ein paar Tränchen benetzt. Frau Ranberg wischte sie verlegen weg und sagte mit brüchiger Stimme: »Platz wäre schon. Aber Rolf ist dagegen. Für zwei getrennte Wohnungen müsste man umbauen. Rolf meint, dann könne er sich gleich ein neues Haus kaufen. Er möchte es großzügig haben, schon wegen der Kinder.«

»Wieso Kinder?«

»Nun, ich hoffe doch, dass ich bald Großmutter werde. Die junge Frau ist fünfundzwanzig, aber Rolf ist ja schon vierunddreißig. Genauso alt wie Sie, Max. Da wird's Zeit, finden Sie nicht auch? Ach Gottchen, wenn ich Ihren Tobias anschaue! Sechs Jahre wird er schon, nicht wahr? Wie gern hätte ich Enkelkinder.«

Zwei

Max sah Claire zum ersten Mal, als sie in ihrem Garten vor dem Fliederstrauch stand. Sie hatte den Kopf in den Nacken gelegt und ihre Haare fielen wie ein schwarzglänzender Vorhang über den Rücken. Auf Fußspitzen balancierend streckte sie beide Hände nach einem Zweig aus. Schließlich hüpfte sie so lange hoch, bis sie sich eine der lila Dolden geangelt hatte, hielt sie ein Weilchen an die Nase und ließ sie wieder hochschnippen.

Max wandte sich vom Fenster ab und murmelte: »Mein Gott, ist sie schön.«

Erst als Rolf schon seit ein paar Wochen in seinem Elternhaus ein- und ausging, fiel Max auf, wie sehr sich Luzie für das Leben der neuen Nachbarn interessierte.

Jeden Morgen beobachtete sie Rolf, wie er in sein Sportcoupé stieg, um in die Fabrik zu fahren. Wenn Max sie am Fenster überraschte, sagte sie ohne Verlegenheit: »Findest du nicht auch, dass sich Rolf kaum verändert hat?« oder: »Rolfs Haare sind kürzer geschnitten als früher, aber nicht mehr ganz so blond.«

»Kann sein«, brummte Max und ärgerte sich über Luzies Neugier und Klatschhaftigkeit. Aber insgeheim musste er zugeben, dass Rolf gut aussah und noch selbstbewusster geworden war. Er ging sehr aufrecht, setzte die Fersen zuerst auf, was seinen Schritten etwas federnd Lässiges und zugleich Selbstsicheres verlieh.

Luzie beobachtete auch Claire. Sie biss sich auf die Unterlippe und ließ Rolfs junge Frau nicht aus den Augen, wann immer sie auf der Terrasse saß und las oder im Garten Blumen schnitt.

Wenn Luzie mit ihrer früheren Schulfreundin telefonierte und Pia sich über ihren rabiaten Ehemann ausgejammert hatte, sagte Luzie: »Also, Pia, sieh zu, dass du ihn loswirst!

Ich habe mir auch vieles anders vorgestellt. Ich renn mir hier die Haxen ab zwischen Kraut und Rüben, und die da drüben, diese eingebildete Französin, kann den lieben langen Tag faul rumsitzen. Kriegt von Max den Rasen gemäht, und Montag und Donnerstag kommt die dicke Kullmer zum Putzen. Man sollte halt mit einem reichen Mann verheiratet sein!« Luzie machte sich nicht die Mühe, ihre Stimme zu dämpfen. Max sollte es hören.

Max fragte sich, weshalb Luzie in letzter Zeit so unzufrieden war. Er war seit sieben Jahren mit ihr verheiratet und immer überzeugt gewesen, sie liebten sich mehr und stritten sich weniger als andere Ehepaare.

Er erinnerte sich noch haargenau, wie er sie kennengelernt hatte: Es war auf dem Stuttgarter Wochenmarkt gewesen. Max war stolz auf seinen Blumenstand im Herzen der Stadt. Auf dem Schillerplatz. Zu Füßen des Dichterfürsten.

Am meisten gefiel Max die Nähe der Stiftskirche. Er hätte nicht sagen können, welchen ihrer zwei verschiedenen Türme er schöner fand. Die Glockenschläge maßen die Stunden, die an sommerlichen Vormittagen in südlich heiterem Flair verflogen. Aber Max mochte auch die kalten Monate. Obwohl dann weniger Kunden kamen, die Stunden zäh dahinflossen, die Finger trotz der Handschuhe klamm wurden und der Regen in den Kragen lief, genoss es Max, mehr Zeit zu haben, um seine Umgebung zu bewundern: das alte Schloss, den Fruchtkasten und die Alte Kanzlei. Diese historischen Gebäude verwandelten sich geheimnisvoll, je nachdem, ob die Sonne daraufschien, ihre Fassaden vom Regen glänzten oder der Schnee sie in Märchenschlösser verzauberte.

Max liebte es, auf dem Markt zu stehen. Die Donnerstage waren seine Festtage, er empfand sie wie eine Belohnung für den gleichförmigen Arbeitstrott in seiner Gärtnerei. Er genoss das bunte Treiben der Kunden und die Fachsimpeleien mit seinen Gärtnerkollegen.

An dem goldenen Oktobertag, an dem Luzie zum ersten Mal an seinem Stand aufkreuzte, blickte sie mit glänzenden Augen auf die Birnen: »Bitte, drei Stück von den dicken Gelben.«

Max sah kräftige weiße Zähne zwischen kirschroten Lippen aufblitzen und herzhaft zubeißen. Er hörte ein schmatzendes Genuschel mit vollem Mund: »Ich muss mir nämlich was gönnen. Hab gerade meine Abschlussprüfung bestanden. Meine Azubi-Zeit in der Buchhaltung der Maschinenfabrik Ranberg ist mit dem heutigen Tag beendet.«

Er gratulierte und schenkte ihr einen kleinen Asternstrauß. Luzie strich sich die Locken aus der Stirn und drückte Max unerwartet einen Kuss auf die Wange. Dann standen sie sich stumm gegenüber: Max verlegen, Luzie strahlend. In diesem Moment begannen die Glocken der Stiftskirche mit dem Mittagsgeläut und verliehen der Situation eine seltsame Feierlichkeit.

Max hatte wenig Erfahrung mit Frauen. Immer diese Angst zu stottern, ausgelacht zu werden. Luzie hatte es ihm leicht gemacht.

Max liebte Luzie. Und nachdem Tobias geboren war, hielt sich Max für den glücklichsten Menschen der Welt. Auch Luzie schien immer glücklich und zufrieden gewesen zu sein.

Doch seit Rolf und Claire im Nachbarhaus wohnten, hatte sich etwas verändert. Max konnte sich keinen Reim darauf machen. Arglos wie er war, hoffte er, Luzies Launenhaftigkeit würde sich mit der Zeit legen.

Max sah Rolf selten und Claire nur, wenn er im Vorgarten oder hinter der Villa den Rasen mähte oder die Blumenrabatten pflegte. Dann kam Claire manchmal in den Garten, bot ihm etwas zu trinken an und versuchte, mit ihm ins Gespräch zu kommen. Aber seine Angst, ins Stottern zu geraten, ließ Max nur einsilbige Antworten geben. Obwohl sich sein Sprachfehler gebessert hatte, brach er im Gespräch mit Fremden unerbittlich wieder durch.

Als aber Claire auch hin und wieder in der Gärtnerei erschien, um Blumen zu kaufen, und ihn um gärtnerische Ratschläge bat, verlor sich seine Scheu und auch sein Stottern.

Im Herbst war nicht mehr zu übersehen, dass Claire ein Kind erwartete. Einige Monate später, an einem stürmischen Novembertag, sagte Luzie zu Max: »Ich glaube, Rolf hat Claire heute Morgen in die Klinik gebracht. Claire ist so gelaufen, als ob sie Wehen hätte.«

Am nächsten Tag erkundigte sich Max über den Zaun, ob Rolf glücklicher Vater geworden sei. Rolf erwiderte mürrisch: »Es ist ein Mädchen.«

»Gratuliere«, sagte Max. Rolf antwortete nicht. Er drehte sich wortlos um, holte seinen Bullterrier aus dem Zwinger und begab sich auf seinen täglichen Spaziergang.

Nach etwa vier Wochen sprach Luzie ihre Vermutung aus, es könne etwas nicht stimmen, weil Claire mit dem Kind so lange in der Klinik blieb.

Nachdem Claire endlich mit dem Baby nach Hause gekommen war, schaute auch Max hin und wieder aus dem Fenster zum Nachbargrundstück. An sonnigen Tagen stand der Kinderwagen auf der Terrasse und Claire saß daneben und schob ihn vorsichtig hin und her.

Als es Frühling wurde und Max die Arbeit auf dem Nachbargrundstück wieder aufnahm, traf er Claire, die das Kind im Garten umhertrug. Max blickte in das runde Gesicht des kleinen Mädchens, das ihn aus schlitzigen Augen abwesend musterte und Speichel aus dem Mund blies. »Melanie leidet am Down-Syndrom«, sagte Claire und küsste das Kind auf die Stirn.

»Meist sind hilflose Wesen liebenswerter als kluge und zu selbstbewusste«, sagte Max.

Weil Rolfs Bullterrier Attila gegen das Gitter seines Zwingers sprang und kläffte, begann Melanie zu weinen, es klang, als ob ein gequältes Kätzchen miaute. Claire flüchtete ins Haus. Sie hielt das Kind an sich gedrückt. Ihr Gang verriet Panik. Max spürte eine heiße Welle aus Mitleid in sich aufsteigen.

Auch nach zwei Jahren trug Claire ihre kleine Tochter noch auf den Armen. Max sah sie jetzt oft im Garten. Sie schaukelte Melanie in einer kleinen Hängematte, die an den Ästen des Kirschbaumes hing, und sang. Es waren wehmütige Weisen in einer Sprache, die Max nicht verstand.

Luzie sagte zu Max: »Da denken die Leute nun, sie haben alles, stolzieren in Designer-Klamotten herum und fahren im Sportcoupé spazieren – und dann so was! – Das Kind ist jetzt über zwei Jahre und kann immer noch nicht laufen!«

»Mein Gott, Luzie«, murmelte Max, »das kann jeden treffen. Sei froh, dass Tobias so ein gesunder, aufgeweckter Bengel ist.«

»Ja, Tobias«, seufzte Luzie, »aber was hat er schon für Chancen im Leben? Du tust ja nichts, als so schnell wie möglich einen Gärtner aus ihm zu machen.«

»Warum nicht? Er interessiert sich für Pflanzen, und es macht ihm Spaß, mir bei der Arbeit zuzuschauen und ein wenig zu helfen.«

Luzie biss die Zähne auf ihre Unterlippe, knallte das Bügeleisen aufs Brett und schrie: »Tobias wird genau so ein Krauter werden wie du!«

»Aber Luzie! Er kann ja studieren, wenn er will. Zum Beispiel Gartenarchitektur oder Landschaftspflege.«

»Sonst fällt dir wohl nichts ein?«

»Nein, vorläufig nicht. Er ist ja erst acht.«

Max vergaß solchen Ärger bei seiner Arbeit. Er beschäftigte zwar einen Gehilfen und stellte in der Saison ein oder zwei Hilfsarbeiter ein, aber er musste dennoch von früh bis abends auf den Beinen sein, damit der Laden lief. Er verdiente gut. Luzie konnte sich jederzeit hübsche Kleider kaufen und musste keinerlei Rechenschaft über das Haushaltsgeld ablegen.

Mein Gott, dachte Max, was hat sie nur? Ich weiß ja, dass sie schnippisch und scharfzüngig sein kann, aber sie ist doch nie boshaft gewesen! Warum ärgert sie sich, wenn Tobias bei mir in der Gärtnerei spielt? Warum spricht sie immer so gehässig über das Kind von Claire und Rolf? Schlimm genug für die beiden, sie können einem ja leid tun.

Genau genommen, tat ihm nur Claire leid.

Im dritten Frühling, in dem Rolf und Claire im Nachbarhaus wohnten, war es bereits Anfang April hochsommerlich warm. Doch trotz der Narzissen- und Tulpenpracht ließ sich Claire nie im Garten sehen. Auch Melanies kleine Hängematte hing nicht mehr am Kirschbaum.

Von der Putzhilfe Frau Kullmer erfuhr Max, Claire sei zu einer Kur und das Kind in einem Pflegeheim. Mehr wisse sie auch nicht.

Bevor Rolf morgens in die Fabrik fuhr, und auch abends, sobald er zurück war, führte er Attila aus. Er verbrachte seine Freizeit ausschließlich mit dem Hund. An den Wochenenden war er den ganzen Tag mit ihm unterwegs.

Rolf lief in seiner selbstbewussten Haltung mit federnden Schritten und hielt den hechelnden Attila kurz an der Leine.

Drei

Am 14. Mai war Tobias' neunter Geburtstag. Er hatte ein paar Kinder aus seiner Klasse eingeladen. Luzie deckte den Kaffeetisch im Garten unter dem Birnbaum. Der alte Baum stand in voller Blüte. Seine weiße Pracht hob sich zauberhaft frisch von der rotbraunen Klinkerfassade des Hauses ab.

Nach dem Kaffeetrinken, bei dem Tobias Unmengen von der Geburtstagstorte verschlungen und mehrere Becher Kakao getrunken hatte, wurde ihm schlecht. Er torkelte vom Tisch hoch und fiel auf den Rasen.

Als Max ihn aufhob, merkte er, dass Tobias bewusstlos war. Eine Viertelstunde später trug Max seinen Sohn durch die Eingangshalle des Robert-Bosch-Krankenhauses.

Bevor der Arzt in der Notaufnahme etwas gefragt hatte, stammelte Max: »Tobias hat heute Geburtstag. Ich glaube, er hat zu viel gegessen. Aber wieso wird er davon ohnmächtig?«

»Zu viel Geburtstagstorte?«, fragte der Arzt.

»Ja.«

»Aha.« Der Arzt fühlte Tobias' Puls, zog die Augenlider nach oben und nickte. Dann gab er ihm eine Spritze. Ein paar Minuten später schlug der Junge die Augen auf.

»Da bist du ja wieder«, begrüßte ihn der Arzt. »Jetzt zapfe ich dir ein bisschen Blut ab. Tut nicht weh. Und dann bekommst du ein hübsches Krankenhausbett zum Ausruhen.«

Max wartete auf das Ergebnis der Blutprobe.

Als er wieder ins Sprechzimmer gerufen wurde, erklärte der Arzt, der sich als Dr. Seidel vorgestellt hatte: »Ihr Sohn hat Diabetes. Kinder, die daran leiden, werden bei Überzuckerung leicht ohnmächtig.«

Max fürchtete zu stottern. Er brachte nur mühsam »Zucker?« heraus.

Er hörte den Arzt wie aus weiter Ferne: »Man unterscheidet im Allgemeinen zweierlei Typen des Diabetes. Typ 2 ist der Alterszucker. Ihr Sohn hat Typ 1, der schon bei Kindern auftritt, weil er mit hoher Wahrscheinlichkeit vererbt wird. – Hat in Ihrer Familie jemand Diabetes?«

»Nein«, sagte Max. Und dann fügte er trotzig hinzu: »Es muss eine Verwechslung sein!«

Das Wort Zucker pulsierte durch sein Gehirn. Aber obwohl er sich weigerte, den Gedanken, der sich ihm aufdrängte, weiterzudenken, tauchte vor seinem inneren Auge Rolf auf. Als sie Kinder gewesen waren, hatte Max manchmal zugesehen, wenn Rolf sich die Insulin-Spritze setzte. Rolf machte daraus ein Ritual. Max wischte sich mit der Hand über die Stirn, wie um dieser Vision zu entgehen. Doch ein Verdacht keimte in ihm auf. Schmerzhaft. Und dann demütigend. So demütigend, dass er laut aufstöhnte.

Wie durch einen Nebel hörte er, wie Dr. Seidel ihn trösten wollte: »Sie brauchen sich keine Sorgen um ihren Sohn zu machen. Wenn diese Stoffwechselkrankheit erst einmal erkannt ist, ist sie leicht in den Griff zu bekommen. Mit den nötigen Insulingaben und ein wenig Ernährungsumstellung kann ein Kind fast ohne Beeinträchtigungen leben. Wir behalten Tobias zwei oder drei Tage hier und stellen ihn auf die richtige Dosis ein.«

Max merkte, wie ihm übel wurde. Er sagte, er müsse gehen, um Luft zu schnappen.

»Ich verstehe Sie«, sagte Dr. Seidel. »So eine unerwartete Diagnose ist immer ein Schock.«

Max ging zu den Besuchertoiletten und warf sich kaltes Wasser ins Gesicht. Seine Haut war trotz der Sonnenbräune fahl. Er hob seine muskulösen Arme, strich sich die dunklen Haare aus der Stirn und sah sich in seine braunen Augen. Nein, dachte er, mit mir hat Tobias keinerlei Ähnlichkeit. Er ist blond und blauäugig, hat ein schmales Gesicht – wie Rolf. Und nun hat er auch Diabetes wie Rolf. Luzie! Wenn sie es mir gesagt hätte, vielleicht hätte ich es irgendwie verkraftet ... O nein – das kann nicht sein! Tobias ist mein Sohn! Ist es so, wenn man verrückt wird? Wahrscheinlich ist alles ein Irrtum. Luzie könnte doch nicht jahrelang mit dieser Lüge leben!?

Er meinte, es keine Minute länger aushalten zu können, ohne mit Luzie zu sprechen. Er verabschiedete sich schnell von Tobias und fuhr in halsbrecherischem Tempo nach Hause.

Luzie war in der Küche und empfing ihn besorgt, aber auch vorwurfsvoll. »Wieso ist Tobias ohnmächtig geworden? Was war denn eigentlich los? Hättest doch mal anrufen können! Muss er im Krankenhaus bleiben?«

Luzie verstummte, weil Max sie mit gerunzelter Stirn und zusammengepressten Lippen musterte. »Tobias kommt übermorgen wieder nach Hause«, sagte er.

»Aber, was hat er denn?«

»Erst beantworte mir bitte eine Frage: Hatte in deiner Familie jemand Diabetes?«

»Nö. Davon hab ich nie gehört.«

Max sprach viel lauter als sonst, laut und abgehackt. »Luzie! Tobias hat Diabetes! Diese Krankheit ist erblich. Von wem hat Tobias das geerbt?«

»Was weiß ich denn?«, erwiderte Luzie gereizt.

Soll ich, oder soll ich nicht, dachte Max. Was ich jetzt sagen muss, ist eine ungeheuerliche Anschuldigung. Wenn sie nicht berechtigt ist, wäre das nie wieder gut zu machen. Aber ich habe keine andere Wahl.

»Luzie! Rolf ist der einzige Mensch, den ich kenne, der Zucker hat. Tobias hat auch Zucker – und mir ist heute noch etwas klar geworden: Der Junge sieht Rolf verdammt ähnlich.« Es war heraus, nicht mehr zurückzunehmen. Max hatte es aus sich herausgebellt.

Luzie war blass geworden und setzte sich. »Rolf ähnlich?«, sagte sie leise. »Aber ...«

»Was aber?« Er starrte Luzie an, als sehe er sie zum ersten Mal. »Hast du mit Rolf geschlafen, bevor du mich geheiratet hast?«

»Nicht oft«, gestand Luzie weinerlich. Sie bedeckte ihr Gesicht mit den Händen, als ob sie sich verstecken wollte.

Der sonst so ruhige, beherrschte Max kam in Fahrt: »Hast du mich geheiratet, um einen Vater für dein Kind zu haben?«

»Rolf war der Juniorchef. Ich fühlte mich geschmeichelt«, versuchte Luzie zu erklären. »Er gefiel mir auch. Ich habe gedacht, er heiratet mich, wenn ich ein Kind von ihm bekomme.«

»Und dann ist er abgehauen!«

»Ja. Er hat mir nicht geglaubt, dass ich von ihm schwanger war. ›Wer weiß, wer dir das Balg angedreht hat?‹, hat er gespottet.«

»Oh nein!«, Max schrie jetzt, »und da bist du zu mir gekommen, hast dich verführen lassen, besser gesagt, hast mich verführt. Und schon hatte ich dir das Balg angedreht. War es so?«

Nun weinte Luzie. »Mein Gott, Max«, schluchzte sie, »ich hab dich doch gern gehabt. Und mittlerweile liebe ich dich. Bitte glaub mir! Was hätte ich dafür gegeben, wenn Tobias dein Sohn gewesen wäre. Bevor Rolf zurückkam, hatte ich die Wahrheit fast völlig vergessen gehabt. Und du? Hast du wirklich nie nachgerechnet? Hast du im Ernst nie daran gezweifelt, dass Tobias dein Kind ist?«

Max schlug seine Stirn gegen den Türrahmen. Noch mal und noch mal. Nun hatte er Gewissheit! Wie hatte er noch hoffen können, es würde anders sein? Er drehte sich um und sah Luzie an. Ihr Lächeln, das wohl entschuldigend sein sollte, provozierte ihn. – Luzie hat es immer gewusst! Und Rolf hat es in dem Moment begriffen, als er Tobias zum ersten Mal gesehen hat. Wahrscheinlich wissen es alle. Die Kunden, die Marktleute. Die Nachbarn. Alle. Irgendwann wird auch Tobias erfahren, wer sein wirklicher Vater ist. Rolf hat ein Recht auf ihn. – Siedend heiß stiegen Regungen in Max auf, die er bisher nicht gekannt hatte: Abscheu und Hass. Abscheu und Hass gegen Luzie. Seine Hand zuckte vor und er schlug ihr hart ins Gesicht. Sie taumelte vom Stuhl und lag wimmernd auf dem Küchenfußboden. Sein Schlag hatte ihre Nase erwischt. Zwischen ihren Fingern sickerte Blut hervor. War es das Blut, das ihn rasend machte? Er stürzte sich auf sie, riss ihr die Hände vom Gesicht, umklammerte ihren Hals und drückte zu. Luzie ruderte mit den Armen und strampelte mit den Beinen. Erst als sich ihre Augen nach oben verdrehten und sie sich nicht mehr wehrte, ließ Max locker.

Es war ihm, als erwache er aus einem Albtraum und tauche in einen neuen ein. Langsam stand er auf und ging in die Gärtnerei. Er torkelte zwischen den Frühbeetkästen umher, stieß Laute aus, die wie von einem gequälten Tier klangen. Wütend trampelte er die Beete mit frisch gepflanzten Chrysanthemen nieder.

»Ich muss mich ablenken«, flüsterte er, »ich muss arbeiten. Irgendetwas.«

Im Hof standen die Paletten mit den neu gelieferten Tontöpfen. Max trug die Töpfe in den Schuppen und stapelte sie auf die Regale. Er arbeitete mit verbissenem Eifer und sprach dabei vor sich hin: »St-sta-peln. St-sta-peln« und immer wieder: »St-sta-peln.« Er schwitzte und keuchte und versuchte »stapeln« ohne zu stottern herauszubringen. Nach einem letzten verzweifelten Versuch griff er sich einen Rechen und harkte alle 300 Töpfe von den Regalen. Dabei brüllte er: »Alles kaputt! Warum sollen dann diese beschissenen Tontöpfe heil bleiben?« Obwohl er bei dem ohrenbetäubenden Lärm, mit dem die Keramikware in Scherben fiel, seine eigene Stimme nicht hören konnte, wusste er, dass er jedes Wort klar und zusammenhängend herausgebrüllt hatte.

Erschöpft wankte er zum Haus. Luzie war nicht mehr in der Küche. Max kippte sich den Rest einer halbvollen Flasche Trollinger in den Hals, und als er im Vorratsregal das unangebrochene hochprozentige Kirschwasser entdeckte, das Luzie für ihre berühmten Schwarzwälder Sahnetorten in Reserve hielt, machte er sich gierig darüber her. Nach einer Stunde hatte er die Flasche fast geleert. Er zwang sich, weiterzutrinken. Dann fiel er vom Stuhl.

Luzie hatte den Schlag gehört. Sie spähte in die Küche und sah Max reglos auf den Fliesen liegen. Es stank nach Erbrochenem und Alkohol.

Sie hielt sich die Nase zu und floh wieder ins Schlafzimmer. Ihr Hals schmerzte von seinem Würgegriff. Beim Anblick von Max, wie er auf dem Boden lag, hatte sie kein Mitleid, sondern nichts als Ekel gefühlt. Seit er sie gewürgt hatte, waren auch ihre Gefühle für ihn in Hass umgeschlagen: Nun besäuft er sich auch noch! Er tickt doch nicht mehr richtig. Glaubt er, ich habe nicht gemerkt, wie er die Beete zertrampelt und die Keramiktöpfe zerschlagen hat? Hat er tatsächlich nie etwas vermutet? Ist er so blind? Nein, er hat jeden Verdacht verdrängt ... Drüben im Nachbarhaus ist Rolf. Er weiß genau, dass er außer einer behinderten Tochter auch einen blitzgescheiten Sohn hat. Für Tobias' Diabetes ist Rolf verantwortlich. Rolf lebt ja auch ohne Probleme mit dieser Krankheit. Claire ist eine eingebildete Pute. Seit ihr kleiner blöder Fratz nicht mehr bei ihr ist, verbringt sie ihre Zeit mit irgendwelchen Kuren, anstatt sich um Rolf zu kümmern. – Rolf wird einsehen, was er an mir hat: an einer Frau ohne Allüren. An einer Frau, die ihm einen Sohn geboren hat. Ich muss mit Rolf reden!

Luzie zuckte zusammen, aus der Küche hörte sie Geräusche. Hatte sich Max aufgerappelt? Im Bad rauschte Wasser. Als Luzie nach einer Weile in die Küche schlich, war der Fußboden geputzt und die Waschmaschine summte. Max lag im Wohnzimmer auf der Couch. Er schlief wie ein unschuldiges Riesenbaby. Luzies Hass verflog. Vorsichtig zog sie die Decke über seine Schultern.

Am nächsten Tag sah Luzie erstmals seit sechs Wochen Claire im Garten. Na endlich, dachte Luzie, endlich ist die Schöne von ihrer Kur zurück. Wurde aber auch Zeit. Wo hat sie denn ihre kleine Melanie? Die schleppt sie doch sonst ständig mit sich herum. Dass das Kind aber auch immer noch nicht laufen kann! Muss es nun endgültig in einem Heim bleiben? Na ja, soll mir egal sein.

Claire ging mit gesenktem Kopf und vorgebeugt, als müsste sie sich einem Sturm entgegenstemmen. Sie pflückte Maiglöckchen vom Beet vor der Terrasse und verschwand hinter dem Haselnussstrauch.

Kurz darauf kam Rolf in die Gärtnerei. Er wollte zu Max. Doch Max war nicht da. Im selben Moment, in dem Rolf vor Luzie stand, vergaß sie die zärtliche Regung, die sie in der Nacht überkommen hatte, als sie Max schlafend auf dem Sofa gefunden hatte. Sie zeigte Rolf die Würgemale an ihrem Hals. »Das war Max. Er ist ausgerastet, als er es erfahren hat.«

»Was hat er erfahren?«

»Dass Tobias nicht sein Sohn ist. Dass du der Vater bist!«

»Wurde ja langsam Zeit. Max war schon immer schwer von Begriff«, entgegnete Rolf kühl. »Wie hat er's denn herausbekommen?«

Luzie erzählte ihm von Tobias' Ohnmacht und dass im Krankenhaus Diabetes festgestellt worden sei.

»Na, endlich ein Beweis«, sagte Rolf trocken. »Ich hatte schon befürchtet, ich müsste Max durch einen Vaterschaftstest zwingen, mir Tobias zu überlassen.«

»Überlassen?«

»Es ist mein Sohn!«

»Und ich?« Luzie strich sich die Stirnfransen aus dem Gesicht und lächelte Rolf an.

»Was heißt: ›und ich‹?«, fragte er spöttisch.

»Schließlich habe ich deinen Sohn geboren und groß gezogen. Ich gebe ihn dir nicht, wenn du nicht auch mich nimmst.«

Rolf lachte auf. »Schlag dir das aus dem Kopf, Luzie! – Wem Tobias künftig gehört, wird notfalls ein Gericht klären. In einer Familie, in der der Ehemann versucht, seine Frau zu erwürgen, kann der Junge nicht bleiben. Das ist doch klar?«

Luzie verschlug es die Sprache. Betroffen sah sie Rolf nach, der ohne Abschied mit federnden Schritten zum Hof hinausging.

An diesem Abend erzählte Rolf seiner Frau, dass Tobias sein Sohn ist. Er erzählte es lachend mit Triumph in der Stimme und sagte am Schluss: »Wie du siehst, meine Liebe, kann ich auch intelligente Kinder zeugen.«

Max und Luzie sprachen nur das Nötigste miteinander. Und schon gar nicht über Tobias. Beide warteten auf den Tag, an dem Tobias aus dem Krankenhaus entlassen werden würde. Max wartete, weil ihm der Junge fehlte, Luzie, weil sie dann mit Tobias das Haus verlassen wollte.

Luzie, die es immer verstanden hatte, sich aus Schwierigkeiten herauszuwinden, sich durchzusetzen, fühlte sich von der jetzigen Situation überfordert. Sie wollte mit Tobias eine Zeitlang zu ihrer Freundin Pia ziehen. Luzie wollte Abstand gewinnen. Abstand von Max, Abstand von Rolf.

Am zweiten Tag, an dem Tobias wieder daheim war und Max Pflanzen zu Kunden brachte, packte Luzie die Koffer.

Als Max zurückkam, war das Haus leer. Rastlos lief er durch alle Zimmer, dann tappte er benommen und untätig durch die Gärtnerei. Es gab keine Möglichkeit, Tobias zurückzuholen. Tobias war Luzies Sohn, aber nicht seiner.

Abends ging Max hinüber in die Villa Ranberg. Rolf empfing ihn in Siegerlaune: »Luzie hat mir die Neuigkeit schon berichtet.«

Max blieb stumm, wusste, dass er beim ersten Wort, das er hervorbringen würde, ins Stottern geraten würde. Aber er brauchte nichts zu sagen. Rolf stand vor ihm wie ein Feldherr nach gewonnener Schlacht. Um seine Mundwinkel spielte das spöttische Lächeln, das Max schon als Kind aus dem Konzept gebracht hatte. »Hat die flotte Luzie meinem alten Freund Max Hörner aufgesetzt? Kann ich etwa was dafür, wenn du so begriffsstutzig bist und erst nach neun Jahren kapierst, dass sie dir einen Sohn untergejubelt hat? Einen Sohn, dem man von weitem ansieht, dass er nicht von dir sein kann. Falls du hier um Gutwetter bitten willst, bist du auf dem Holzweg. Tobias gehört mir und damit basta. Wenn du das nicht akzeptierst, lasse ich die Sache gerichtlich klären.«

»Tobias wird bei mir bleiben wollen«, sagte Max und war erstaunt, kein bisschen zu stottern.

Rolf lachte schallend. »Machen wir einen Kompromiss«, erwiderte er. »Ich biete dir Melanie zum Tausch gegen Tobias.«

Max ballte die Fäuste. Er hatte nur ein Verlangen: sich auf Rolf zu stürzen, ihm die Fäuste ins Gesicht zu schlagen, seine schönen ebenmäßigen Zähne auszuschlagen, ihn am Boden zu sehen, den Fuß auf seine Brust zu stellen, bis er keuchend um Gnade winseln würde. Vor Max verschwamm der Raum, die Möbel und Rolf kreisten vor seinen Augen ...

Als er wieder zu denken vermochte, befand sich Max auf einer Straße, die Haldenrain heißt. Ihn überholte eine stadteinwärts fahrende Straßenbahn, und er dachte: Nur noch zwei Stationen bis Zuffenhausen. Bis dorthin werde ich laufen und dann will ich etwas trinken – und vergessen.

Inzwischen hatte er das Hallenbad erreicht und geriet unbeabsichtigt auf den La Ferté-Steg, der sich vom Parkplatz aus über die Straße schwingt. Max überquerte das elegante Brückchen und gab seinen Plan, in eine Kneipe zu gehen, auf. Er sehnte sich nach Ruhe, nach Einsamkeit. Zielstrebig lief er durch einige Straßen und über einige Stäffele und fand sich am Fuße der Weinberge wieder. Früher hatte sein Großvater hier an der Krailenshalde einen Weinberg besessen. Als Kind hatte Max dem Alten zugesehen, wenn er die Reben schnitt. Im Herbst hatte er geholfen, die dunkelroten Trauben zu ernten.

Max' Vater, dieser sanfte Mann, der Bücher las und Geige spielte, hatte den Weinberg verkauft. Später, als er wieder einmal in Geldnot gesteckt hatte, trennte er sich auch von der großen Obstbaumwiese, die zu der Gärtnerei gehörte. Verkaufte sie an Albrecht Ranberg, einen aufstrebenden Industriellen, der Gemeinderat war und gewusst haben musste, dass die Gemarkung Bauland werden würde. Albrecht Ranberg hatte die Wiese für einen Spottpreis erworben und sich seine Villa darauf bauen lassen.

Schnee von gestern, dachte Max und setzte seine einsame Wanderung fort. Er begegnete keiner Menschenseele. Bis auf das Rauschen der Autos, die im Tal auf der B 27 unterwegs waren, war es totenstill. Und stockdunkel. Max konnte nur mühsam den Weg erkennen. Rechts und links standen die Weinstöcke in Reih und Glied wie Gespenstersoldaten.

Doch im Tal und auf den umliegenden Berghängen schimmerten tausende Lichter. Da der Himmel bedeckt war, sah es aus, als leuchteten die Sterne von unten.

Gegenüber den Weinbergen entlang der B 27 liegt das Industriegebiet von Feuerbach. Max entdeckte die Leuchtreklame der Maschinenfabrik Ranberg, wandte sich voll Widerwillen ab und spurtete hinauf zum Burgholzhof. Als er am Robert-Bosch-Krankenhaus angelangt war, dachte er: Nun hat mich die Sehnsucht nach Tobias bis hierhin gezogen, aber der Junge wird schon längst schlafen.

Nachdem Max das Krankenhausareal halb umrundet hatte, befand er sich wieder inmitten von Weinbergen. Erschöpft und vom raschen Laufen erhitzt, setzte er sich auf eine Bank und zog seine Jacke aus.

In der Dunkelheit meinte er, mal Luzie mit Tobias an der Hand, mal Claire mit Melanie auf dem Arm auf sich zukommen zu sehen. Als Rolf auftauchte, sprang Max hoch, hetzte die schmalen Stufen zwischen zwei Rebreihen hinunter und keuchte das nächste Treppchen wieder hinauf. Die ganze Zeit versuchte er, sich zu entsinnen, was passiert war, bevor er Rolf verlassen hatte: Habe ich ihn zusammengeschlagen? Ihn womöglich umgebracht? Max' Erinnerungen waren genauso verschwommen wie der letzte Augenblick, in dem er Rolf gegenübergestanden hatte.

Die Nacht wurde kühl. Max spürte, dass Regen in der Luft hing. Er vermisste seine Jacke, wusste nicht, wo er sie liegengelassen hatte.

Als die Kirchen im Tal Mitternacht schlugen, machte sich Max auf den Weg nach Hause. Er legte sich mit Kleidern und dreckigen Schuhen aufs Sofa und fiel in einen bleiernen Schlaf.

Er träumte von Luzie. Er sah, wie sie und Rolf sich auf dem Laubhaufen seiner Gärtnerei wälzten. Er hörte Luzies kleine spitze Lustschreie und Rolf flüstern: »Endlich habe ich dich wieder und mit dir unseren Sohn.«

Max warf sich zwischen sie, riss Luzie hoch und würgte sie. Rolf stand lachend auf und ging weg, ohne Luzie zu helfen. Zwischen dem Laub züngelte eine grüne Schlange hervor. Sie schoss auf Max zu, glitt an seinen Beinen hoch, kroch auf seinen Bauch und seine Brust, ringelte sich um seinen Hals. Sie zog ihren kühlen, schuppigen Körper zusammen, immer enger. Mit letztem Atem brüllte Max wie ein Stier und wachte schweißgebadet auf.

Vier

Sonntag, 18. Mai

Es ist kurz vor sechs Uhr und regnet in Strömen. Max versucht, sich diesen Traum wegzuduschen. Heiß, kalt. Heiß, kalt. Wieder und wieder. Der Traum verflüchtigt sich, aber die Erinnerungen an die letzten Tage werden umso klarer. Max zieht sich an und tritt wieder ans Fenster. Der Regen hat aufgehört. Auf der Straße glitzern Pfützen. Von Bäumen und Sträuchern fallen Tropfen wie schimmernde Perlen. Die Vögel lärmen und begrüßen den neuen Tag. Es riecht nach Sommer.

Max sieht Claire aus dem Nachbarhaus kommen und zielstrebig auf sein Haus zulaufen. Sie schleppt einen Koffer. Er geht ihr entgegen. Claire ist bleich, aber sie erscheint ihm schöner denn je.

Und als sie jetzt fragt, ob er mit ihr nach Tunesien fliegen würde, sagt er so spontan ja, als habe er auf diese Gelegenheit gewartet. Er fragt nicht: »Warum gerade nach Tunesien? Wie lange bleiben wir dort? Wieso fahren Sie nicht mit Rolf?« In seiner Verzweiflung sagt er einfach: »Ja.«

Claire setzt sich auf ihren Koffer, senkt den Kopf und sagt, sie würde hier warten, bis er gepackt hat.

Als Max mit seiner Reisetasche auf den Hof kommt, findet er sie in der gleichen Haltung vor, in der er sie verlassen hat.

Im Hof der Villa jault Rolfs Bullterrier Attila und springt gegen das Gitter seines Zwingers. Vor dem Tor wartet ein Taxi.

Auf der Fahrt zum Flughafen nach Echterdingen kommt sich Max wie in einem Film vor, in dem er eine Rolle spielt, die er nie gelernt hat. Er sitzt wie ein Fremder neben sich selbst. Sieht alle Dinge genauer und riecht und fühlt intensiver als sonst. Am meisten aber erstaunt ihn Claire. Sie hat ihre verzweifelte Niedergeschlagenheit verloren. Sie jubelt über jeden Sonnenstrahl, der aus den Wolken blitzt, und findet auch den Platzregen, der gleich danach lospeitscht, herrlich.

Auf dem Flugplatz steuert sie zielstrebig den Ticketschalter an, checkt ein und gibt das Gepäck auf. Er folgt ihr orientierungslos, blickt irritiert an den runden Metallpfeilern empor, die sich wie Bäume verzweigen und das Dach der riesigen Halle tragen. Unbeholfen drängt er sich zwischen den Menschenmassen hindurch und ist überzeugt, dass er nie im Leben allein diesen Raum gefunden hätte, in dem sie nun warten.

Max fühlt sich zunehmend unbehaglicher. Er würde gern aufstehen und mit einem kurzen »Ade, Claire, verzeihen Sie mir, aber ich sollte doch lieber nicht mitkommen« verschwinden. Stattdessen sieht er ihr zu, wie sie in ihrer Handtasche wühlt. Gesenkte dichte Wimpern. Eine zarte, gerade Nase. Leicht geöffnete volle Lippen. Max fällt zum ersten Mal die Narbe auf ihrer linken Wange auf. Sie hat die Form einer winzigen roten Eidechse. Zertreten, mit zur Seite gestreckten Füßen.

Claires Mundwinkel zucken in kindlicher Spannung, als ob sie immer neue Überraschungen in der vollgestopften Tasche entdeckt. Dabei bewegt sich die kleine Eidechse, als sei sie lebendig. Endlich hat Claire das Gesuchte gefunden. Sie zieht ihre Lippen nach und kämmt ihre glatte schwarze Mähne, dreht sie zusammen und steckt sie mit einer Spange auf dem Hinterkopf fest. Zuletzt überpudert sie die seltsame Narbe auf ihrer Wange. Mit einem kleinen Seufzer wirft sie die Puderdose mit dem Spiegelchen, den Kamm und den Lippenstift zurück in ihre Tasche und drückt den Verschluss zu. Der Klick klingt wie ein Punkt hinter einer ordentlich erledigten Sache.

Max wendet sich ab und blickt durch die Panoramascheibe aufs Flugfeld. Sein Gesicht erstarrt zu einer misstrauischen Abwehrmiene. Die Abwehr liegt nicht nur in seinen zusammengepressten Lippen und der senkrechten Falte über der Nasenwurzel, sondern hat sich seines ganzen Körpers bemächtigt. Er sitzt sehr gerade mit starrem Blick wie eine Ramses-Statue.

Jetzt ist es Claire, die ihn von der Seite beobachtet. Sie ahnt, an was er denkt. Sie hat gestern Abend gehört, wie Rolf ihn verhöhnt und ihm Melanie gegen Tobias angeboten hat. Claire vermutet richtig: Max sieht nicht die Maschinen, die in kurzer Folge starten und einfliegen. Nein, er denkt an Rolf. Versucht sich vergeblich zu erinnern, was passiert ist. Max weiß nicht mehr, was er getan hat, nachdem sich das Zimmer um ihn gedreht hat. Aber wenn ich wirklich auf Rolf losgegangen bin und ihn verletzt oder gar umgebracht habe, denkt er, dann hätte Claire ihn doch gefunden. Dann hätte sie mich nicht gefragt, ob ich mit nach Tunesien fliege.

Er zuckt zusammen, weil das auf- und abschwellende Stimmengewirr von dem Lautsprecher übertönt wird: »Die Passagiere nach Monastir bitte zum Check-in Gate 316.« Claire legt ihre Hand auf seine, es fühlt sich an, als sei ein Schmetterling darauf gelandet. »Kommen Sie, Max. Es geht los.«

Eine halbe Stunde später sagt Claire mehr zu sich als zu ihm: »Wir haben abgehoben.« Ihre Hand flattert an seiner Nase vorbei und zeigt zum Fenster. »Schauen Sie hinunter, Max.«

Gehorsam dreht er den Kopf zu dem gläsernen Oval neben seiner Schulter. »Abgehoben – tatsächlich«, murmelt er, als habe er alles andere, nur nicht das erwartet. Er blickt auf ein Straßen- und Häuserchaos, dann auf Felder und Wälder, die zu einem Flickenteppich aus Braun und Grün verschmelzen. Durch den Flickenteppich kriecht eine grünblaue Schlange. Er denkt an die Schlange in seinem Traum, doch dann begreift er, dass unter ihnen der Neckar fließt. Das Flugzeug taucht in die Wolkendecke, und Max lehnt sich zurück und schließt die Augen.

Er öffnet sie erst wieder, als Claire sich zum Fenster beugt, um hinauszuspähen. »Sehen Sie, Max – da vorn: die Alpen!«

Er drückt die Stirn gegen das Fensterglas: Unter ihm liegt eine Märchenlandschaft aus schneebedeckten Gipfeln. Schwarzviolette Schatten liegen in den Tälern wie flüssiges Pech. Max hebt die Schultern, holt tief Luft und entlässt sie mit einem tiefen Seufzer. Einem glücklichen Seufzer.

Claire stellt erleichtert fest, dass sein Gesicht diese erstaunte Kinderglücksmiene angenommen hat, die sie so an ihm mag.

Doch dann verdüstert sich sein Gesicht wieder. Er denkt an Tobias: Mein Gott, wie konnte ich mich so unbekümmert aus dem Staub machen? Ist denn nicht genug passiert in den letzten Tagen? Tobias wird mich vermissen. Er weiß nicht einmal, warum ich ihn verlassen habe. Verlassen musste! – Und ich sitze hier und begeistere mich für schneebedeckte Gipfel! Warum nur will Claire nach Tunesien? Und warum ausgerechnet mit mir?

Für Max ist alles ein Rätsel, aber das größte davon ist Claire. Sein Leben hat sich in den letzten 24 Stunden komplett und radikal verändert. Er fragt sich, ob es an seinem verdammten sentimentalen Mitleid mit Claire gelegen hat, weswegen er ihr gefolgt ist. Sie sitzt neben ihm und sieht im Moment kein bisschen Mitleid erregend aus. Nach dem letzten Schluck Kaffee, ordnet sie das Plastikzeug auf seinem und ihrem Tischchen und reicht es mit einem »Merci beaucoup« der Stewardess.

Max sieht wieder hinaus und murmelt: »Nun ist da unten nichts als Wasser!«

Claire beugt sich zum Fenster, ist ihm so nahe, dass er ihre kühle Haut durch den Stoff der Bluse spürt. Sie jauchzt: »Das Mittelmeer!«

* * *

Luzie stand vor der Tür des Gärtnereihauses. Sie hatte die ganze Nacht gegrübelt und war zu dem Entschluss gekommen, zu Max zurückzugehen. Die Aussprache mit Rolf hatte sie noch mehr verletzt als die Würgeattacke von Max. Sie konnte Rolf nicht verstehen, aber sie begann, Max zu verstehen. Sie wusste, wie sehr er Tobias liebte, und sie versuchte, sich in Max hineinzuversetzen, der plötzlich sein Kind verlieren sollte. Verlieren an Rolf! Würde Rolf ernst machen und ihnen Tobias wegnehmen? Sie traute es ihm mittlerweile zu. Rolf bekam immer alles, was er wollte. Und was er nicht wollte, zum Beispiel sie, warf er einfach weg.

Luzie hatte vor, Max um Verzeihung zu bitten, ihn zu trösten.

Sie stutzte, weil die Haustür verschlossen war – was tagsüber normalerweise nie der Fall war –, und fischte aus ihrem Rucksack den Ersatzschlüssel hervor. Ihre Beklemmung wuchs, als sie durch das verlassene Haus ging. Erst als sie die Reisetasche und Kleidungsstücke von Max vermisste, begriff sie, dass er weg war. Diese Erkenntnis traf sie schwerer, als sie gedacht hätte. Sie setzte sich auf einen Küchenstuhl und weinte.

Vom Nachbargrundstück hörte sie Rolfs Bullterrier bellen. Hin und wieder ging das Kläffen in Jaulen über, das Luzie durch Mark und Bein drang. Da es nicht aufhörte, ging sie hinüber, um zu fragen, was mit Attila los sei. Als sie an dem Zwinger vorbeiging, sprang der Hund am Gitter hoch, kläffte und geiferte.

Luzie hatte schon mehrmals geklingelt, bevor sie merkte, dass die Haustür offen war. Sie schob sie auf und rief: »Hallo, ich bin's, Luzie. Ist jemand zu Hause?«

Weil alles still blieb, ging Luzie ins Wohnzimmer. Und da sah sie Rolf. Er saß auf der Couch und sein Kopf lag auf der Tischplatte. Leise, dann lauter rief sie seinen Namen, und als Rolf nicht hochsah, ging sie sachte näher und gab ihm einen

Schubs gegen die Schulter. Rolf kippte zur Seite, und sie sah in ein verzerrtes Gesicht und aufgerissene, leblose Augen. Luzie wollte schreien, aber aus ihrer Kehle stieg nur ein heiseres Ächzen. Sie wollte wegrennen, aber ihre Füße schienen am Parkett festzukleben. Ihr war, als ob Stunden vergingen, bis sie im Flur das Telefon fand. Sie wählte den Notruf und brachte stockend und zusammenhanglos ihr Anliegen und die Adresse heraus. Dann setzte sie sich neben das Telefon auf einen Hocker und wartete.

Der Notarzt stellte den Tod Rolf Ranbergs fest. »Vergiftet«, sagte er. »Und eventuell nicht freiwillig. Ein Fall für die Mordkommission.«

Kurze Zeit später traf die Kriminalpolizei ein. Die Beamten der Spurensicherung schickten die Gläser sowie eine leere und eine angebrochene Flasche Trollinger, die auf dem Tisch standen, ins kriminaltechnische Labor. Dann nahmen sie Fingerabdrücke von der zerschlagenen Terrassentür, durch die der Täter vermutlich ins Haus eingedrungen war.

Nachdem die Ehefrau des Ermordeten, die ihr Einverständnis für eine Hausdurchsuchung hätte geben müssen, auch nach einer Stunde nicht auftauchte, setzte die Spurensicherung ihre Arbeit fort. Bei der Größe des Hauses würde das voraussichtlich einige Stunden dauern.

Die Ermittlungen leitete Kriminalhauptkommissar Peter Schmoll, ein Schwergewicht von 50 Jahren mit kantigem Kinn und einer Glatze, die von einem Kranz raspelkurzer Stoppelhaare umgeben war. Schmolls rechte Hand war die junge Kommissarin Irma Eichhorn. Sie stammte aus Norddeutschland. Es war ihr erster Fall bei der Kripo Stuttgart. Begeistert war Schmoll nicht von seiner neuen Mitarbeiterin, hatte er doch noch nie mit einer Frau zusammengearbeitet. Irma Eichhorn, eine zierliche Person, die er insgeheim »das Mädle« nannte, war ihm suspekt. Er fand, die 28-Jährige wirkte durch ihre Pferdeschwanzfrisur aus wuscheligen rotbraunen Haaren zu kindlich und naiv für ihren Job als Kommissarin.

Als Schmoll und Irma Eichhorn am Tatort eintrafen, saß Luzie Busch noch immer wie angewachsen neben dem Telefon und stierte auf die Wand. Sie schien unter Schock zu stehen und sah nicht hoch, als Schmoll sie ansprach.

»Gehen Sie nach Hause«, sagte er. »Wir kommen später vorbei.« Er gab ihr seine Karte. »Falls Ihnen vorher noch etwas einfällt, rufen Sie mich an.«

Luzie nickte und huschte aus dem Haus. Sie war ziemlich durcheinander. Rolfs Tod lag ihr zwar im Magen, aber nun begann sie, sich ernsthaft Sorgen um Max zu machen. So sehr sich ihr durch sein plötzliches Verschwinden der Verdacht aufdrängte, sie konnte nicht glauben, dass Max mit Rolfs Tod etwas zu tun hatte.

Der Sarg wurde über Rolf Ranberg geschlossen und zur Obduktion gebracht. Schmoll, den ein Kollege über die familiären Verhältnisse des Toten informiert hatte, sagte: »Dann werde ich mich jetzt auf den schweren Gang zu seiner Mutter machen. Vielleicht finde ich dort auch seine Ehefrau.«

»Ich komme mit«, sagte Irma.

Schmoll schüttelte missmutig den Kopf. »Frauen sind bei der Überbringung von Todesnachrichten viel zu sentimental. Sie bleiben hier und hören sich in der Siedlung um«, und schon war er zur Tür hinaus.

»Ups«, sagte Irma zu sich selbst. »Was war das denn?«

Der Mitarbeiter der Spurensicherung, der den Bücherschrank inspizierte, drehte sich um. »Nehme Se's leicht. Dr Alte hat in letschter Zeit a weng a Aversion gegen die Weiblichkeit entwickelt.«

»Ach so«, sagte Irma. »Und hat das auch Gründe?«

»Dem sei Frau isch abghaue.«

»Abgehauen?«

»Wahrscheinlich hat se gnug drvo ghet, dass ihr Angetrauter meh mit seim Beruf verheiratet gwä isch wie mit ihr. Ond jetzt stürzt sich der Schmoll no besessener wie früher uf jeden von seine Fäll – wie an Bulle uf a Kuah.«

»Hübscher Vergleich«, entgegenete Irma leicht irritiert.
»Na ja«, sagte er verlegen, »mir fallet ebe solche Vergleich ei, weil i von ma Baurahof stamm. Aus'm Schwarzwald.«
»Den will ich mir auch mal ansehen«, sagte Irma.
»Den Bulle?«
»Nee, den Schwarzwald.«

Schmoll fuhr stadteinwärts über den Pragsattel, vorbei am Polizeipräsidium, dann Richtung Cannstatt und bog am Löwentor, dem Eingang zum Rosensteinpark, rechts ab. Als er das Naturkundemuseum und den Nordbahnhof hinter sich hatte, ignorierte er die Fußgängerzone und fuhr im Vertrauen auf seinen Dienstausweis zügig durch. Da es auf der ganzen Strecke ausnahmsweise keinen Stau gegeben hatte, erreichte er das Haus, in dem Frau Ranberg wohnte, schon nach einer halben Stunde.

Vor dem überdachten Eingang zum *Haus des betreuten Wohnens* hockte ein hohlwangiger Bursche. Er streichelte eine Rotweinflasche und sang auf eigene Melodie vor sich hin: »Von teurem schwäbschem Trolliger, wird jedes Mädle molliger.« Er küsste das Etikett. »Mein Schatz hier ist zwar billiger, doch sein Geist ist williger.«

Während Schmoll die Klingel suchte, zupfte ihn der Kerl am Hosenbein, rülpste und sagte freundlich: »Prost! Ich bin der Hansi. Der Hansi Hinterseer. Hollatria, hoppsassa.«

Aus dem Supermarkt kam ein fetter Kurzbeiniger, schrie »Nachschub« und ließ sich mit zwei Flaschen neben seinem Kumpel nieder.

Ein bisschen zu voll am helllichten Tag, dachte Schmoll, zu voll und zu schmutzig, aber beneidenswert sorglos. Er vermutete, die zwei gehörten in das Männerwohnheim, das ein paar Häuser weiter lag. Bevor Schmoll endlich den Namen am Klingelschild fand, zweifelte er kurz daran, ob das tatsächlich Frau Ranbergs Adresse sein könne. Da gab es doch in Stuttgart das Augustinum für gut situierte Alte.

Schmoll wunderte sich, dass die Mutter eines Fabrikbesitzers nicht in besserer Lage untergebracht war. Weniger wunderte er sich darüber, dass die zwei Saufbrüder, nachdem er sich an der Sprechanlage mit Kriminalhauptkommissar gemeldet hatte, ihre Flaschen schnappten und klammheimlich verdufteten.

Schmoll fuhr mit dem Aufzug in den dritten Stock. Während er auf einem langen, düsteren Flur nach dem Namensschild suchte, öffnete sich eine Tür und Frau Ranberg, die Schmoll kein bisschen betreuungsbedürftig erschien, rief fröhlich: »Treten Sie näher, Herr Kommissar. Was verschafft mir die Ehre?« Schmoll wurde durch einen kleinen Vorraum in ein Wohnzimmer komplimentiert und zwischen schweren, altmodischen Möbeln platziert.

Frau Ranberg begriff im ersten Moment den Ernst der Lage nicht – was sollte ein Kommissar von ihr wollen? –, sie war arglos und begeistert, Besuch von einem aus dem »*Tatort*« zu bekommen. Sie fragte Schmoll, ob er gestern Abend den Krimi gesehen habe und machte ihn wortreich mit der Handlung bekannt. »Ich war so froh, dass der Bienzle den Kerl gefasst hat«, sagte sie abschließend. »Eine wehrlose Frau zu entführen, ist doch wirklich ein schlimmes Verbrechen. Finden Sie nicht auch, Herr Hauptkommissar?«

»Ja«, sagte Schmoll, »es gibt viele schlimme Verbrechen. Aber nun möchte ich Ihnen ein paar Fragen stellen.«

»Nur zu!«, zwitscherte Frau Ranberg. »Darf ich Ihnen etwas zu trinken anbieten? Vielleicht ein Likörchen?«

Schmoll lehnte dankend ab. Er strich sich über die Glatze, als gäbe es dort Haare zu ordnen, und sagte: »Wissen Sie, wo Ihre Schwiegertochter Claire ist?«

»Claire ist zur Kur. Schon seit mindestens sechs Wochen.«

»Wie ist Ihr Verhältnis zu Ihrer Schwiegertochter?«

Frau Ranberg entfaltete ihr Stiefmütterchengesicht zu einem Lächeln. »Ich habe Claire sehr gern. Sie besucht mich öfter als mein Sohn. Rolf ist eben beruflich sehr eingespannt. Ich glaube, der Junge arbeitet zu viel. Wenn Claire kommt, bringt sie immer ihre kleine Melanie mit. Das Kind ist trotz seiner Behinderung ein sonniges Dingelchen, das man lieb haben muss. – Weil Claire zu dieser Kur musste, ist sie leider lange nicht hier gewesen. Mein Sohn hat meine Enkeltochter inzwischen in einem Kinderheim untergebracht.« Sie seufzte. »Er sagt mir nicht, in welchem Heim, sonst hätte ich Melanie gern besucht. Aber so ist Rolf eben, er will mir keine Mühe machen.«

Nach diesen Auskünften teilte Schmoll Frau Ranberg den Tod ihres Sohnes mit. Die alte Frau schüttelte den Kopf und blickte ihn vorwurfsvoll an. »Nur weil Sie Kriminalkommissar sind, sollten Sie keine dummen Scherze mit mir treiben! – Heute, am Sonntag, wird Rolf bei dem schönen Wetter mit Attila auf die Schwäbische Alb gefahren sein. Wie können Sie ihn dann daheim im Wohnzimmer gefunden haben?«

Schmoll bereute nun doch, Irma nicht mitgenommen zu haben. Er konnte Frau Ranberg auch nach langen Erklärungen die traurige Tatsache nicht näherbringen. Sie weigerte sich, es zu glauben und wurde schließlich wütend. Völlig aus der Fassung geraten, rannte sie im Zimmer hin und her und schimpfte wie ein Rohrspatz. Als Schmoll schon Angst hatte, sie würde ihm die Kristallvase, die sie wie einen Rettungsanker fest an die Brust gedrückt hielt, an den Kopf werfen, fiel sie, immer noch die Vase umklammernd, vor seine Füße und rührte sich nicht mehr. Schmoll brachte sie in die Seitenlage und schob ihr ein Kissen unter den Kopf. Er fühlte ihren Puls, war erleichtert, dass ihr Herz noch schlug und wartete, bis der Notarzt kam.

Als Schmoll endlich in seinen alten Mercedes stieg und zurück zum Tatort fuhr, überlegte er, ob und wann Frau Ranberg in der Lage sein würde, die Leiche ihres Sohnes zu identifizieren. Außer ihr kommt nur Claire in Frage, dachte Schmoll. Ich hätte wenigstens fragen sollen, in welcher Kurklinik sie ist.

Es war schon fast Mittag, als Schmoll wieder bei der Villa ankam. Irma informierte ihn darüber, dass Claire Ranberg sich immer noch nicht habe blicken lassen.

»Die ist zur Kur«, sagte Schmoll. »Haben Sie irgendetwas von den Nachbarn erfahren?«

»Ich habe die nächstliegenden Häuser abgeklappert. Eine Frau hat behauptet, die junge Ranberg gestern im Garten gesehen zu haben. Vielleicht ist sie inzwischen von der Kur zurück und ihre Schwiegermutter weiß das noch gar nicht.«

»Auch möglich«, knurrte Schmoll. »Gibt's jemanden, der diese Nacht etwas beobachtet hat?«

»Die meisten Anwohner waren vorhin nicht zu Hause, wahrscheinlich zur Arbeit. Die paar Leute, die ich fragen konnte, wollen nichts gehört und gesehen haben. Einige Alte sind hier rumgeschlichen, haben aber einen großen Bogen um die Villa gemacht und nur neugierig auf die Polizeiwagen geschielt. Wahrscheinlich lag das an dem schwarzen Köter. Er hat den ganzen Vormittag, während wir das Haus und den Garten durchsucht haben, im Hof in seinem Zwinger getobt.«

Schmoll sah zum Zwinger. »Ich hab das Gekläffe heute Morgen auch gehört. Wieso ist er jetzt ruhig?«

»Ich habe jemand vom Tiernotdienst angefordert. Der hat Futter mit einem Betäubungsmittel in den Zwinger geworfen. Erst als das Viech narkotisiert war, haben sie es ins Tierheim Botnang abtransportieren können.«

»Vielleicht hat der Hund wirklich nur Hunger gehabt«, sagte Schmoll. »Wer weiß, wie lange der schon ohne Futter ist? Mir knurrt selbst der Magen. Wenn ich nicht bald was zum Essen bekomme, fange ich auch an zu bellen.«

»In dem Ladenzentrum da die Straße hinunter habe ich eine Pizzeria gesehen«, sagte Irma.

Schmoll zog angeekelt die Mundwinkel abwärts. »So'n italienisches Zeug kann mich nicht reizen. Ich brauche jetzt was Anständiges zwischen die Zähne. Die Kantine hat heute zu, aber die ist sowieso nicht gerade ein Feinschmeckerlokal. Wir

fahren nach Feuerbach in meine Stammkneipe, da gibt's sonntags Spätzle mit Zwiebelroschtbrate. Dazu würde ich mir am liebsten ein Viertele leisten – aber leider bin ich im Dienst.«
»Viertele?«
»Ein Viertele Trollinger.«
»Ist das der Wein, der aus den ulkigen kleinen Henkelgläsern getrunken wird – solche, wie sie bei den Ranbergs auf dem Wohnzimmertisch standen?«
»Württemberger Weine trinkt mer eba aus solche Viertelesgläsle. Schee rund müsset se sei mit ma grüna Henkele dran.«
»Aha«, sagte Irma. »Bei uns wird fast nur Bier getrunken.«
»Weiß schon: Bier und dazu Korn, weil's da obe im Norden so saukalt isch. Wie heißt noch gleich das Dorf, wo Se herkommet?«
»Itzehoe. Kein Dorf. Eine Stadt mit knapp 35 000 Einwohnern.«
Schmoll grinste überlegen: »Stuttgart hat 600 000. Sie wohnen jetzt in einer Landeshauptstadt, Frau Eichhorn, und zwar in der sechstgrößten Stadt Deutschlands.«
»Das klingt, als ob ich das als besondere Ehre betrachten muss.«
»Müssen Sie«, sagte Schmoll. »Ehrensache.«

Nach dem Mittagessen wollte Schmoll zu einer Stippvisite in die Pathologie des Robert-Bosch-Krankenhauses. Er erzählte Irma, für dieses Krankenhaus, eine Stiftung Robert Boschs, sei ursprünglich das Gebäude gebaut worden, in dem jetzt das Polizeipräsidium untergebracht ist. »Ende der sechziger Jahre ist aus Platzgründen mit einem Neubau begonnen worden. Inzwischen stehen ein paar hundert Meter über dem Präsidium inmitten der Weinberge modernste Klinikanlagen und Forschungsinstitute. Dort arbeiten auch die Gerichtsmediziner. Recht praktisch für uns, weil wir zu Fuß hingelangen können.«

»Zu Fuß in die Pathologie! Aber bitte nicht direkt nach den Käsespätzle in den Sezierraum«, flehte Irma.

»Haben Sie was gegen die gute schwäbische Küche?«, fragte Schmoll missmutig.

»Aber nein. Es hat mir geschmeckt, deswegen hab ich ja zu viel gegessen und würde die Spätzle gern im Magen behalten.«

Schmoll schmunzelte nachsichtig. »Ach so ist das! Sie können beruhigt sein, wir werden die Leiche nicht besichtigen. Ich will nur bei Dr. Bockstein nachfragen, wie weit er mit den Ergebnissen ist.« Und dann bemühte Schmoll wieder seinen Schulmeisterton: »Oder interessiert es Sie nicht, wann und woran das Opfer gestorben ist?«

»Doch«, sagte Irma und dachte: saublöde Frage!

»Na, also«, sagte Schmoll gnädig. »Wir gönnen uns einen Verdauungsspaziergang. Dabei können Sie gleich ein Stück der Stuttgarter Weinwanderwege kennenlernen.«

Während sie zusammen über den gut ausgebauten Treppenweg in die Weinberge hinaufstiegen, fühlte sich Irma zum ersten Mal in Schmolls Gesellschaft wohl.

Das lag nicht nur daran, weil ihr Vorgesetzter schwieg, um nicht ins Schnaufen zu geraten, sondern an dem Wunder, direkt oberhalb vom viel befahrenen Pragsattel zwischen Weinreben zu spazieren.

Unter ihnen lag ein Chaos aus gedrängten Giebeldächern, flankiert von modernen Bürohochhäusern, kreuz und quer zerschnitten von Straßen, auf denen sich die Autos drängten. Ein steinernes, technisches Chaos, über das eine gnädige Fee ein Füllhorn großer und kleiner Grünflächen ausgeschüttet zu haben schien.

Je höher sie kamen, desto malerischer wurde die Aussicht über die Täler und Höhen Stuttgarts. Schmoll entging nicht, dass Irma beeindruckt war. Nicht ohne Stolz und auch, um wieder zu Atem zu kommen, blieb er alle paar Höhenmeter stehen, fuchtelte in allumfassenden Gesten mit den Armen und erklärte Irma die Gegend, als habe er diesen Panoramablick selbst erschaffen.

»Also, fangen wir ganz links an. Sehen Sie am Horizont die Weinhänge auf dem lang gestreckten Höhenzug? Beste Lagen! Die Reben ziehen sich bis hinunter zum Neckar.«
»Wo fließt der Neckar?«
»Kann man von hier nicht sehen, weil der Stuttgarter Hafen zwischen Unter- und Obertürkheim mit Industrie zugebaut ist.«
»Ein Hafen? In Stuttgart?«
»Denken Sie, es gibt nur in Hamburg einen Hafen? – Na ja zugegeben, 'ne Reeperbahn haben wir nicht, aber dafür auch weniger Kriminalität. Allerdings lagen voriges Jahr zwei tote Männer auf dem Hafenkai. Wahrscheinlich bei einem Handgemenge von einem Kran abgestürzt. Was genau passiert ist, blieb unaufgeklärt.«

Irma konnte sich weder den Neckar noch einen Hafen zu Füßen der Weinberge vorstellen. Aber sie entdeckte zwischen den Weinbergen einen kegelartigen Hügel, den ein Gebäude mit einer grünschimmernden Kuppel aus Kupfer krönte. Irma zeigte hinüber: »Was ist das denn für ein Tempelchen?«

»Die Grabkapelle der Zarentochter Katharina. Das hübsche Kind ist nach nur dreijähriger Ehe mit König Wilhelm I. gestorben. Während ihrer kurzen Herrschaft hat sie in Stuttgart mehrere wohltätige Institutionen ins Leben gerufen, die so sinnvoll waren, dass es sie heute noch gibt: Das Katharinen-Stift, die Württembergische Sparkasse und das Katharinen-Hospital. Das Volk hat Katharina verehrt. Und ihr Mann, der König, hat sie so verrückt geliebt, dass er die Stammburg der Württemberger, die seit dem 11. Jahrhundert auf diesem Bergkegel gestanden hatte, nach Katharinas Tod abreißen und dafür die Grabkapelle für sie bauen ließ.«

»Ooh!«, sagte Irma. »Ein schwäbischer Tadsch Mahal. Ein Grabmal inmitten von Weinbergen!«

»Spitzenweinlagen!«, sagte Schmoll eifrig. »Das Dorf unterhalb der Kapelle ist eins der ältesten Weindörfer der Region: Uhlbach. Dort gibt es ein Weinbau-Museum. Das sollten Sie sich unbedingt anschauen.«

»Ich wusste gar nicht, dass es in und um Stuttgart so viele Weinberge gibt«, gestand Irma.

»Das ist eine absolute Bildungslücke«, sagte Schmoll. »Baden-Württemberg ist das größte Weinbaugebiet Deutschlands. Wir haben bundesweit den höchsten Weinkonsum. Der Trollinger ist der Lieblingswein der Schwaben. Er wächst an Stuttgarts Hängen bis in den Talkessel hinein.«

»Ich freue mich darauf, mir die Innenstadt anzusehen«, sagte Irma. »Die Großstadt zwischen Wald und Reben!«

»Vor allem dürfen Sie das Stuttgarter Weindorf nicht verpassen! Bei diesem Fest sind der Marktplatz, der Schillerplatz und die umliegenden Sträßle mit Weinlauben möbliert. Darin hocken Tag und Nacht die Viertelesschlotzer und lassen sich's gut gehen.«

»Und die Schwaben können so viel Wein vertragen?«, wunderte sich Irma.

»Die meischte scho, die schlotzet eba, des heißt, se trinket langsam mit Genuss. Aber es kommet ja au Neigschmeckte, da gibt's scho mol Scharmützel em Suff. – Manchmol wirds au heftig. 2006 hen mer ufm Schtuttgarter Weidorf drei Leiche uf oimol ghabt.«

»Weinleichen?«

»Aber noi. War a Messerstecherei von solche Glatzköpfige mit Schpringerschtiefel. Sie wisset scho! Es hat lang dauert, bis mer die wüschte Sauriebel ieberführe hen könne. Mord. Die sitzen für immer.«

Irma dachte noch über den Ausdruck »wüschte Sauriebel« nach, als sie merkte, dass Schmoll, wie er es ohne ersichtlichen Grund zu tun pflegte, vom Schwäbisch-Schwätzen in ein fast astreines Hochdeutsch umgeschaltet hatte.

»Sehen Sie, Frau Eichhorn, direkt unter uns, das ist Cannstatt. Berühmt für seine Mineralbäder. Aus einem der Außenbecken haben wir vorigen Herbst eine Wasserleiche gezogen. Schöne junge Frau. Mord aus Eifersucht. 15 Jahre Knast.

Weiter rechts das weiße Oval ist die Mercedes-Benz Arena. 2005: Raubmord nach einem Fußballspiel. Der VfB hatte gewonnen. Der Mord war leicht aufzuklären. Aber die Staatsanwaltschaft plädierte auf Unzurechnungsfähigkeit wegen Volltrunkenheit. Leider nur acht Jahre. –

Der dicke graue Zylinder dort ist der Gaisburger Gaskessel. In der Nähe war im Sommer 2004 dieser Aufsehen erregende Prostituiertenmord. Dafür gab's lebenslänglich.«

Schmoll drehte seine zwei Zentner Lebendgewicht etwas nach rechts und zeigte zu einem grünen Höhenzug. »Der Killesberg. Auf den Turm, der wie eine Spirale aussieht, müssen Sie unbedingt mal raufsteigen. Rundumpanorama. Er steht erst seit ein paar Jahren, aber es sind schon mindestens ein Dutzend Leute abgestürzt, sozusagen durch die Maschen gefallen. Angeblich alles Selbstmörder. Aber da kann man ja nie sicher sein.«

»An dem Turm bin ich heute Morgen vorbeigelaufen«, sagte Irma.

»In aller Herrgottsfrüh waren Sie auf dem Killesberg?«

»Ich habe eine Wohnung in der Thomastraße.«

»Oho«, machte Schmoll. »Vornehme Halbhöhenlage. Da wohne ich in Stammheim dagegen bescheiden.«

»Es ist ja nur eine kleine Dachwohnung«, sagte Irma, als müsse sie sich verteidigen. »Ziemlich abgelegene Gegend. Ich habe noch nicht mal einen Bäcker gefunden, aber dafür eine gute Abkürzung zum Präsidium. Heute Morgen bin ich durch einen Nebeneingang direkt in den Park spaziert. Als ich an dem Spiralenturm mit den Wendeltreppen vorbeigekommen bin, habe ich schon das Präsidium sehen können.« Sie zeigte hinunter zum Pragsattel: »Und diesen dicken Turm neben der Stadtbahnhaltestelle.«

»Das ist ein Bunker. Mahnmal vom letzten Krieg.«

»Also, an diesem Bunker war ich schon nach fünfzehn Minuten – und überpünktlich im Präsidium.«

»Haben Sie kein Auto?«
»Nein. Ich probiere erstmal, ob ich Stuttgart zu Fuß bewältigen kann. Das öffentliche Verkehrsnetz scheint ja recht gut ausgebaut zu sein.«
»Hervorragend ausgebaut«, bestätigte Schmoll stolz. »Aber ganz ohne Auto?«
»Mal sehen«, sagte Irma. »Ich kann es auch mit meinem Fahrrad versuchen.«
»Vergessen Sie nicht, dass Sie jetzt in Baden-Württemberg sind. Da geht's ständig en Buckel nauf oder oin nunder. In Stuttgart müssen Sie ein Rad mit mindestens 21 Gängen und gutes Training haben.«
»Habe ich beides«, sagte Irma und stieg weiter zügig bergauf.
Gleich danach hatten sie den höchsten Punkt des Weinberges erreicht. Schmoll atmete tief durch. »Bis hier sind's 265 Stufen!«
»Haben Sie die gezählt?«
»Heute nicht, aber ich geh ja hier nicht zum ersten Mal rauf. Stuttgart hat mehr als 400 solcher Stäffele. Wenn ich in Pension bin, dann werde ich die alle ablaufen.«
Irma lag auf der Zunge: »Wenn Sie das dann noch können, so wie Sie jetzt nach Ihrem Zwiebelrostbraten schnaufen.« Aber sie war ein höflicher Mensch, tat interessiert, was sie eigentlich auch war, und ließ sich gern die Namen der Berge und Hügel mit den dazugehörigen Stadtteilen erklären: Den Fernsehturm am Horizont über Degerloch; dazu acht Leichen in der Zeit, als das Geländer noch nicht mit Stahlspitzen nachgerüstet worden war. – Weiter rechts auf der Anhöhe: der Bismarckturm; zu seinen Füßen immer mal wieder ein Raubmord in den umliegenden vornehmen Wohnlagen. – Die Weinberge über Feuerbach; Schmoll fiel kein Mord dazu ein. Anscheinend weniger gefährliches Gebiet. – Rechts davon dann Zuffenhausen und dahinter Stammheim. Das ihm am häufigsten überantwortete Ermittlungsgebiet mit mindestens sechs Mal Mord und Totschlag pro Jahr.

»Und hinter uns«, sagte Schmoll abschließend, »auf der anderen Seite des Berges, auf dem wir stehen, liegt der Neckar und oberhalb seiner steilen Weinhänge zwischen den Stadtteilen Freiberg und Rot unsere Leiche. Das heißt: Da lag sie. Jetzt liegt sie in der Pathologie, wo sich der Bockstein um sie kümmert.« Schmoll setzte sich wieder in Bewegung, und wenig später erreichten sie den hinteren Eingang zum Areal des Robert-Bosch-Krankenhauses.

Der Gerichtsmediziner Dr. Bockstein war so braun gebrannt, als ob er den ganzen Tag in einem Solarium läge und nicht in fensterlosen, gekachelten Leichensälen stände. Er bleckte freundlich ein beeindruckendes Pferdegebiss und zählte sofort seine Ergebnisse auf. »Ungefährer Todeszeitpunkt: eine halbe Stunde vor Mitternacht. Rolf Ranberg ist eindeutig an Gift gestorben. Sein Tod lauerte offensichtlich im Trollinger! Aber es ist noch nicht geklärt, um welches Gift es sich handelt.«

»Giftmord!«, sagte Schmoll. »Das hat schon der Notarzt vermutet.«

Bockstein zuckte mit den Schultern. »Wieso geht ihr so selbstverständlich davon aus, dass es Mord war? Der junge Mann könnte ja auch aus irgendeinem Grunde lebensmüde gewesen sein?«

Schmoll machte sein schlaues Gesicht, er zog dabei die Mundwinkel herunter und die Augenbrauen hoch. »Wenn er sich das Gift selbst in den Wein gemischt hätte, hätten wir doch wohl irgendwo im Haus ein Behältnis, in dem das Zeug gewesen ist, finden müssen. Wieso sollte ein Selbstmörder den Beweis für seine Todesursache verschwinden lassen? Und kein Abschiedsbrief. Das alles ist absurd und meines Wissens noch nie vorgekommen. Es ist mehr als wahrscheinlich, dass der Mörder sämtliche Beweisstücke mitgenommen hat.«

»Hab's kapiert«, sagte Bockstein und bleckte freundlich sein Pferdegebiss.

»Wenn Sie das zugeben«, sagte Schmoll, »dann werden Sie auch einsehen, dass wir so schnell wie möglich wissen müssen, um welches Gift es sich handelt, weil wir dann gezielter danach suchen können.«

»Kapier ich auch«, sagte Bockstein. »Wir arbeiten daran.«

»Und bis wann könnt ihr das Gift analysieren?«, fragte Schmoll mit Ungeduld in der Stimme.

Das Grinsen verschwand und Dr. Bockstein zischte verdrießlich durch die Zähne: »Ich weiß, Schmoll, Sie nehmen wieder einmal an, dass wir hexen können. Aber vielleicht ist Ihnen schon aufgefallen, dass heute Sonntag ist. Das Labor ist nur mit einem Notdienst besetzt. Genauere Ergebnisse sind erst in ein paar Stunden zu erwarten.«

»Es eilt!«, sagte Schmoll überflüssigerweise.

»Ich weiß«, sagte der Doktor und bleckte die Zähne.

Während Schmoll mit Irma wieder Richtung Weinberge unterwegs war, beschwerte er sich, dass die Gerichtsmediziner für alles so lange brauchten. Bevor sie sich an den Abstieg machten, hob Irma von einer Bank ein Stoffhäufchen hoch. Es war eine Männerjacke, Größe XXL und so tropfnass von den nächtlichen Regengüssen, dass sich die Farbe nicht bestimmen ließ. In der Brusttasche steckte der Lieferschein einer Firma für Keramikblumentöpfe. Die Adresse des Empfängers war noch lesbar: *Gärtnerei Busch, 70437 Stuttgart, Primelweg 5.*

Kaum hatte Irma das vorgelesen, bemächtigte sich Schmoll des Lieferscheins und der tropfenden Jacke. Mit Triumph in der Stimme, als ginge dieser Fund auf sein höchstpersönliches, ruhmreiches Ermittlerkonto, verkündete er: »Eine Jacke von Max Busch! Das ist doch der Nachbar von unserer Leiche und außerdem der Angetraute der kleinen Blonden, die sie gefunden hat. Wie zum Teufel kommt dem seine Jacke hierher? Hier die Flecke – ist das Blut?«

Irma grinste und brachte den erfahrenen Kommissar auf den Boden der Tatsachen zurück: »Ich weiß schon: Der Gärtner ist immer der Mörder. Doch Ranberg ist an Gift gestorben. Und wir wissen überhaupt nicht, ob die Jacke tatsächlich Busch gehört – der Lieferschein bedeutet gar nichts.«

Schmoll sah mit gerunzelter Stirn die Rebenreihen entlang und brummte: »Hoffentlich liegt der Busch nicht selbst hier irgendwo zwischen den Weinstöcken. Eine Leiche pro Tag reicht mir eigentlich.«

Seine Rechte wedelte mit dem Lieferschein, um ihn zu trocknen, seine Linke drängte Irma die nasse Jacke wieder auf. Sie drückte das Wasser heraus, zauberte eine Plastiktüte aus ihrer Tasche und stopfte den unerwarteten Fund hinein.

Als sie nach zehn Minuten den Parkplatz des Präsidiums erreicht hatten, sagte Schmoll: »Wir fahren jetzt sofort in die Gärtnerei und gucken, ob Frau Busch inzwischen vernehmungsfähig ist. Sie kann uns sicher sagen, ob das die Jacke ihres Mannes ist. Den sollten wir uns auch vorknöpfen. Er wird uns erklären müssen, warum seine Jacke in den Weinbergen rumliegt.«

Luzie schien sich von ihrem Schreck erholt zu haben. Sie goss im Gewächshaus die Tomaten und blinzelte Schmoll und Irma durch feuchte Dunstschleier unsicher an. »Ich hab jetzt keine Zeit, hier herumzuplaudern. Ich muss die Pflanzen gießen. Außerdem kommt in einer Stunde Tobias nach Hause und das Essen ist noch nicht fertig.«

Ohne auf ihren Protest einzugehen, fragte Schmoll, ob ihr Mann daheim sei. Er musste seine Stimme gegen das Wasserrauschen erheben, damit Luzie ihn verstand.

Sie drehte das Ventil des Schlauches zu und sagte leise: »Der ist weg!«

Schmoll legte seine hohe Stirn in Falten, so dass sie an ein Wellblechdach erinnerte: »Was heißt weg? Wo ist er denn?«

Luzie zog einen Flunsch. »Keine Ahnung.«

»Seit wann vermissen Sie Ihren Mann?«, fragte Irma sanft.

Luzie zupfte gelbe Blätter ab, drückte sie zusammen und warf sie auf den Boden. »Er war weg, als ich heute früh von meiner Freundin Pia zurückgekommen bin.«

»Sie waren diese Nacht nicht zu Hause?«
»Nein. Ich hab mit unserem Sohn Tobias bei Pia übernachtet.«
»Pia wer?«, fragte Schmoll. »Würden Sie uns den Namen und die Adresse Ihrer Freundin verraten?«
»Pia Brechtle. Adalbert-Stifter-Straße 6. Das ist das größte Hochhaus in Freiberg. Aber lassen Sie Pia mit ihren Fragen in Ruhe, sie ist etwas unstabil, seit sie geschieden ist.«
Schmoll schwitzte. Weil Luzie jetzt aber anscheinend gesprächiger wurde, harrte er in dem feuchtwarmen Gewächshaus aus. Fahrig wischte er sich mit dem Jackenärmel den Schweiß von Stirn und Glatze. »Wir werden Frau Brechtle aber fragen müssen. Schließlich brauchen Sie ein Alibi, Frau Busch.«
»Alibi?«, fragte Luzie ungläubig. Sie zuckte hilflos mit den Schultern und murmelte: »Sind wir hier in einem Fernsehkrimi?«
Schmoll knetete sein Kinn, fixierte sie mit zusammengekniffenen Augen und stellt seine Bassstimme noch eine halbe Oktave tiefer ein. »Frau Busch, Ihnen scheint der Ernst der Lage nicht klar zu sein. Sie müssen uns ein paar Fragen beantworten. Schließlich handelt es sich um ein Verbrechen. Rolf Ranberg ist, wie zweifelsfrei feststeht, ermordet worden «
Luzie schnappte nach Luft. »Mord? – Also fragen Sie. Ich habe nichts zu verheimlichen.«
»Können Sie mir erklären, wie Sie ins Haus der Ranbergs eingedrungen sind?«
Luzie beteuerte, die Haustür sei nicht geschlossen gewesen.
»Sie sind also nicht durch die Terrassentür ins Wohnzimmer gekommen?«
»Nein.«
»Und wieso ist die Scheibe der Tür eingeschlagen?«
»Ich hab nicht gesehen, dass sie kaputt war.«

Irma legte beschwichtigend ihre Hand auf Luzies Arm: »Sagen Sie die Wahrheit lieber gleich. Wir werden Spuren finden.«

»Ich habe mit Rolfs Tod nichts zu tun«, sagte Luzie und dachte: Wenn ich wieder mal 'ne Leiche finde, werde ich mich hüten, die Polizei anzurufen. – Dabei starrte sie fasziniert auf Irmas Haare. Sie hatten sich in der feuchten Gewächshausluft aufgeplustert und erinnerten an einen Eichhörnchenschwanz. Sogar die Farbe stimmte.

Luzie griff zum Gartenschlauch. »Kann ich jetzt weiterarbeiten?«

»Einen Moment noch«, Irma zog die Jacke aus der Tüte. »Gehört die Ihrem Mann?«

Luzie wurde bleich. Beim Anblick von Max' nasser Jacke dachte sie sofort an eine Wasserleiche. Ihre Stimme war nicht mehr fest und sie krächzte: »Wo haben Sie die Jacke her? Und wieso ist die klitschnass? Was ist Max passiert?«

»Beruhigen Sie sich. Wir haben weder die Jacke noch Ihren Mann aus dem Neckar gefischt«, sagte Schmoll. »Wir haben die Jacke im Weinberg gefunden und müssen sie jetzt noch nach Spuren untersuchen.«

»Spuren!?« Luzie schloss die Augen und sah Blut. Blutspuren auf Max' Jacke. Mein Gott, dachte sie, wo ist Max?

»Und rufen Sie uns bitte sofort an, wenn Ihr Mann zurückkommt«, sagte Irma.

Luzie nickte und drehte den Wasserschlauch wieder auf.

Draußen schnaufte Schmoll und schnappte nach frischer Luft. »Da drin war ja das reinste Dschungelklima.« Er gab nicht zu, dass er gern noch einige Fragen gestellt hätte, aber es im Gewächshaus nicht mehr ausgehalten hatte.

»Was sagen Sie zu unserer Luzie, Frau Eichhorn?«

»Sie ist unsicher«, sagte Irma. »Und sie versucht, ihre Angst nicht zu zeigen.«

Schmoll rieb sich die Glatze, als wollte er seine kleinen grauen Zellen aktivieren. »Ich glaube, wir müssen sie später nochmal energisch in die Zange nehmen.«

»Vielleicht weiß sie wirklich nicht, wo ihr Mann ist«, sagte Irma. »Falls er sich tatsächlich aus dem Staub gemacht hat, ist er bedeutend verdächtiger als seine Frau!«

»Es sei denn, er liegt tot im Weinberg«, knurrte Schmoll. »Ich glaube, man sollte eine Suchstaffel losschicken.«

Als Schmoll und Irma im Präsidium ankamen, war soeben der Bericht vom kriminaltechnischen Labor eingegangen: Rolf Ranberg war an Parathion, an E 605, dem hochgiftigen Pflanzenschutzmittel, gestorben. Reste davon hatten sich in dem Weinglas, das vor ihm auf dem Tisch gestanden hatte, und in seinem Körper befunden.

Pflanzenschutzmittel!, überlegte Schmoll. Das Gift kann eigentlich nur aus der Gärtnerei Busch stammen!

Von diesem Moment an galt der spurlos verschwundene Max Busch als Haupttatverdächtiger.

»Mit dem Gift ins Nachbarhaus zu gehen«, überlegte Schmoll laut, »und es Rolf Ranberg in den Wein zu schütten, kann kein großes Kunststück gewesen sein. Vielleicht hat er den Trollinger auch mitgebracht.«

Irma gab zu bedenken, dazu würde die eingeschlagene Terrassentür nicht passen. »Da Busch und Ranberg langjährige Nachbarn sind und die Putzhilfe Frau Kullmer ausgesagt hat, Busch würde den ranbergschen Garten pflegen, finde ich es wahrscheinlicher, dass Busch zur Haustür hereingelassen worden ist. Schlägt man erst eine Glastür ein, um dann mit dem Hausherrn Wein zu trinken?«

Schmoll knetete sein Kinn, gab aber nicht zu, dass Irma Recht hatte und lenkte seine Gedanken in eine andere Richtung: »Und wenn Luzie Busch doch weiß, wo ihr Mann ist?, sagte er. »Mir scheint, dass beide Buschs höchst verdächtig sind.«

Schmoll rief den Leiter der Spurensicherung an. Rudi Müller lief unter dem Namen Spursi-Müller und war ein echter Spürhund.

»Habt ihr Fingerabdrücke von Buschs Gartenschere oder anderen Werkzeugen genommen?«, fragte Schmoll.

»Ja, sie sind recht brauchbar, aber weder an den Weingläsern, noch an der Terrassentür zu finden. Nirgends, außer an der Haustürklingel.«

»Und die Fingerabdrücke von Frau Busch? Ich hoffe, die habt ihr heute früh schon genommen.«

»Haben wir«, sagte Müller. »Spuren an der Haustür, im Wohnzimmer und am Telefon, aber weder auf den Weingläsern noch auf der Flasche.«

»Hmm. Was ist mit Fußspuren im Garten?«

»Die Regengüsse, die am Morgen heruntergekommen sind, haben alle Spuren verwischt.«

»Pech«, knurrte Schmoll. »Und Spuren auf der Terrasse oder im Haus?«

»Alles durchgecheckt. Aber die Terrasse ist nicht überdacht und vom Regen abgewaschen. Die frischen Fußspuren auf dem Wohnzimmerparkett und im Flur sind völlig zerlaufen und somit schwer auszuwerten. Sonst im ganzen Haus keine verdächtigen Spuren.«

»Kein Behältnis mit Giftrückständen?«, bohrte Schmoll weiter.

»Wir haben jede Vorratsdose, jede angebrochene Flasche und alles in dieser Art geprüft. Nichts!«

Schmoll seufzte. »Wir müssen herausfinden, woher das Gift stammt. Hoffentlich kommt bald die Durchsuchungsgenehmigung für die Gärtnerei. Also dann bis morgen.«

Schmoll starrte einen Moment das Telefon an, als ob daraus eine Erleuchtung kommen könne. Dann vertiefte er sich in das Gutachten eines Sachverständigen über das Gift E 605:

E 605 ist das Synonym für Parathion. Es ist eine Flüssigkeit, die leicht verdampft und in reinem Zustand farblos und fast geruchlos ist.

E 605 wurde seit Ende der 40er Jahre als Pflanzenschutzmittel vermarktet. Es zeigt keine Giftwirkung gegen Pflanzen, ist aber äußerst toxisch gegen Insekten und Warmblüter. E 605 wirkt als Kontaktgift und darf daher nicht mit der

Haut in Berührung kommen. Wenn es wie in unserem Fall geschluckt wird, kommt es zu Erbrechen, Muskelzuckungen und Kopfschmerzen und in kürzester Zeit zu Krämpfen und Atemlähmung.

Als E 605 auf dem Markt verkäuflich war, häuften sich im Laufe der Jahre die Fälle von Vergiftungen: Es handelte sich um Suizide, Unfälle und Mordanschläge. Im Volksmund wurde bereits der Begriff »Schwiegermuttergift« verwendet, da es für zahlreiche Morde im familiären Umfeld missbraucht wurde.

E 605 ist seit dem 8. Januar 2002 nicht mehr zugelassen, darf nicht mehr gehandelt oder verwendet werden.

Irma, die Schmoll über die Schulter gesehen und mitgelesen hatte, zog eine Grimasse und murmelte »Schwiegermuttergift ...«

Schmoll nickte und steckte mit gequältem Gesicht das Gutachten in die Akte. Er stand abrupt auf und befahl: »Höchste Zeit, die Fahndung nach Max Busch einzuleiten! Schwerpunkt: Stuttgart. Ausweiten auf ganz Baden-Württemberg. Am besten bundesweit!«

* * *

Claire und Max landen in Monastir.

»Willkommen in Afrika«, sagt Claire, als sie mit Max die Gangway hinuntersteigt. Die Luft steht, empfängt sie wie eine klebrige, heiße Mauer. Sie holen ihr Gepäck und Claire winkt eins der gelben Taxis heran. Es ist zwei Uhr mittags, als sie vor einem pompösen Hoteleingang halten. Claire sagt: »Wir sind da. Wir sind in Sousse.«

Max scheucht den livrierten Boy weg und trägt das Gepäck selbst durch ein Foyer, das vor Marmorsäulen, Wandmosaiken und Teppichen strotzt. Der Lift hält im vierten Stock. Claire sagt: »In einer Stunde unten in der Halle. Dann zeige ich Ihnen die Altstadt«, und schlüpft in ihr Zimmer.

Max öffnet die danebenliegende Tür. Erschöpft lässt er sich in den Sessel vor dem Schreibtisch fallen. Seit Stunden ist er das erste Mal allein. Aber das schummrige Licht macht ihn unruhig. Er steht auf und zieht mit einem Ruck die schweren Fenstervorhänge beiseite: Vor ihm liegt das Meer. Stahlblaue Unendlichkeit verschwimmt am Horizont mit dem Himmel. Max möchte ewig vor diesem Fenster stehen bleiben. Will an nichts mehr denken und nur diese Aussicht genießen. – Aber dann erinnert er sich an das Chaos der letzten Tage, wendet sich bedrückt vom Fenster ab und zieht die Vorhänge zu. Er duscht, zieht sich um und rasiert sich. Die routinemäßigen Handgriffe lenken ihn von den Grübeleien ab.

Claire wartet schon im Foyer. Bevor sie sich zu ihrem Stadtrundgang aufmachen, gehen sie in ein kleines Restaurant.

»Nehmen wir Brick à l'œuf!«, schlägt Claire vor.

»Was ist das?«

»Eine tunesische Spezialität. In Öl gebackene Blätterteigtaschen, gefüllt mit Ei oder Fisch, gewürzt mit Kümmel und Petersilie. Wenn noch Zitrone darübergeträufelt wird, sind es echte Leckerbissen.«

»Okay«, sagt Max, »essen wir tunesisch.«

Nach dem Essen führt Claire Max in die Medina. Diese ihm unbekannte Welt zieht ihn in ihren Bann wie ein fremder Zauber. Er fühlt sich losgelöst von seinem bisherigen Leben. Er denkt nicht zurück, aber auch nicht vorwärts. Er lässt sich treiben. Treiben von Claire.

Sie schieben sich durch enge Gassen und dunkle Gewölbegänge. Touristen bummeln, schubsen, lachen. Verschleierte Frauen balancieren Lasten auf den Köpfen und schreiten gelassen und aufrecht durch das Menschengewimmel. Männer in nachthemdartigen Gewändern und mit Turbanen sitzen in winzigen Cafés, diskutieren lautstark oder ziehen still an ihren Wasserpfeifen. Claire und Max gehen dicht nebeneinander und weichen barfüßigen Kindern, überladenen

Eseln, Katzen, Hunden und Hühnern aus. Bettler strecken die Arme nach ihnen aus. Im Schatten der Mauern hocken Alte und lassen Gebetsketten durch ihre Hände gleiten. Die Läden, nicht viel größer als Kleiderschränke, sind dicht aneinandergereiht und bersten vor Farben und Düften. Händlergeschrei preist Stoffe, Teppiche, Besen, Lederwaren, Töpfe, Körbe an.

In der nächsten Gasse: Berge von Karotten und Bohnen. Zu Pyramiden gestapelte Melonen und Orangen. Gewürze duften aus offenen Säcken. Abfallgestank vermischt sich mit Wohlgerüchen. Und über allem hängt Hitze und Staub.

Max denkt mit Wehmut an Stuttgart und an seinen Marktstand auf dem Schillerplatz. Er seufzt und gesteht Claire: »Diese Kontraste nehmen mir den Atem. Erst das Luxushotel und nun die Altstadt! Mir schwirrt der Kopf.«

Claire lacht. »Kulturschock?«

Er zuckt die Schultern. »Schon möglich, Claire. Sie müssen bedenken, dass ich bisher nicht gerade weit herumgekommen bin.«

»Fest verwachsen mit der Scholle!«, sagt Claire.

»Ja, so kann man's nennen. In meinem Beruf ist das nicht anders möglich. Nur im Winter hab ich's etwas ruhiger. Dann lese ich mich durch die Bibliothek meines Vaters und träume mich dabei in fremde Welten. Denn verreisen kann ich in den Wintermonaten auch nicht, weil die Gewächshäuser geheizt werden müssen.«

»Ein harter Job«, sagt Claire. »Aber nun genießen Sie es doch einfach mal, Ihrer Scholle entkommen zu sein.«

Über die Medina schallt plötzlich ein klagender, lang gezogener Gesang.

»Der Muezzin ruft zum Gebet«, sagt Claire leise.

»Was ruft er?«, fragt Max, genauso leise, als ob er den Zauber der Stunde nicht zu stören wagt.

»Er ruft: Es gibt keinen Gott außer Allah, und Mohammed ist sein Prophet.«

»Sind Sie Muslimin, Claire?«

»Ja. Meine Mutter ist zum Islam übergetreten, als sie meinen Vater geheiratet hat.«

»Sie sind in Tunesien aufgewachsen?«

»Ich bin hier geboren und habe meine Kindheit am Rande der Sahara verbracht. Später habe ich in Frankreich studiert und in Bordeaux als Dolmetscherin gearbeitet. Ich wohnte bei meiner Großmutter in einem herrschaftlichen Stadthaus, dem einzigen Renommierstück, das von dem Besitz ihrer Familie übrig geblieben ist.«

»Und die Familie?«

»Sie sind alle, die meisten noch sehr jung, im Zweiten Weltkrieg ums Leben gekommen. – Ich bin sozusagen die letzte meines französischen Stammes.«

Claire sieht sich um. Dieses ängstliche Umherspähen hat Max schon auf dem Flugplatz an ihr bemerkt. Wovor hat sie Angst? Ist sie Rolf davongelaufen? Fürchtet sie, er versucht, sie aufzuspüren? Rolf wäre zuzutrauen, aus verletzter Eitelkeit einen Detektiv auf Claire anzusetzen.

Aber im nächsten Moment lacht Claire schon wieder, hakt sich bei Max unter und behauptet, sie habe einen Bärenhunger, jetzt sollten sie sofort ins Hotel zurück zum Diner gehen.

»Halb neun warte ich hier auf Sie«, sagt Claire im Foyer. »Sie müssen ja ganz ausgehungert sein, Max. Haben Sie eine Krawatte dabei?«

»Ja«, sagt Max.

»Diner? Krawatte?«, murmelt er. Dann macht er sich frisch und vergisst auch den Schlips nicht.

Als er Claire in einem türkis schimmernden Seidenkleid mit gewagtem Dekolleté sieht, wird er sich seines altmodischen Jacketts bewusst und würde am liebsten wieder umkehren. Aber sie kommt ihm strahlend entgegen.

In dem prunkvollen Speisesaal führt sie ein Kellner an einen Tisch für zwei Personen.

Max weiß kaum, was er isst und trinkt. Er lauscht Claires warmer Altstimme, in der die kleine französische Sprachmelodie schwingt, ohne ihren Worten genau folgen zu können. An dem mit kostbarem Geschirr und Besteck gedeckten Tisch fühlt er sich fehl am Platz. Es ist ihm peinlich, sich von dem alten Kellner, der diskret und untertänig ihre Teller wechselt und ihre Gläser aufs Neue füllt, bedienen zu lassen.

Nach dem Essen sagt Max, er fürchte, dieses Hotel sei sündhaft teuer. Claire entlässt eine Salve ihres perlenden Lachens. »Nicht für uns. Das Hotel gehört meinem Vater. – Außerdem habe ich ein dickes Konto bei der Tunesischen Zentralbank und kann jederzeit unsere Reisekasse auffüllen. Ich habe Sie zu dieser Reise eingeladen.«

»Na ja, aber ...«, sagt Max.

»Wenn es Ihnen unangenehm ist und Sie es absolut wollen, dann können Sie mir das Geld später zurückgeben«, sagt Claire.

Um elf Uhr schaut Max auf die Uhr und gähnt verhalten. »Ich habe noch nie an einem einzigen Tag so viel erlebt. Es ist alles wie ein Traum.«

»Mir geht es genauso«, gibt Claire zu. »Also, gehen wir ins Bett und träumen weiter.«

FÜNF

Montag, 19. Mai

Morgens um neun brechen Claire und Max von Sousse auf. Ein Kofferträger bringt ihr Reisegepäck vor das Hotel und lädt es in einen Mietwagen, einen silberblauen Renault. Auf Max' fragenden Blick hin erklärt Claire, diesen Wagen habe sie von der Hoteldirektion besorgen lassen. Sie scheint sich hinterm Steuer sehr wohl zu fühlen und summt vor sich hin.

Als sie schon eine halbe Stunde unterwegs sind, fragt er, wo denn eigentlich das Ziel ihrer Reise sei.

»Endstation Sahara«, sagt Claire. Max bemerkt, wie sie fröstelt und sich die Härchen auf ihren Armen aufstellen, ihre bronzene Haut verliert Farbe. Sie sieht aus, als ob sie sich vor dieser Endstation zu Tode fürchte. Doch dann scheint ihre Furcht, genauso schlagartig, wie sie gekommen ist, wieder zu verfliegen. Sie streicht sich über die Stirn, als würde sie einen Gedanken wegwischen, wirft ihr Haar zurück und lacht ihn an. Ihre Augen funkeln.

Max grübelt wie schon oft, seit er mit Claire unterwegs ist, wofür er sie halten soll. Ihr Gesicht und ihr Temperament gleichen dem einer traurigen Madonna, die sich immer wieder unerwartet in eine heitere zigeunerhafte Abenteuerin verwandelt.

»Jetzt fahre ich Sie zu einem Wunder aus der Zeit der alten Römer.«

Schon seit sie sich von der Küste entfernt haben, sind sie durch eine öde Steppenlandschaft gefahren. Je weiter sie nun nach Süden kommen, desto trockener und karger wird die Gegend. Max schließt die Augen, weil sie von der Sonne brennen. Hinter seinen Lidern sieht er unverhofft den blühenden Birnbaum, der sich wie eine weiße Wolke von der Backsteinfassade seines Hauses abhebt. Der Birnbaum, aus dem im September goldene Früchte leuchten. Wird er sie dieses Jahr ernten? Wofür eigentlich? Luzie und Tobias sind nicht mehr da. – Max hat einen Punkt erreicht, an dem ihm alles gänzlich egal ist. Er hat das Gefühl, niemals nach Hause zurückzukehren. Und er hat auch kein Bedürfnis danach.

Er hört Claires Stimme: »He, Max, jetzt wird nicht geschlafen!«

Wie ertappt reißt er die Augen auf: Vor ihm ragt ein steinerner Koloss aus rotbraunen Mauern in den kornblumenblauen Himmel. »Mir scheint, wir kommen nach Rom – wie bei Asterix«, murmelt er verdutzt. »Ich sehe das Kolosseum!«

Claire lacht. »Das hier ist das Kolosseum von El Djem.«

Sie parken auf dem fußballfeldgroßen gepflasterten Vorplatz. »Kommen Sie, Max, jetzt erklimmen wir den obersten Rang und genießen die Aussicht über Stadt und Land.«

Das Panorama, das sie nach dem Aufstieg erwartet, ist indes nicht besonders eindrucksvoll. Weit und breit liegt nichts als ausgetrocknete Grassteppe. Max ist enttäuscht und sehnt sich unerwartet in seine Stadt zwischen Wald und Reben. Nach gepflegten Parkanlagen und Gärten. Nach dem Neckar. Nach den Weinbergen. Nach den Wäldern. – An den Lärm und den Feinstaub in Stuttgarts Talkessel und die mit Autos überfüllten Straßen denkt er nicht.

»Wie kommt dieses Kolosseum in eine so karge Gegend?«, fragt er Claire.

»Es ist El Djems letztes Relikt aus glorreicher römischer Vergangenheit. Tunesien ist seit mehr als 2000 Jahren immerzu von irgendwelchen Eroberern besetzt worden. Erst die Römer, dann die Vandalen, danach die Araber, zuletzt die Spanier und die Franzosen. Ja, und heutzutage sind es die Touristen. Sie überrennen inzwischen jede Ecke des Landes. Aber die Tunesier nehmen auch die Touristen mit Gelassenheit auf, so wie alle Fremden vorher. Doch ich weiß, wo es in diesem Land abseits der Touristenpfade am schönsten ist.«

»Woher wissen Sie das? Sie sind schon lange weg aus Tunesien.«

»Mein Vater hat keine Gelegenheit ausgelassen, uns Kindern seine Heimat zu zeigen. Er hat mich zu einer echten Wüstenpflanze erzogen.«

Sie setzen sich auf die oberste Stufe der Sitzreihen und schauen hinunter in die Arena. »Sehen sie die Gladiatoren einmarschieren, Max? Hören Sie die Löwen brüllen? Sehen Sie die römischen Herren mit ihrem Hofstaat in den Logen Platz nehmen? Fühlen Sie, wie das Geschrei der 30 000 Zuschauer das Theater erbeben lässt? Sehen Sie den Daumen des Herrschers, der nach unten zeigt?«

»Ja«, sagt Max leise. »Ich sehe es, ich höre es und ich fühle es.«

Als sie wieder auf dem Parkplatz ankommen, steht neben ihrem Wagen ein Mann mit einem schwarzen Bullterrier. Er ist dabei, den Hund auf den Rücksitz seines Autos zu verfrachten.

Claire beginnt zu schreien. Ihr Gesicht verzerrt sich zu einer angstvollen Grimasse, und sie zittert am ganzen Körper.

Max legt seinen Arm um ihre Schulter, zieht sie an sich, streichelt unentwegt über ihre Haare und murmelt: »Ist schon wieder gut. Ist ja gleich vorbei«, Worte, mit denen er früher Tobias getröstet hat, wenn er sich das Knie aufgeschlagen oder Bauchweh gehabt hat. Max hat zwar keine Ahnung, was hier wieder gut werden soll, was vorbeigehen könnte, aber seine Stimme scheint Claire zu beruhigen. Das Zittern hört auf.

Sie flüstert: »Danke, Max. Danke, dass Sie da sind.« Sie streicht sich die Haare aus der Stirn und sagt leise: »Entschuldigung. Fahren wir weiter?«

»Sind Sie wieder in Ordnung, Claire?«

»Ja.«

»Ist es Ihnen recht, wenn ich fahre?«

»Ja.«

»Wo fahren wir jetzt hin?«

»Weiter nach Süden. Nach Sfax.«

Auf der Nationalstraße Richtung Sfax ist wenig Verkehr. Max und Claire schweigen. Er schielt manchmal zu ihr hinüber, um zu sehen, wie es ihr geht. Bei der Szene auf dem

Parkplatz war ihm Rolfs Bullterrier Attila eingefallen und wie sich Claire immer vor ihm gefürchtet hat. Aber dieser Hund auf dem Parkplatz hat nicht einmal gebellt. Wieso ist sie derart in Panik geraten?

Der Ausbruch Claires ist ihm ein Rätsel, eins der größten, die ihm Claire aufgegeben hat, seit sie unterwegs sind.

Ihre unberechenbaren Stimmungen von himmelhoch jauchzend bis zu Tode betrübt sind ihm unbegreiflich und verwirren ihn.

Doch nun sitzt sie still neben ihm. Seit sie der Küste wieder näher kommen, fahren sie durch Olivenhaine. Plantagen, die in nichts mit den schwäbischen Streuobstwiesen zu vergleichen sind. Soweit der Blick reicht: endlose Reihen neu gepflanzter Bäume auf nacktem, ausgetrocknetem Boden. Hin und wieder stehen zwischen den jungen Bäumen uralte Riesen mit wuchtigen, knorrigen Stämmen.

»Man könnte denken, diese Bäume sind 1000 Jahre alt«, sagt Max, in dem jetzt der Gärtner erwacht.

»Oder noch älter.« Claire lächelt ihn an, als ob sie ihren Panikanfall gänzlich vergessen hat. »Diese Methusalems haben die Zerstörung der römischen Bewässerungssysteme durch die Vandalen überlebt.«

»Aha«, sagt Max und durchwühlt sein Hirn nach Geschichtsweisheiten, die er in der Schule gelernt hat. Immerhin hat er Abitur gemacht und eine Fachhochschule für Gartenbau besucht. – Meinem Vater habe ich nicht nur eine Gärtnerei kurz vor der Pleite zu verdanken, denkt Max, sondern auch meine gute Ausbildung. Wenn ich aber auch so viel gelesen, Geige gespielt und geträumt hätte wie er, wäre die Gärtnerei endgültig Bankrott gegangen.

Trotzdem nimmt sich Max vor, daheim den dicken Wälzer über das römische Reich aus dem Bücherschrank zu nehmen und über die Punischen Kriege und Karthago nachzulesen.

Die Frage, wann und wie er wieder nach Hause kommen wird, um dieses Buch zu lesen, schiebt er beiseite, weil er weiß, dass dann nichts mehr so sein wird wie vorher.

Wie in seinen Gedanken tauchen auch am Horizont dunkle Wolken auf.

»Nanu«, sagt er, »es wird ein Gewitter geben.«

Claire seufzt. »Wir fahren in eine Stadt, die mehr Schornsteinschlote als Minarette hat. Die dunklen Wolken sind Abgase. – Aber durch die Industrie ist Sfax reich geworden. Sehen Sie doch die herrschaftlichen Villen und Gärten, an denen wir jetzt schon eine Weile vorbeifahren. Es gibt viel Armut in diesem Land, aber die Leute, die hier wohnen, schwimmen in Geld.«

* * *

Am Morgen dieses Tages erschien Kommissar Steffen Katz pünktlich im Büro des Stuttgarter Polizeipräsidiums und meldete sich vom Urlaub zurück.

»Willkommen im Mörder-Jagdklub«, begrüßte ihn Schmoll und verpasste ihm einen seiner Schläge auf die Schulter, die er bei solchen und ähnlichen Gelegenheiten mit viel Liebe austeilte. Katz, halbe Portion von Schmoll, fiel nur deswegen nicht um, weil er den Schlag erwartet und seinen Stand rechtzeitig abgesichert hatte. Er grinste etwas gequält und rieb sich die Stelle, auf der Schmolls Pranke gelandet war.

Schmoll freute sich, dass Katz wieder zurück war. Sie hatten schon bei anderen Fällen zusammengearbeitet und beim letzten hatte Katz zur Lösung einiger entscheidender Fragen beigetragen. – Und mit Katz brauche ich auch nicht jedes schwäbische Wort, das mir entschlüpft, ins Hochdeutsche übersetzen, dachte Schmoll. Diese Irma Eichhorn geht mir wirklich auf den Geist. Der muss man doch tatsächlich erklären, was ein Stäffele ist.

Nach einem umfassend prüfenden Blick auf seinen jungen Mitarbeiter bemerkte er: »Erholt siehst du nicht gerade aus.«

»Nie wieder Nordsee! Ond vor allem nie wieder mit so einer Schmalzkachel wie dera Evi.«

»Du hast aber doch behauptet, sie sei dei allerliebschtes Kätzle«, hinterfragte Schmoll vorsichtig die Sachlage.

»War scho a netts Kätzle, aber hat halt zu oft d'Kralla ausgfahre. Mei Oma hat gsagt: ›Lass se laufe. De Mädle ond dr Schtroßebah brauchscht net nochrenne – 's kommt älleweil wieder oine.‹«

»Da hat dei Oma hoffentlich Recht«, sagte Schmoll und bekam als Antwort einen abgrundtiefen Seufzer zu hören. Danach guckte sich Katz im Büro um, als suche er etwas Bestimmtes: »Und wo isch unser Neue? Die – wie hoißt se no glei?«

»Irma Eichhorn«, Schmoll legte übertrieben die Betonung auf Eichhorn. »Und sie sieht auch so aus.«

»Wie?«

»Na, wie'n Eichhörnchen. Ein norddeutsches Eichhörnchen, dem man erklären muss, was ein Kaffeehäfele ist. – Nimm dich gefälligst zusammen, Katz, und schwätz nicht gar zu schwäbisch daher. Das versteht sie nicht. Na ja, sie wird's eben lernen müssen.«

Schmoll sah auf die Uhr: »Und schwäbische Pünktlichkeit muss sie auch noch lernen.«

In diesem Moment kam Irma hereingeweht. Ihre Haare standen kupferglänzend und aufgeplustert wie mehrere vereinte Eichhörnchenschwänze um den Kopf. Sie sagte weder Guten Morgen noch Grüß Gott, sondern keuchte: »Moin moin! Mein Fahrrad hat einen Platten!« Durchatmend ließ sie sich auf ihren Schreibtischstuhl fallen und versuchte vergeblich, Teile ihrer Mähne hinter die Ohren zu klemmen. »Gibt es in diesem Büro vielleicht irgendwo ein Gummiband?«

Katz fischte eilfertig in seiner Schublade. »Do han i oin gfunde«, und legte ihn Irma auf den Schreibtisch.

»Danke!« Irma bündelte ihre Haare auf dem Hinterkopf, zwängte sie in den Gummi und sagte: »So, jetzt bin ich startklar für die Arbeit. – Gibt's was Neues?«

»Mich«, sagte Katz mit schiefem Lächeln und streckte die Hand aus.

Irma schüttelte. »Irma Eichhorn«.
Katz schüttelte. »Steffen Katz.«
»Freut mich.«
»Freit mi au.«
Mit dem ersten Blick auf Irma hatte Katz ihre beeindruckende Haarmähne und ihre blitzenden grünen Augen erfasst, mit dem zweiten registrierte er, dass ihr weißes T-Shirt ziemlich tief ausgeschnitten war, ihre Beine in hautengen Jeans und ihre kleinen Füße in silberfarbenen Turnschuhen steckten.

Irma durchleuchtete Katz gründlicher: »Ungefähr mein Jahrgang, so kurz vor Dreißig. Bisschen altmodisch angezogen. Als ob er noch bei seiner Mutter wohnte. Eine Jeans anstelle dieser Feincordhose und ein Shirt statt dem kleinkarierten Hemd würden da schon helfen. Schuhe: tip top geputzt, im Gegensatz zu Schmolls. Klassische abgetragene Kripo-Lederjacke, wie Schmoll sie auch bei 30 Grad im Schatten trägt, fehlt. Am Kleiderhaken hängt ein beigefarbener Blouson, der nagelneu aussieht, wahrscheinlich für den Urlaub angeschafft. – Alles ein bisschen zu spitz an ihm, Nase, Kinn und auch die Ellbogen. Aber der treuherzige haselnussbraune Dackelblick macht alles wieder gut. Der Kerl scheint sympathisch zu sein.«

Deswegen erkundigte sie sich nun auch munter, wo er im Urlaub gewesen sei.

»In Weschterland auf Sylt. Do obe bei de Winkinger, do wo Sie herkommet«, sagte Katz verdrießlich. »Gregnet hat's wie d'Sau. Und der scheiß Wind hat mer den Rescht gebe. – Wie heißt noch gleich die Stadt, aus der Sie kommet?«

»Itzehoe.«

»Do semmer durchgfahra. Den komische Name von dera Stadt hane zwar scho mol ghört, aber koi Ahnung ghet, wo des liegt.«

»Na, dann konnten Sie ja gleich eine Bildungslücke schließen«, beendete Irma das Thema. Sie klopfte auf ihre

Aktentasche, die verdächtig einer Schulmappe ähnelte, und sagte: »Ich habe Neuigkeiten.«

»Neuigkeiten. Über Nacht?«, wunderte sich Schmoll.

»Nein, von heute früh.«

Irma genoss die skeptischen Blicke ihrer neuen Arbeitskollegen, bis sie sagte: »Ich war heute schon draußen.«

»Wo draußen?«, fragte Schmoll.

»Am Tatort. In der Villa.«

»Die ist versiegelt!«

»Die Pappe vor der zerschlagenen Terrassentür hat sich ganz leicht abnehmen lassen.«

»Sen Se verrückt? Des isch gege älle Vorschrifde«, sagte Katz. »Sie könnet dene Spursis net oifach ens Handwerk pfusche.«

»Spursis?«

»Spuresicherer! Die könne Se net oifach iebergehe«, erklärte Katz.

»Hab ich nicht übergangen! Der Spursi-Chef Müller hat mich begleitet. Ich hab ihn gestern Abend angerufen, weil ich eine Idee hatte, wo etwas zu finden sein könnte. Er hat gesagt, dass er auch vorhat, die Villa nochmal zu untersuchen. Und da haben wir uns heute früh am Tatort verabredet.«

»Und wonach hat der Spursi-Müller gesucht?«, fragte Schmoll.

»Nach dem Giftbehältnis. Leider vergeblich.«

»Und Sie? Was haben Sie gesucht?«

»Nichts Bestimmtes. War einfach neugierig. Aber ich habe etwas gefunden.«

»Wo?«

»Im Sekretär in Ranbergs Arbeitszimmer. Ich habe das Geheimfach geknackt.«

Schmoll schüttelte missbilligend den Kopf. »Gewaltsam aufgebrochen?«

»Nicht gewaltsam. Meine Oma besaß auch so ein altes Möbelstück. Sie hat mir verraten, wie man's aufkriegt.«

»Geborenes Einbruchtalent«, gab Schmoll nun doch etwas beeindruckt zu. »Und was haben Sie gefunden?«

Irma zog Papiere aus ihrer Aktentasche und legte sie auf Schmolls Schreibtisch. »Es sind Kopien«, sagte sie. »Die Originale hat Herr Müller behalten.«

Schmoll las die zuoberst liegende Seite, einen mit einer alten Schreibmaschine getippten Brief, laut vor:

Herr Ranberg! Ich hab Sie gestern beobachtet! Wenn Sie verhindern wollen, dass ich das der Polizei melde, legen Sie heute zwischen 22 und 23 Uhr eine Plastiktüte mit 20 000 Euro in den Papierkorb am Kickplatz Blumenweg.

»Ja heiligs Blechle! Ein Erpresserbrief!«, platzte Schmoll heraus und haute mit der flachen Hand auf den Brief. Dann hielt er inne: »Wie sollen wir denn den Absender ermitteln? Wir wissen ja nicht mal, wann der Brief abgeschickt worden ist. Und ob diese Erpressung was mit dem Mord zu tun hat, ist auch fraglich. Wer weiß, ob der Ranberg das Sümmchen überhaupt gezahlt hat?«

»Hat er!« Irma hielt Schmoll mit triumphierender Geste einen Bankauszug unter die Nase. »Ranberg hat am 4. April exakt 20 000 Euro von seinem Privatkonto abgehoben.« Sie wiegte nachdenklich ihren Kopf, brachte damit ihren Eichhörnchenschwanz in eine Pendelbewegung und murmelte: »Was kann Ranberg getan haben, was wir nicht wissen sollten?«

»Bevor wir den Absender des Erpresserbriefes nicht ausfindig machen können und wissen, was er beobachtet hat, sind alle Spekulationen umsonst«, knurrte Schmoll.

»Aber der Briefschreiber wird vermutlich in Ranbergs Nähe wohnen, wenn er etwas gesehen hat«, sagte Irma.

»Na, dann hüpfen Sie mal durch alle Haushalte, Sie Eichhörnchen, und suchen nach einer alten Schreibmaschine!«, motzte Schmoll. »Die Frage ist nur, wo wir denn da anfangen sollen! Seit zu den Einfamilienhäusern die Hochhäuser gekommen sind, wohnen in der Freiberg-Siedlung mindestens zehntausend Leute.« Schmoll knetete nachdenklich sein

Kinn. »Was haben Sie da noch für Schriftstücke in der Hand? Stammen die auch aus Ranbergs Geheimfach?«
»Ja!«
Schmoll studierte eine Seite nach der anderen. Es waren Unterlagen und Krankenberichte der psychiatrischen Klinik in Winnenden. In dieser Klinik hatte sich Claire Ranberg sechs Wochen lang aufgehalten.
Schmoll telefonierte. Seine Hoffnung, Claire habe sich wieder in die Klinik zurückgezogen, erfüllte sich nicht. Der Arzt, der Claire behandelt hatte, sagte, nachdem sich ihr Zustand gebessert habe, sei sie am 15. Mai, also vor knapp einer Woche, entlassen worden. Mehr war ihm nicht zu entlocken. Er verwies auf seine ärztliche Schweigepflicht.
Schmoll legte auf. »Da werde ich heute Nachmittag nach Winnenden fahren und dem Herrn Professor meinen Dienstausweis unter die Nase halten, damit er gesprächiger wird.«
Dieser Besuch erübrigte sich genauso wie Schmolls Plan, die Weinberge nach dem überfälligen Max Busch absuchen zu lassen. Denn im Präsidium ging mittags eine spektakuläre Neuigkeit ein. Irmas Anfrage bei den Fluggesellschaften hatte ergeben: Claire Ranberg war am 18. Mai nach Monastir geflogen.
Das fast Unglaubliche war: Max Busch war mit derselben Maschine zum selben Zielort gereist.
Das Ticket Claire Ranbergs war schon am 16. über Internet gebucht worden, das für Max Busch erst kurz vor dem Abflug am 18. Mai. Das war der Tag, an dem Rolf Ranbergs Leiche gefunden worden war!
Schmoll ließ umgehend über Interpol ein Amtshilfeersuchen an seine tunesischen Kollegen schicken.

Diese Sachlage war natürlich das Hauptthema der anschließenden Teamsitzung.
»Bis Ergebnisse aus Tunesien eintreffen«, verkündete Schmoll am Ende der Besprechung, »werden wir uns nicht

auf unseren Lorbeeren ausruhen, sondern hier vor Ort die bisherigen Ermittlungen weiterverfolgen.«

»Sollen wir etwa nach dieser verflixten Schreibmaschine suchen?«, fragte Irma.

»Das auch«, sagte Schmoll. »Aber mit der Schreibmaschine ist schließlich niemand vergiftet worden. Zuerst müssen wir herausfinden, ob Luzie Busch wirklich nicht weiß, wo ihr Mann ist.« Den nächsten Satz sprach Schmoll betont langsam und mindestens eine Terz tiefer: »Außerdem ist es wahrscheinlich, dass sie Zugang zu dem Gift hatte. 90 Prozent aller Giftmorde werden von Frauen begangen.«

»Aber die restlichen 10 Prozent doch immerhin von Männern«, warf Irma ein.

»Für einen Giftmord muss man nicht die körperliche Kraft aufbringen, wie zum Beispiel dem Opfer einen Schürhaken ins Genick zu schlagen. Und man muss auch nicht wissen, wie man mit einer Pistole umgeht. Alles läuft diskret ohne Gewalt und Blut ab. Die Täterin braucht sich nicht einmal die Mühe zu machen, die Leiche zu entsorgen. Sie kann verschwinden, bis die Sache vorüber ist, und dann erstaunt tun und tiefe Trauer vortäuschen.«

Schmoll liebte es, seinen Mitarbeitern alte Fälle, die er erfolgreich gelöst hatte, mit Märchenonkelmiene zu erzählen. Da er keinen einzigen eigenen Fall parat hatte, in dem E 605 vorgekommen ist, griff er beherzt auf einen Fremdfall zurück. Dabei ließ er einfach weg, dass sich die Morde schon vor vielen Jahren am fernen Niederrhein zugetragen hatten. Er rechnete damit, dass alle seine Mitarbeiter jung genug waren, um darüber nicht im Bilde zu sein.

»Fakt ist«, begann Schmoll, »die meisten Giftmorde werden von Frauen begangen. Wenn der erste gut geklappt hat, bleibt es manchmal nicht bei einem. Zum Beispiel bei dem sogenannten Blaubeer-Mariechen: Diese Dame hat innerhalb von zwanzig Jahren ihren Vater, ihre Tante und später zwei Ehemänner und einen Lebensgefährten vergiftet. Und womit? Mit E 605. Liebevoll verabreicht, eingerührt in Blaubeerpudding. Es war Zufall, dass nach der fünften Leiche jemand Verdacht geschöpft hat. Die zwei zuletzt verblichenen Männer wurden nach mehreren Jahren sanfter Grabesruhe wieder ausgebuddelt. Und in ihren Körpern konnte E 605 nachgewiesen werden. Die bisher unbescholtene, allseits beliebte Dame mit dem unschuldigen Vornamen Marie war geständig, hat aber keine Reue gezeigt.« Schmoll machte eine gewichtige Pause und resümierte dann: »Giftmorde: typisch Frau. Deshalb werden wir jetzt unverzüglich Frau Busch vernehmen.«

Schmoll griff zum Telefon und bestellte Luzie für 14 Uhr aufs Präsidium.

Luzie jammerte: »Ich kann hier nicht weg. Seit Max nicht mehr da ist, wächst mir die Arbeit über den Kopf.«

»Dann kommen wir zu Ihnen in die Gärtnerei«, sagte Schmoll.

Luzie wandte ein, sie wolle keinesfalls, dass die Kripo schon wieder bei ihr auftauche, da sie das ihrem Sohn nicht zumuten könne. »Gott sei Dank weiß Tobias bisher noch nichts von der Sache. Ich bin froh, dass die Presse anscheinend noch keinen Wind davon bekommen hat.«

»Spätestens morgen müssen wir der Presse, die schon seit gestern hinter uns her ist, mehr Informationen über den Mord geben«, sagte Schmoll. »Dann wird auch Ihr Junge davon erfahren.«

»Was erfahren?« Luzie ließ den Kopf hängen. »Soll Tobias erfahren, dass seine Mutter in Verdacht steht, Rolf umgebracht zu haben? Lassen Sie mich bitte endlich in Ruhe. Finden Sie den wirklichen Mörder!«

»Wir arbeiten daran«, sagte Schmoll. »Es ist Ihre Pflicht, Frau Busch, uns dabei zu helfen.«

»Sie brauchen jemanden, dem Sie den Mord anhängen können«, Luzie wollte sich empören, klang aber jämmerlich verzagt.

»Wenn Sie nichts damit zu tun haben, Frau Busch, können Sie uns ja unbedenklich noch ein paar Fragen beantworten.«

»Wenn's unbedingt sein muss, dann kommen Sie eben her!« Luzie seufzte und legte auf.

Schmoll seufzte auch und sagte: »Sodele.« Dann stand er auf, machte drei Kniebeugen und sagte: »Jetztle gehn wir erst mal vespern, und danach machen wir uns auf den Weg zur Luzie.«

»Uf die bin i echt gschpannt«, sagte Katz.

»Tut mir echt leid, Katz, aber du wirsch dia nette Denge heute noch nicht kennenlernen. Mir wär's lieber, wenn du dich heute mit den bisherigen Ermittlungen vertraut machst und dafür sorgst, dass die Protokolle abgetippt werden.«

»Hmm«, machte Katz. »Mei Oma sagt immer ...«

»Verschon mich jetzt mit deiner Oma. Ich rechne damit, dass bis heute Abend alle neuen Erkenntnisse an den Computer verfüttert sind. Dann sind wir auf dem Laufenden.«

»Okay, okay«, sagte Katz ergeben.

»Und da Sie, Frau Eichhorn, schon Gelegenheit hatten, sich in die Psyche und das meines Erachtens ziemlich verlogene Lettagschwätz der reizenden Frau Busch einzufühlen, kommen Sie mit zum Verhör. Sodele.«

Nach einer kurzen Mittagspause fuhr Schmoll zusammen mit Irma zur Gärtnerei Busch. An diesem 19. Mai übte Stuttgart den Hochsommer. Schmoll fummelte vergeblich an der Lüftung seines alten Mercedes herum. »In Tunesien kann's auch nicht heißer sein«, schimpfte er. »Wahrscheinlich brauchen die Kollegen für alles so lange, weil ihnen die Wüstensonne das Hirn ausdörrt.«

»Die werden es gewöhnt sein«, sagte Irma. »Darf ich mal?« Sie langte zur Lüftungsanlage, schob einen Knopf nach rechts, und augenblicklich strömte kühle Luft ins Auto.

Schmoll sagte gereizt: »Als Nächstes greifen Sie mir noch ins Lenkrad.«

Irma fragte sich, wie sie mit diesem Brummbär von Hauptkommissar in Zukunft klarkommen könne.

Sie fanden Luzie in einem geräumigen Büro, wo sie Rechnungen schrieb. Erst als sie mit ein paar energischen Mausklicks den PC runtergefahren hatte, sah sie hoch.

Schmoll fragte sie, wo ihre Schreibmaschine stehen würde.

»Eine Schreibmaschine?« Luzie zog eine beleidigte Schnute und schüttelte den Kopf. »Ich bin doch nicht von vorgestern!« Sie tätschelte die PC-Maus. »Meine Buchhaltung und den Briefverkehr erledigte ich schon immer mit diesem netten Gerät hier.«

Auf Irmas Frage, wo sie das gelernt habe, sagte Luzie, sie habe früher eine Ausbildung für Buchhaltung gemacht.

»Wo?«

»In der Maschinenfabrik Ranberg.«

Irma verkniff sich ein »Oho!« und fragte: »Dann haben Sie Rolf Ranberg damals schon gekannt?«

»Logisch. Er war der Juniorchef«, sagte Luzie.

»Aha«, sagte Schmoll. »Und nun brauchen wir noch ein paar Informationen von Ihnen. Können wir uns setzen?«

Luzie zeigte auf eine Sitzgruppe aus Korbmöbeln. »Hier, bittschön: der Platz für Kundenberatungen.«

Als Luzie dem Kommissar gegenüber saß, beobachtete er sie, um zu erraten, ob sie nervös war. Ja, das war sie. Sie lehnte sich etwas zu lässig zurück, verschränkte die Arme vorm Bauch und sagte: »Schießen Sie los.«

»Sind Sie einverstanden, wenn wir unser Gespräch aufzeichnen?«

»Meinetwegen.«

Schmoll erklärte Luzie, dass sie nichts sagen musste, was sie belasten könne. »Aber bleiben Sie lieber gleich bei der Wahrheit«, sagte er und schob das Aufnahmegerät in die Tischmitte. »Wenn Sie etwas verheimlichen, was Sie verdächtig macht, müssen Sie das später unter Eid vor Gericht wiederholen.«

Irma stellte sich ans Fenster, schob den offenen Flügel so, dass sie in der Scheibe Luzie sehen konnte, und kaute auf der Spitze ihres Haarschwanzes.

»Also, was wollen Sie wissen?«, fragte Luzie und sah zu Schmoll.

»Haben Sie Zugang zu den Pflanzenschutzmitteln, die in Ihrer Gärtnerei verwendet werden?«

»Das Zeug ist in einem Extraschrank. Schon wegen Tobias und na ja – auch wegen der Kundschaft, die bei uns ein- und ausgeht.«

»Ist der Schrank verschließbar?«

»Natürlich.«

»War er immer verschlossen?«

»Kann sein, er steht mal kurz offen, wenn Max da was sucht, aber plötzlich zur Kundschaft in den Hof muss.«

»Es könnte dann jeder andere etwas herausnehmen.«

»Warum sollte jemand etwas herausnehmen?«, fragte Luzie. Sie versuchte, sich die Haarfransen aus der Stirn zu pusten. Sie waren feucht und blieben kleben.

»Warum schwitzen Sie, Frau Busch? Es ist doch kühl hier«, Schmolls Stimme klang zynisch.

Und als Irma nun von hinten herantrat, zuckte Luzie zusammen und sah Irma unsicher an: »Schleichen Sie sich doch nicht so leise an. Sie haben mich erschreckt.«

Irma dachte: Luzie Busch hat Angst. Ihr unschuldiges Gesicht ist eine Maske. Sollte sie schuldig sein, dann ist zu bewundern, wie gut sie es verbergen kann. Ist sie schuldig? Vorerst gibt's keine Beweise. Aber sie weiß mehr, als sie zugibt.

»Bleiben wir bei der Sache«, sagte Schmoll. »Frau Busch, wissen Sie, was E 605 ist?«

»Ein Pflanzenschutzmittel.«

»Ist es nur für Pflanzenschädlinge oder auch für Menschen giftig?«

Luzie hob die Schultern. »Keine Ahnung.«

»Damit kann man Menschen umbringen«, sagte Irma.

»Wusste ich nicht.«

»War E 605 in dem Schrank Ihrer Gärtnerei?«

»Um die Schädlingsbekämpfung kümmert sich mein Mann.«

»Ist es Ihnen recht, wenn wir mal nachsehen?«
»Was nachsehen?«
»Was sich in Ihrem Giftschrank befindet. Ranberg ist mit E 605 vergiftet worden.«
»Das gibt's ja nicht!«, Luzies Stimme überschlug sich. »Dann hat jemand das Zeug aus unserem Schrank geklaut. Er hat die Flasche geklaut und …«
»Aha«, sagte Schmoll prompt. »Das Gift war also in einer Flasche. In einer Flasche, die man wegwerfen kann. Wo haben Sie sie hingeworfen, Frau Busch?«
»Ich habe nichts weggeworfen!«, sagte Luzie weinerlich.
»Wir können Ihnen noch nicht das Gegenteil beweisen«, sagte Schmoll. »Aber sagen Sie uns wenigstens, wieso das Zeug in einer Flasche war, meines Wissens wurde es in Kanistern gehandelt.«
»Max füllt manchmal Reste in kleinere Behälter. Vielleicht hat er es in eine Flasche gegossen, nachdem es verboten worden ist und nicht mehr verwendet werden durfte.«
»Sie wissen also doch, dass E 605 so giftig ist, dass es aus dem Handel gezogen werden musste.«
»Ich weiß gar nichts«, sagte Luzie. »Ich vermute es nur.«
Schmolls Handy klingelte und nach einem kurzen Gespräch sagte er: »Die Durchsuchungspapiere sind da«, und zu Luzie gewandt: »In spätestens einer Stunde kommen einige Kollegen von der Spurensicherung und schauen sich mal in Ihrer Gärtnerei um. Sie dürfen sie in keiner Weise behindern. Ist das klar?«
»Durchsuchung?« Aus Luzies Augen wurden blaue Murmeln, die aus den Höhlen fallen wollten. Sie hob abwehrend die Hände und schüttelte ungläubig den Kopf.
»Es geht nicht anders«, sagte Irma.
»Sollen Sie kommen«, sagte Luzie. »Ich habe nichts zu verbergen.«
Irma trat wieder ans Fenster, das auf die Gärtnerei hinausging. »Ist das nicht Frau Brechtle, die das Salatbeet hackt?«

»Pia hilft ab und zu bei uns aus«, sagte Luzie.

»Frau Brechtle hat mir übrigens bestätigt, dass Sie in der Mordnacht bei ihr gewesen sind«, sagte Irma.

»Pia hat mir schon erzählt, dass Sie sie ausgefragt haben.«

»Haben Sie noch andere Angestellte?«, fragte Schmoll.

»Einen Gärtnergehilfen. Aber ausgerechnet jetzt ist er krank geworden. Sommergrippe oder so was. Ich bin froh, wenigstens Pia zu haben. Die Arbeit ist kaum noch zu schaffen, seit mein Mann nicht mehr da ist.«

»Name und die Adresse Ihres Gärtnergehilfen?«

»Er heißt Gustav Mahler.«

In Irmas Ohren rauschten schwermütige Klänge, die jede lebensbejahende Melodik mit Wehmut und Todessehnsucht zudeckten: *Das Lied von der Erde*.

Irma verscheuchte ihre akustische Assoziation, schlug ihr Notizbuch auf und fragte: »Mahler mit h wie der Komponist?«

»Ja«, antwortete Luzie. »Noten kann der Gustl zwar nicht lesen, aber prima Mundharmonika spielen und auch pikobello den Komposthaufen umsetzen.«

»Adresse?«

»Moment«, sagte Luzie, »der zieht öfter mal um. Da muss ich nachsehen, wo er jetzt wohnt.« Sie langte eine Akte aus dem Regal und blätterte. »Zuffenhausen, Mühlengasse 25. Manchmal wohnt er auch auf seinem Gütle.«

»Telefon?«

»Hat er nicht.«

»Wann kommt er wieder zur Arbeit?«

»Wenn er gesund ist, nehme ich an.«

Irma wurde den Verdacht nicht los, dass Luzie es darauf anlegte, sich jede Information aus der Nase ziehen zu lassen.

Doch als Irma sie nun fragte, ob sich ihr Mann noch nicht gemeldet habe, verlor Luzie ihren forschen Ton, senkte den Kopf und sagte leise: »Nein.«

»Sie wissen nicht, dass er in Tunesien ist?«

Luzie fuhr auf wie von der Tarantel gestochen. »Tunesien! Wieso Tunesien?«

»Er ist an dem Morgen, bevor Sie Rolf Ranbergs Leiche gefunden haben, mit dessen Frau nach Tunesien geflogen.«

»Nein!?«, schrie Luzie. Und dann leiser: »Das glaub ich nicht! Sie wollen mich aufs Glatteis führen!«

Schmoll und Irma verabschiedeten sich. Während sie hinaus zu Frau Brechtle gingen, fragte Irma, was ein Gütle sei.

»Jemine«, sagte Schmoll. »A Gütle isch en kloiner Garte mit me Häusle drauf. Auf me Gütle werdet unter anderm Grombira und Breschtleng abaut.«

»Gibt es eigentlich schwäbische Wörterbücher?«, fragte Irma.

»Klar, das beste ist die ›Schimpfwörterei‹ von Thaddäus Troll.«

»Und wer ist Thaddäus Troll?«

»Der berühmteste schwäbische Dichter.«

»Ach, ja«, sagte Irma, »Ich dachte, das sei Mörike – oder Uhland oder Schiller.«

»Na, das beruhigt mich, dass Sie wenigstens diese schwäbischen Poeten kennen. Breschtleng sind übrigens Erdbeeren und Grombira Kartoffeln.«

»Danke«, sagte Irma. Sie begriff, dass Schmoll seinen Spaß daran hatte, dem Hochdeutschen, dessen er, abgesehen von einem unvermeidlichen Akzent, durchaus mächtig war, wohldosierte Prisen in deftigem Schwäbisch beizumischen.

Zusätzlich rebellierte in ihrem Kopf die Frage, ob Mörike womöglich auf Schwäbisch gedacht und gedichtet hatte. Und wie mochte es geklungen haben, als Schiller seinen Freunden »Die Räuber« vorgelesen hatte?

Als Schmoll sich bei Frau Brechtle vorstellte und sie das Wort Kripohauptkommissar hörte, bekam sie rote Flecken im Gesicht. Sie zeigte auf Irma und sagte: »Reicht es nicht, dass sie gestern schon bei mir war und mich wegen Luzies Alibi ausgefragt hat?«

»Nein, das reicht nicht«, sagte Schmoll. »Ich muss Ihnen noch ein paar Fragen stellen.«

Pia Brechtle senkte ihren rotblonden Haarschopf und hackte verbissen weiter.

»Wie lange kennen Sie die Buschs?«, fragte Schmoll.

Pia sah hoch und sagte so leise, dass Schmoll sie gerade noch verstehen konnte, sie sei mit Luzie in die Schule gegangen und seither mit ihr befreundet. »Ich bin den Buschs sehr dankbar, weil ich mir hier Geld verdienen kann. Ich darf sogar meine beiden Kinder mitbringen. Bei einer anderen Arbeit müsste ich sie allein zu Hause lassen.«

»Wo sind denn jetzt Ihre Kinder?«

»Mit Tobias auf dem Kickplatz.«

»Es ist sicher nicht einfach, allein zwei Kinder großzuziehen«, sagte Irma.

»Nein, ist es weiß Gott nicht«, seufzte Frau Brechtle und sah Irma nun endlich an.

»Warum haben Sie sich von Ihrem Mann getrennt?«

»Weil er unser Geld versoffen und Schulden gemacht hat«, flüsterte Frau Brechtle.

»Wie gut kannten Sie Max Busch?«, fragte Schmoll.

»Er ist ein netter Mann.«

»Führen die Buschs eine gute Ehe?«

»O ja. Luzie kann von Glück sagen, so einen wie Max zu haben.«

Viel mehr war aus Pia Brechtle nicht herauszukriegen. Es regte sie offensichtlich gehörig auf, mit Leuten der Polizei zu sprechen.

Auf der Fahrt zurück ins Präsidium, meinte Schmoll: »Ist doch aufbauend, dass auch mal jemand Respekt vor uns hat. Die kleine Pia scheint tatsächlich Angst vor uns zu haben.«

»Da bin ich mir ganz sicher«, sagte Irma. »Wir müssen nur noch herausfinden, weshalb.«

Schmoll wollte heute nur noch allein sein. Er musste unbedingt nachdenken. Entweder hier im Büro, und falls es da zu unruhig würde, auf einer einsamen Bank in den Weinbergen. Dort war er schon mancher Lösung bei schwierigen Fällen näher gekommen.

Die Erkenntnisse, die bisher zu diesem Mord vorlagen, schienen sich hartnäckig zu verästeln. Diese Äste wuchsen in völlig verschiedene Richtungen. Schmoll wollte den Punkt suchen, an dem sie irgendwann zusammentreffen könnten. Dazu brauchte er Zeit. Und deswegen halste er die zwei dringenden Außentermine, die für heute noch auf seinem Programm standen, Irma und Katz auf.

Kommissar Katz stellte sich mit Begeisterung als Koordinator der Durchsuchung der Gärtnerei Busch zur Verfügung. Ihm klangen noch Schmolls Worte »a hübsche blonde Denge« in den Ohren, und Katz brannte darauf, dieses näher in Augenschein zu nehmen.

Prompt sagte Schmoll: »Lass di von dera hübsche Luzie net an dr Nas rumführe.«

»I geb scho Obacht. Mei Oma sagt immer: Em Deifel sei Großmueder isch au a schees Mädle gwä, wie se jong war.«

»Na hoffentlich denksch dra.«

Schmoll wandte sich an Irma, und sie war froh, dass er auf Hochdeutsch umschaltete, das ihm allerdings ab und zu ins Schwäbische entglitt, wenn Katz in der Nähe war. »Heute muss auch noch Kontakt zu Gustav Mahler aufgenommen werden«, sagte Schmoll. »Als Gärtnergehilfe bei Busch hatte er schließlich Zugang zu dem Giftschrank. Weil er koi Telefon hat, muss jemand zu ihm noganga. – I find es stark verdächtig, dass sich der Mann an dem Tag, an dem eine Leiche im Nachbarhaus lag, krank gemeldet hat. Abgesehen von dem Komponisten, dessen hochgelobte Musik mir sowieso zu schwierig ist, schwant mir, dass mir irgendwo und irgendwann schon einmal ein Gustav Mahler übern Weg gelaufen ist. Ein Mahler mit nicht ganz weißer Weste. Wir müssen unbedingt ...«

»Und Max Busch?«, fragte Irma. »Gestern haben Sie noch gesagt, Sie würden einen Besen fressen, wenn er es nicht gewesen ist.«

»Busch ist immer noch der Hauptverdächtige, aber da wir ihn bisher nicht vernehmen konnten, müssen wir in alle Richtungen ermitteln. Wir müssen alle anderen, die mit der Sache zu tun haben können, in die Mangel nehmen. Sie sollten doch wissen, Frau Eichhorn, dass derartige Fälle oft Überraschungen bieten. Jedenfalls muss Gustav Mahler schleunigst zur Befragung her!«

»Okay«, sagte Irma ergeben. »Ich guck nur rasch im Stadtplan, wo die Mühlengasse ist.«

»Nicht nötig«, sagte Schmoll. »Nehmen Sie am Pragsattel die U5. Die fährt in sieben Minuten bis zum Kelterplatz in Zuffenhausen. Wenn Sie aussteigen, gehen Sie in Fahrtrichtung nach links in den sogenannten Alten Flecken. Orientieren Sie sich an einem großen Gebäude mit Fachwerkfassade und einem Türmchen auf dem Giebel. Das ist die alte Stadtmühle, sie liegt am Ende der Mühlengasse.«

»Verstanden«, sagte Irma. »Und wenn ich Gustav Mahler nicht antreffe?«

»Sollte der Kerl wirklich krank sein, was ich bezweifle, werden Sie ihn wahrscheinlich im Bett finden. Falls er nicht da ist, wartet Sie eben ein Stündle. Notfalls gehn Sie morgen früh nochmal hin.«

Als Irma am Kelterplatz in Zuffenhausen aus der Bahn stieg, fiel es ihr zuerst schwer, ihre Umgebung als »Altstadt« zu bezeichnen. Gegenüber der Haltestelle stand ein nagelneues, dreigeschossiges Gebäude. Aus der Bäckerei im Parterre roch es nach frischen Brötchen und Kuchen. Irma bekam Hunger, kaufte sich drei Schneckennudeln mit Rosinen, die es im Angebot gab, und hatte die erste schon aufgegessen, als sie noch immer Ausschau nach der Altstadt hielt.

Wo war denn nun der Alte Flecken, von dem Schmoll gesprochen hatte? Für alt, obwohl saniert, hielt Irma nur das freistehende Haus, das sich unter einem hohen Giebeldach mitten auf dem Kelterplatz duckte. Über seinem Eingangstor stand *Kultur-Café Waage*. Auf einem Schild mit dem

Untertitel Historisches Zuffenhausen verriet ein Lageplan, dass dies im 13. Jahrhundert ein Schafstall war, aber wahrscheinlich bezog sich das nur auf die Fundamente.

Irma steuerte in Richtung pastellfarbiger Giebelhäuser, die sich in krummen Gassen aneinander reihten. Sie meinte, den Alten Flecken gefunden zu haben, als sie an einem scheunenähnlichen Fachwerkbau vorüber kam. An seiner Feldsteinmauer entdeckte Irma wieder ein Schild, das das historische Zuffenhausen erklärte: *Zehntscheuer*. Davor lag ein mit Kopfsteinen gepflasterter Platz, auf dem noch der Maibaum stand.

Irma lief auf eine kleine weiße Kirche zu, deren Turm hinter einem Kastanienbaum versteckt war. Nachdem sie von einem Schild belehrt worden war, dass sie vor der Johanniskirche stand, die hier seit 1275 unentwegt zerstört und wieder auf- und umgebaut worden war, hielt Irma vergeblich Ausschau nach der Mühle. Ein großes Fachwerkhaus mit einem Türmchen, hatte Schmoll gesagt.

Schließlich fragte sie einen den nächstbesten Passanten nach dem Weg: »Entschuldigen Sie, wissen Sie, wo die Stadtmühle ist?«

»Koi Ahnung«, sagte der Dicke mit der Aktentasche unterm Arm. Die nächste Auskunft kam von einer aufgestylten Frau, die mit schwindelerregend hohen Absätzen ein Stakkato aufs Altstadtpflaster hämmerte. »Mühle? Hier? Keine Ahnung!«, und weg war sie. Eine kleine Frau mit großem Kopftuch, die ein Mädchen an der Hand führte, lächelte, zuckte die Schultern und sagte: »Nix Deutsch.« Aber die Kleine erklärte Irma in geläufigem Schwäbisch den Weg.

Die Mühle war das letzte Haus in einer kurzen Sackgasse, die in einen Steg über den Feuerbach mündete. Daneben: Mühlengasse 25. Ein Hexenhäuschen mit schiefem Dach, kleinen Fenstern und geschlossenen Läden. Gustav Mahlers Name stand nicht an der Tür. Aber: Martha Tranfuß.

Da es keine Klingel gab, klopfte Irma an die Haustür und die Fensterläden. Vergeblich. Entmutigt schlenderte sie zum

Bach, setzte sich auf eine Bank und nahm die zweite Schneckennudel in Angriff.

Dann kehrte sie wieder zu dem Häuschen zurück. Da sich auch diesmal nichts regte, rief sie Schmoll auf seinem Handy an und berichtete über ihre erfolglose Aktion.

»Dann gehen Sie gleich morgen früh nochmal hin«, sagte er.

Eine halbe Stunde später marschierte Irma durch den Killesbergpark. Überall blühten Sträucher und Bäume in voller Frühlingspracht. Irmas Botanikkenntnisse reichten nur aus, um Flieder, Magnolien und Zieräpfel zu unterscheiden. Nie zuvor hatte sie solche mehrstämmige Baumriesen gesehen, die hellblaue Kerzen auf unbelaubten Zweigen trugen. Von dem Schildchen am Stamm erfuhr sie den Namen: *Paulownia tomentosa*, Blauglockenbaum, Heimat: Mittelchina. Und hinter dem Baum noch mehr Exotik: In einem Teich stolzierten Flamingos. »Heimat Subtropen«, murmelte Irma vor sich hin. »Zumindest in punkto Klima scheine ich mich verbessert zu haben.«

Auf einem Spielplatz, der für jedes Alter so gut wie alles zu bieten hatte, tummelten sich noch einige kinderreiche Familien. Irma setzte sich auf eine Schaukel, aß die letzte Schneckennudel und winkte im Kollektiv mit den Kindern den Fahrgästen der vorüberratternden Kleinbahn zu. Sie rieb sich Ruß aus den Augen, und ein Dreikäsehoch neben ihr sagte: »Das ist der Tatzelwurm! Eine echte Dampflok!« Irma sprang von der Schaukel und joggte die restliche Strecke bis zu ihrer Wohnung.

Während Irma auf ihrem dienstlichen Ausflug in Zuffenhausen unterwegs gewesen war, hatte Katz die Kollegen der Spurensicherung durch Buschs Wohnhaus, die Gewächshäuser und die Geräteschuppen gescheucht. Er ließ sie in Abfalltonnen wühlen und sogar die obersten Schichten des Komposthaufens abtragen. Zuletzt stocherte und fischte er selbst hinterm Haus in einem tiefen, schlammigen Teich herum.

Im Giftschrank befand sich alles Mögliche: Pflanzenschutzmittel, Rattengift, Schneckenkorn und Ähnliches, jedoch keine Flasche mit E 605.

Luzie beobachtete irritiert die Männer, wie sie in ihrer weißen Schutzkleidung durch die Botanik staksten. Du meine Güte, dachte sie, die Kerle sehen aus, als hätten sie Weltraumanzüge an und wollten gleich auf den Mond fliegen. Wenn sie nur besser auf die Pflanzen aufpassen würden! Überhaupt, dieser Kommissar Katz, der ackert hier rum, als ob er nicht mal Pflücksalat von Brennnesseln unterscheiden kann.

Nachdem Luzie diesem Treiben drei Stunden lang zugesehen hatte, ging es ihr gewaltig auf die Nerven. Außerdem fand sie Katz derart wichtigtuerisch, dass ihr der Kragen platzte und ihr Temperament mit ihr durchging. Sie stellte sich mit in die Hüften gestemmten Armen vor Katz hin und fauchte: »Kann ich damit rechnen, dass der sehr verehrte Herr Kommissar und seine tapferen Mannen heute noch mit dieser Aktion fertig werden?«

Katz blickte perplex in Luzies zornesblitzende Augen und suchte vergeblich nach Worten. Luzie hingegen konnte nicht an sich halten und zischte: »Wenn Sie schon Katz heißen und mit so einer komischen Rotzbremse unter der Nase rumlaufen, brauchen Sie nicht wie ein rolliger Kater durch meine Gärtnerei zu schleichen.«

Danach tat Katz das, wozu ihn seine Mitarbeiter seit einer Stunde zu überreden versuchten: Er erklärte die Aktion für beendet. Es war inzwischen 19.30 Uhr.

Katz fuhr ins Präsidium. Als er für Schmoll eine Aktennotiz schreiben wollte, dass weder eine Flasche mit Gift noch eine Schreibmaschine gefunden worden sei, tappte Schmoll mit Leichenbittermiene ins Büro. Katz war auch nicht besser gelaunt und berichtete Schmoll in gereiztem Ton vom unergiebigen Ergebnis der Durchsuchung.

»Hast wohl nichts gefunden, weil du nur Augen für die niedliche Luzie gehabt hast?«, fragte Schmoll.

Katz druckste rum. »Bei dera han i koine Chance. Dera hat mei Schnurrbart net gfalle.«

»Ha noi«, sagte Schmoll. »Dei Lippazierde würdscht jo net amol für so a nette Denge wie die Luzie opfern. Oder?«

»Noi«, sagte Katz.

»Aber für a Dommerle, des zu dir aufschaut und di vergöttert. – Herrgottsakra, such dr doch endlich dei Deckele!«

Katz ging in die Knie, weil Schmolls Pranke auf seiner Schulter gelandet war. Er nahm Sicherheitsabstand von seinem Chef und sah verdrießlich drein. »I han oifach koi Glück bei Fraue.«

»Mir kommen die Tränen!«, sagte Schmoll.

»Kannsch se dir verkneife«, knurrte Katz vergrätzt. »I hab net vor, mi an deiner Heldebruscht auszumheule.«

»Also, dann mach jetzt Feierabend und geh auf Brautschau«, befahl Schmoll. Er war weniger sauer auf Katz, als auf sich selbst, weil er an diesem Nachmittag eine Stunde im Büro und zwei auf einer abgelegenen Bank in den Weinbergen gesessen und nachgedacht hatte, ohne zu dem geringsten Ergebnis gekommen zu sein.

Als Katz weg war, rief Schmoll auf der Suche nach einem Ventil für seine schlechte Laune Irma an. Sie versicherte, sie würde morgen früh als Erstes noch einmal nach Zuffenhausen fahren und so lange fragen und suchen, bis sie Gustav Mahler gefunden habe.

An diesem Abend kam Schmoll erst gegen zehn Uhr nach Hause. Jeden Tag musste er sich überwinden, in seine Wohnung heimzukehren, der man die Männerwirtschaft allmählich ansah und in der meist der Eisschrank leer war. Karin hatte beim Abschied gesagt: »Kannst mich ruhig anrufen, wenn du im Haushalt was nicht auf die Reihe kriegst.«

Dazu war Schmoll zu stolz, er hoffte immer noch, Karin würde bei ihm anrufen, weil sie Hilfe brauchte. Inzwischen herrschte zwischen ihm und seiner Frau seit drei Monaten absolute Funkstille. Schmoll tigerte mit knurrendem Magen ruhelos durch sein Wohnzimmer und zerging fast vor Selbstmitleid.

Irma hätte sich gern den Rest des Abends ausgeruht, gelesen oder ferngesehen. Doch in ihrer Wohnung standen noch jede Menge unausgepackte Umzugskisten. Außerdem musste sie endlich ihre Mutter anrufen. Irma hatte sich eine neue Handynummer zugelegt, damit Mama sie nicht wie üblich zu jeder Tages- und Nachtzeit anrufen konnte. Künftig wollte Irma für sie tagsüber nicht erreichbar sein, um ungestört ihren Job machen zu können. Aber schließlich hatte Irma ja zusätzlich einen Festnetz-Anschluss und konnte es nicht mehr hinausschieben, sich endlich bei ihrer Mutter zu melden. Eine Pflichtübung, vor der ihr graute. Sie zögerte den Anruf hinaus, indem sie rastlos Kisten auspackte, Möbel hin- und herrückte und zwischendurch Tee kochte.

»Hallo, Mama, ich bin gut angekommen. Schreib dir mal meine Telefonnummer auf. Hast du's?«

»Wird ja allmählich Zeit, dass du dich meldest.«

»Ich bin voll eingespannt. Ein Giftmord.«

»Ja, ja, Fräulein Kriminalkommissarin«, flötete die Mama spöttisch. »Wäre es nach mir gegangen, hättest du was Vernünftiges studiert! – Aber da du nun mal auf Gesetzesbrecher spezialisiert bist, kannst du mich jetzt gleich mal beraten.«

»Wem traust du denn nun schon wieder kriminelle Handlungen zu?«

»Zutrauen? Dieser Gesetzeswidrigkeit bin ich jeden Tag stundenlang ausgesetzt! Stell dir mal vor, Irma: Diese Frau Konitz, die aus dem Stock über mir, spielt Klavier. Nicht zum Aushalten! Stundenlang. Kann da die Kriminalpolizei nichts machen? So etwas ist doch strafbar. Das gehört verboten!«

Irma hielt eine Weile den Hörer vom Ohr weg, weil sich die Stimme ihrer Mutter in immer höhere Frequenzen schraubte und ruckartig von einem Thema zum anderen sprang: tropfender Wasserhahn, Hühneraugen, mieses Wetter, einsames Leben und zurück zum Klavier der Frau Konitz. Nach einer guten halben Stunde, in der Irma nur mehrmals »Ja, ja«, »man wird sehen«, »ist ja Pech« von sich gegeben hatte, sagte sie: »Nun leg ich auf. Ich muss morgen in aller Herrgottsfrühe aus den Federn! Tschüss denn, Mama. Ich melde mich wieder.«

Auflegen. Durchatmen. Schlafen gehen. Endlich.

Morgen früh muss ich zu Gustav Mahler, dachte Irma, stellte den Wecker und fiel augenblicklich in Tiefschlaf.

Das Klingeln des Telefons schreckte sie kurz vor Mitternacht aus dem Schlaf. Sie nahm ab. Mamas Stimme. Leicht schleppend und weinerlich. Irma war sich sicher, ihre Mutter hatte mindestens eine Flasche Wein intus.

»Mama, hast du getrunken?«

»Ja, wenn man so alleine ist. Wenn einen die einzige Tochter verlässt. Erst sucht sie sich eine eigene Wohnung, kaum dass sie flügge ist, und nun zieht sie fast tausend Kilometer weit weg!«

»Letzteres hättest du verhindern könne, wenn du vernünftig gewesen wärst.«

Schniefen. Schluchzen. Schnäuzen. »Ja, ja, außer Vorwürfen hast du nichts für deine Mutter übrig. Einfach so abzuhauen!«

»Ich habe dir doch oft genug gesagt, Mama, wenn du das mit der Klauerei nicht lässt, muss ich mir einen Job in einer anderen Stadt suchen. Wenn es herausgekommen wäre, dass ich davon gewusst und dich gedeckt habe, dann wäre ich hochkantig geflogen, wäre zu Recht bestraft worden und hätte nie wieder Arbeit in meinem Beruf gekriegt. – Mein Gott, Mama, du brauchst nicht zu klauen! Wenn du deine Rente einteilst, kannst du leben wie die Made im Speck und dir dazu jedes Jahr eine Traumreise leisten.«

Irma hielt inne. Es war nicht ihre Art, so viel hintereinander zu reden und sie wusste auch, wie wenig Sinn das hatte.

Da es am anderen Ende der Leitung still blieb, fragte Irma schließlich: »Bist du noch dran, Mama?«
»Ja.«
»Wirst du damit aufhören, Sachen wegzunehmen? Du klaust doch sowieso nur unnötige Dinge. Was haben wir nicht alles aus deinem Lager entsorgt: Babyschuhe, Herrentangas, unzählige Seidenschals, dutzende BHs aller Größen, elf Taschenrechner und was weiß ich noch alles.«
»Jammerschade drum«, seufzte Mama. »Ich habe mir gestern einen Kugelschreiber organisiert.«
»Organisieren nennst du das jetzt! Und was soll das? Einen Kugelschreiber kriegt man als Werbegeschenk, den braucht man nicht zu stehlen.«
»Pa! Werbegeschenk. Mein Kugelschreiber ist ein Montblanc!«, erwiderte Mama und setzte leise hinzu: »243 Euro.«
»Du meine Güte, Mama, wofür brauchst du so ein Luxusding?«
»Ich will ein Buch schreiben. Meine Memoiren.«
»Ja, das ist eine gute Idee. Schreiben beruhigt. Therapie gegen Langeweile und Frust. Aber das geht doch auch mit einem normalen Stift. Außerdem kannst du meinen alten PC benutzen. Ich habe dir gezeigt, wie man damit umgeht. Wenn dir langweilig ist, kannst du ein bisschen im Internet surfen.«
»Mach ich ja. Ich checke regelmäßig die Singlebörse. Solltest du auch mal reinschauen.«
»Ich bin froh, jetzt solo zu sein!«
»Hast du etwas von Martin gehört?«
»Nein. Ist auch gut so.«
»Ich finde es unfair von dir, mir die Schuld zu geben, dass du aus Itzehoe weg bist. Es liegt doch eher daran, weil du dich mit Martin verkracht hast. Also: einfach so auseinanderzurennen, nachdem ihr vier Jahre zusammengelebt habt. Ich dachte, ihr heiratet endlich.«
»Das dachte Martin auch, und das war genau unser Problem. Er wollte heiraten und aus mir ein Heimchen am Herd

machen, und ich wollte meinen Beruf nicht aufgeben. So einfach war das.«

»Typisch Irma. Immer mit dem Kopf durch die Wand!«, Mama gähnte und legte auf.

* * *

Gegen zehn Uhr abends hält der metallicblaue Leihwagen, mit dem Claire und Max von Sousse aus quer durch die Steppe nach Süden gefahren sind, in der Neustadt von Sfax vor einem Fünf-Sterne-Hotel.

Es ist schon dunkel. Doch die Straße, in der das Hotel liegt, ist taghell beleuchtet und von Einheimischen bevölkert, die ihren Abendspaziergang machen. Alle Geschäfte haben geöffnet. An einem Kiosk dem Hotel gegenüber kauft Claire eine Zeitung in arabischer Schrift. Im Foyer blättert sie hastig die Seiten durch, legt sie dann mit einem erleichterten Seufzer auf den Tisch und lehnt sich zurück. Max fragt, nach was sie gesucht hat, und sie sagt: »Noch zu früh!« Er wundert sich über diese merkwürdige Antwort. Ihm scheint, Claire hat etwas in den Zeitungen gesucht und ist nun froh, es nicht gefunden zu haben.

Nach einem Abendessen mit mehreren Gängen gehen sie in die Bar. Claire wählt einen Platz in der hintersten Ecke. Die Gäste sind ausnahmslos französische Touristen. Alle in Abendgarderobe. Gedämpftes Licht. Leise Musik. Einige Paare tanzen.

Claire bestellt eine Flasche französischen Champagner. »Wir müssen auf unsere Reise anstoßen, bevor sie zu Ende ist«, sagt sie.

Max antwortet: »Jetzt wär mir ein Viertele Trollinger lieber.«

»Trollinger«, wiederholt Claire leise. »Trollinger gibt es hier nicht.«

»Ist schon klar«, sagt Max lachend und sieht zu, wie der Kellner die perlende Flüssigkeit einschenkt. Er schiebt das

Zittern von Claires Hand, als sie nach ihrem Glas greift, auf den langen, anstrengenden Tag, der hinter ihnen liegt. Er hebt sein Glas und prostet ihr zu: »Auf eine gute Reise, Claire.«

»Danke, Max, das wünsche ich Ihnen auch.« Sie zögert einen Moment, bevor sie fast schüchtern fragt: »Würde es Ihnen etwas ausmachen, wenn wir uns duzen?«

Er greift nach ihrer Hand und sagt leise: »Ich habe zwar immer ›Sie‹ gesagt, aber ›Du‹ gedacht.«

»Mir ging es genauso. Seit dem Tag, an dem du so mitfühlend Melanie angeschaut und gesagt hast: ›Man kann hilflose Wesen mehr lieben als kluge und zu selbstbewusste.‹«

Sie stoßen an und küssen sich zaghaft auf die Wangen. Claire trinkt hastig und schiebt Max ihr Glas hin, damit er nachschenkt. Doch der Champagner scheint sie nicht aufzumuntern. Sie ist schweigsam und zupft ständig an ihrem Seidenschal herum.

Sicher hat sie Sehnsucht nach Melanie, vermutet Max. Vielleicht denkt sie auch an Rolf.

»Claire«, sagt er. »Willst du mir nicht erzählen, was vorgefallen ist? Warum bist du vor Rolf davongelaufen?«

»Soll ich das wirklich erzählen, Max? Eigentlich müsstest du es wissen, du kennst Rolf länger als ich.«

»Da hast du Recht. Ich kenne ihn so gut, dass ich mich oft gefragt habe, wieso du ihn geheiratet hast.«

Claire leert ihr Glas in einem Zug, als müsse sie sich Mut antrinken. Sie schaut Max nicht an, sondern blickt auf ihre Hände, die den Schal zu einer festen Rolle drehen, so dass der Stoff leise kracht. »Als ich Rolf in Bordeaux kennenlernte, habe ich mich von seiner Weltgewandtheit und seinem Charme blenden lassen. Ich war froh, jemanden zu haben, der mich aus meiner Verlassenheit herausholte.«

»Weswegen hast du dich verlassen gefühlt?«

»Ich lebte damals schon einige Jahre in Bordeaux und wohnte bei meiner Großmutter. Nachdem sie gestorben ist, stand ich sozusagen allein in der Welt.«

»Warum bist du nicht zurück zu deiner Familie nach Tunesien?«

»Weil mir meine Großmutter kurz vor ihrem Tod etwas erzählt hat, das ich nicht verkraften konnte.«

»Erzählst du es mir?«

»Ja«, sagt Claire. »Ich muss aber vorgreifen, damit du das verstehen kannst: Meine Mutter verliebte sich in Bordeaux in einen tunesischen Studenten und heiratete ihn gegen den Willen ihrer Eltern. Sie folgte ihm in sein Land, in dem ich ein Jahr später geboren wurde. In Tunesien stieg mein Vater in die expandierende Tourismusbranche ein.«

»Aha«, sagt Max. »Die Hotelkette!«

»Ja, davon wurde er reich.«

»Und deine Mutter?«

»Meine Mutter starb, als ich fünf Jahre war. Man sagte mir, mein Vater habe wieder geheiratet, damit ich eine Mutter hatte.«

»Ist ja nicht unüblich für einen Witwer mit Kind«, sagt Max.

»Das hab ich auch geglaubt. Ich vermisste meine Mutter, aber die neue Frau war gut zu mir. Und ich liebte meinen schönen, klugen und immer heiteren Vater, der mir die Wünsche von den Augen ablas, abgöttisch. Die Wahrheit über ihn erfuhr ich von meiner Großmutter: Mein Vater hatte mit der jungen Tunesierin, die er kurz nach dem Tod meiner Mutter heiratete, schon ein Liebesverhältnis gehabt, bevor meine Mutter gestorben war. Und meine Mutter starb auch nicht an einem Skorpionbiss, wie man mir immer erzählt hatte, sondern sie hat sich erhängt. Ich denke, dass sie meinen Vater bis zur Selbstaufgabe geliebt hat. Wie hätte sie verwinden können, dass er ihr eine andere Frau vorzog?«

Claire verstummt und stellt ihr Glas auf den Tisch, dessen Stiel sie während ihrer Erzählung unaufhörlich gedreht hat.

Max sieht zwei Tränen über ihre Wangen perlen und fragt leise: »Und deine Mutter war zu stolz, um nach Frankreich zu ihrer Familie zurückzukehren?«

»So wird es gewesen sein«, sagt Claire. »Es gibt manchmal im Leben Situationen, in denen man keinen Ausweg mehr sieht.«

Max stellt sich eine junge Frau vor, so schön wie Claire, eine Französin, die einem glutäugigen Tunesier aus Liebe in sein Land folgte und später an dieser Liebe zerbrach.

Claire sieht Max nicht an und sagt: »Diese Wahrheit, die ich so spät erfahren habe, ist der Grund, dass ich nie mehr nach Tunesien zu meinem Vater wollte. Kannst du das verstehen, Max?«

»Ja, ich glaube schon. Aber hast du mit deinem Vater nie darüber gesprochen?«

»Was gibt es da zu besprechen? Mein Vater hat es vielleicht gut gemeint, mich mit der Wahrheit zu verschonen. Aber ich bin sicher, er hat sich am Tod meiner Mutter nie schuldig gefühlt. Er ist Muslim! Jahrhundertelang durften Männer, die es sich finanziell leisten konnten, mehrere Frauen heiraten. Ich glaube, wenn die Polygamie in Tunesien nicht inzwischen verboten wäre, hätte sich mein lebenslustiger Papa mindestens drei Ehefrauen angeschafft.«

»Und weil du das als emanzipierte Frau nicht akzeptieren kannst, hast du Tunesien und deinem Vater den Rücken gekehrt. Deswegen bist du lieber mit Rolf nach Deutschland gekommen.«

»Ja. Aber damals dachte ich, ich würde ihn lieben. Ich meinte, den wunderbarsten und liebevollsten Ehemann zu bekommen, den man sich wünschen kann. Ich freute mich auf Deutschland. Besonders auf Stuttgart, über das mir Rolf herrliche Dinge erzählte, von Museen, Konzerten und Theatern. Ein Land, in dem mit der gleichen Liebe und Präzision Porsche-Wagen und Steiff-Teddys hergestellt werden, faszinierte mich. Vor allem freute ich mich darauf, eine eigene Familie zu haben.« Claire senkt den Kopf, dröselt den Seidenschal auf und versucht, ihn glatt zu streichen. »Als wir dann in die Villa eingezogen waren, merkte ich schon bald, dass Rolf ein eingebildeter Beau war. Er behandelte mich wie sein Spielzeug und versicherte mir ständig, zu wissen, was gut für mich sei. Er überredete mich, das Haus meiner Großmutter zu verkaufen. Ohne mich zu fragen, steckte er die halbe Million, die ich dafür bekommen hatte, in seine Fabrik. Mir kam zum ersten Mal der Verdacht, dass er mich wegen meines Vermögens geheiratet hatte. Damals war ich schon schwanger. Dadurch wurde nichts besser, sondern alles nur noch schlimmer.«

»Aber er hat sich doch Kinder gewünscht. Es wäre doch ein Grund gewesen, dich auf Händen zu tragen.«

»Die Freude über meine Schwangerschaft verdarb er mir, weil er einen Sohn von mir forderte. Ich bekam ein Mädchen, noch dazu behindert. Als Rolf nach Melanies Geburt angewidert auf das arme Würmchen gestarrt und mich mit feindseligen Blicken gestraft hatte, wusste ich, dass ich ihn nie mehr lieben konnte. Ich lebte nur noch für Melanie. Sie gab mir die Kraft, es weiterhin an Rolfs Seite auszuhalten. Vielleicht, weil ich mich von Rolf zurückgezogen habe, schaffte er sich den Bullterrier an. Er brauchte ein Wesen, das ihm zu Willen war, das ihm gehorchte. Und der Hund gehorchte ihm. Nur ihm. Rolfs Liebe und Freizeit gehören seither Attila.«

Max fürchtet, Claire würde zu weinen anfangen und greift schüchtern nach ihrer Hand, hält sie in seiner, wie ein Vögelchen, das er beschützen will.

»Und deswegen hast du Rolf verlassen und fährst nun doch zu deinem Vater?«

»Ja«, sagt Claire. »Ich weiß inzwischen, dass ein Mann einer Frau noch Schlimmeres antun kann, als sie wegen einer anderen zu verlassen.«

Max bezweifelt, dass das, was ihm Claire soeben über Rolf erzählt hat, der einzige Grund für diese Flucht zurück zu ihrer Familie ist. Er ahnt, dass sie ihm etwas verschweigt, wagt aber nicht, weiterzufragen. Unvermittelt fragt Claire ihn, ob Rolf sein Freund gewesen sei.

»In unserer Kindheit schon. Aber dann, als wir etwa dreizehn Jahre alt waren, nicht mehr.«

Max blickt auf einen Wandteppich mit kunstvoll orientalischem Muster, ohne ihn zu sehen. Er sieht sich und Rolf auf ihrem gemeinsamen Schulweg. Sieht den blonden, schlanken Rolf, der in teurer Markenkleidung steckt und selbstbewusst mit federnden Schritten läuft. Max sieht sich selbst, wie er neben Rolf hertrottet. Er ist fast einen Kopf größer. Seine dunkelbraunen gelockten Haare fallen ihm störrisch in die Stirn. Seine verwaschene Cordhose ist zu kurz.

Max schreckt aus seinen Gedanken, als Claire sagt: »Erzählst du mir von deiner Freundschaft mit Rolf?«

»Ja. – Unsere Kinderfreundschaft ergab sich, weil damals weit und breit keine andere Familie wohnte. Die Neubausiedlung, an deren Rand jetzt die Gärtnerei wie eine Insel liegt, ist erst später gebaut worden. Unser Spielplatz war die Gärtnerei, wo wir uns mit Schubkarren, Erde und Sand, mit Blumentöpfen und Regenwürmern vergnügten. Bei schlechtem Wetter saßen wir in Rolfs großem Kinderzimmer vor dem Fernseher oder spielten mit seiner elektrischen Eisenbahn, mit ferngesteuerten Autos und seinem Computer. Manchmal zwang mich Rolf zuzusehen, wenn er sich die Insulin-Spritze setzte. Er machte daraus eine geheimnisvolle Zeremonie. Mir schien, als sei er stolz auf sein Leiden. Aber wenn ich jetzt daran zurückdenke, bin ich mir sicher: Er hat sich verstellt. Ich glaube, dass er als Kind diese Krankheit als persönliche Katastrophe empfunden hat. Er beneidete alle, die gesund waren und suchte ständig Streit mit anderen Schuljungen. Ich habe so manche Prügelei für ihn eingesteckt, weil ich wusste, was die anderen Kinder nicht wussten: Dass Rolf sein bisher unbekümmertes Leben den Insulinspritzen und der Diät unterordnen musste. Obwohl Rolf oft genug seine schlechte Laune an mir ausgelassen hat, hielt ich ihm die Freundschaft, bis zu dem Tag ...«

Max starrt wieder auf den Wandteppich. Er sieht, wie er damals Rolf zum Schuppen führte und ihm sein Kätzchen Kitti zeigte. Ein Kätzchen, das er sich so lange gewünscht und endlich vor ein paar Tagen zum Geburtstag bekommen hatte. Es lag in einem Korb und schlief. Rolf neckte Kitti mit einem Stock, und sie fuhr unerwartet ihre Krallen aus. Wütend leckte sich Rolf das Blut von der Hand, dann packte er Kitti am Genick und schüttelte sie. Max stürzte sich auf ihn, um ihm Kitti zu entreißen. Aber Rolf rannte aus dem Schuppen zum Teich. Als Max ihn eingeholt hatte, stand Rolf auf dem Steg, hielt das Kätzchen übers Wasser und warf es in hohem Bogen in den Teich. Max sprang hinterher, erwischte das kleine nasse Bündel und hielt es hoch. Es war schwierig, mit einem Arm zu schwimmen. Er schluckte braune Brühe, aber ließ Kitti nicht los. Prustend und hustend erreichte er den Steg. Rolf grinste ihn von oben herab an. Max klammerte sich am Steg fest und drückte mit der anderen Hand das Kätzchen an sich.

Auch jetzt, als er an diesen Tag zurückdenkt, meint er, den Schmerz wieder in seinen Fingern zu spüren, auf denen Rolfs Schuh gestanden hat. Dann wurde Max gewaltsam unter Wasser gedrückt. Als er sich wieder auf den Steg gezogen hatte, war Kitti verschwunden. Rolf auch.

An diesem Abend stellte Max' Vater das erste Mal fest, dass sein Sohn stotterte. Das Stottern blieb. Viel schlimmer als daheim war es in der Schule. Wenn Max aufgerufen wurde, fühlte er alle Augen auf sich gerichtet. Schon bei seinem ersten Wort wieherte die ganze Klasse los. Nicht bösartig eigentlich, aber fröhlich und zufrieden, ein bisschen Spaß zu haben. Max lachte mit, aber konnte kaum die Tränen zurückhalten. –

Als ob er alles, was er eben gedacht hat, laut ausgesprochen hätte, fragt Claire: »Seit wann hast du diesen Sprachfehler?«

»Seit Rolf mein Kätzchen ersäuft hat. Rolf ist ein Sadist!«

»Ich weiß«, sagt Claire.

»Stört es dich, dass ich stottere?«, fragt er.

»Nein«, Claire legt ihre Hand auf seine. »Seit wir unterwegs sind, ist es kein einziges Mal vorgekommen.«

Max lächelt verlegen. »Na, dann ist es ja gut.«

SECHS

Dienstag, 20. Mai

Über Nacht hatte Irma ihr Telefon ausgesteckt und ihr Handy abgestellt und gut geschlafen. Bevor sie um halb acht der Wecker hochschrecken ließ, hatte sie geträumt, ihre Mutter hält einen Kugelschreiber wie eine kleine Pistole auf sie gerichtet. Auf einem Preisschildchen prangt in Goldschrift 243 Euro.

Sie sprang aus dem Bett, riss das Fenster auf, sah eine anmutige Dachlandschaft und dahinter grüne Hügel im Morgennebel liegen. »Schön«, flüsterte sie. »Und jetzt einen starken Kaffee!« Sie hoffte, dass bis heute Abend ihr Fahrrad wieder flott war. Gestern früh hatte sie es auf halber Strecke zwischen Tatort und Präsidium in eine Werkstatt gebracht.

Sie rannte im Galopp den Park hinunter zur Stadtbahnhaltestelle Pragsattel.

Um halb neun Uhr stieg sie am Kelterplatz Zuffenhausen aus der U5. Da sie den Weg nun schon kannte, war sie nach fünf Minuten an der Mühle. Schon nach dem zweiten Klopfen an Martha Tranfuß' Haustür ging ein Fensterladen auf und eine zerknitterte Alte, die perfekt zu dem Häuschen passte, rief: »Was isch los?«

Irma verzichtete darauf, ihren Dienstausweis zu zeigen und fragte, ob hier Gustav Mahler wohne.

»Ja, eigendlich scho«, antwortete Frau Tranfuß. »Aber nur em Winter. Jetz em Mai wohnt der scho en seiner Sommerfilla.«

»Sommervilla? Und wo ist die?«, fragte Irma irritiert.

»Hinderm Friedhof – emmer am Bach entlang, junge Frau. Des Gütle nebe dene große Lindebäum.«

»Vielen Dank«, sagte Irma, und die Alte guckte zum Himmel, rief: »Heit wird's hoiß«, und schloss den Laden.

Irma fand den Friedhof und das Gütle. Die Sommervilla war ein Wohnwagen. Sie klopfte, aber als niemand öffnete, fand sie die Tür unverschlossen. Gustav Mahler lag im Bett, aber nicht allein. Ein Mädchen mit zerzausten Haaren guckte aus mandelförmigen Kastanienaugen unter der Decke hervor und stieß dabei mit dem Ellbogen gegen den Rücken, der neben ihr lag, bis sich ein Mann mit behaartem Brustkasten aufsetzte und Irma mit verschlafenem Blick musterte.

Irma zog diesmal doch ihren Dienstausweis und sagte freundlich: »Wenn Sie Herr Mahler sind, muss ich mal mit Ihnen reden. Ich warte im Garten, bis Sie angezogen sind.«

Irma setzte sich auf eine kleine Terrasse in einen Plastikstuhl und betrachtete Gustav Mahlers Gütle. Statt mit einem Zaun war es von einer dichten Hecke aus wildem Flieder umgeben. In der Mitte standen ein Apfelbaum und weiter hinten ein paar Beerensträucher. Der Sitzplatz war eine gepflasterte Insel zwischen Frühlingsblumen. Auf beiden Seiten des Weges lagen sauber geharkte Beete. Irma gefielen die grünen Fingerchen, die sich ans Licht bohrten. Vielleicht Radieschen oder Bohnen oder Erbsen, dachte sie. Die Pflanzen, die in schnurgerader Reihe an Holzpfählen angebunden sind, könnten Tomaten sein. Auf einem eingezäunten Rasenstück vor einem Schuppen scharrten und pickten ein paar Hühner. Erdgeruch. Fliederduft. Vogelgezwitscher.

Selbstversorger, dachte Irma – so was gibt es noch! Mitten in einer Großstadt! Eine lebensfrohe Variante vom Lied von der Erde. Ein Refugium, auf dem ein Gustav Mahler wohnt, der keine Noten kennt, aber Mundharmonika spielen kann.

Irma wollte sich gerade glücklich zurücklehnen, als Gustav aus dem Wohnwagen stieg. Seine hagere Gestalt steckte in einem maisfarbenen Polohemd und einer kakifarbenen Treckinghose. Gesicht und Arme waren sonnenbraun und wettergegerbt. Graumelierte Haare endeten im Nacken in einem Lagerfeldschwänzchen. Dreitagebart. Wachsame graublaue Augen. Er streckte sich in der Sonne und setzte sich dann Irma gegenüber.

Als sie sich eine Weile schweigend angesehen hatten, jeder den anderen misstrauisch abschätzend, wohl auch neugierig, sagte Mahler: »Die Kripo ist attraktiver geworden, seit ich das letzte Mal was mit ihr zu tun hatte.«

»Kommen wir gleich zur Sache«, sagte Irma. »Ich möchte Sie für heute Nachmittag zu einer Zeugenbefragung ins Präsidium bitten.«

»Oh!« Gustav grinste. »Sie haben bitte gesagt! Die Kripo ist nicht nur attraktiver, sondern auch höflicher geworden.«

In diesem Moment klingelte Irmas Handy. Schmoll war aufgeregt. »Frau Eichhorn? Sind Sie okay?«

»Warum sollte ich das nicht sein?«

»Wo sind Sie?«

»Bei Gustav Mahler auf seinem Gütle.«

»Haben Sie Ihre Dienstwaffe dabei?«

»Natürlich nicht. Ich jage hier doch keinen Mafiaboss.«

»Hören Sie zu, Eichhorn: Wir haben gerade die Vergangenheit von Gustav Mahler durchleuchtet. Der Mann ist gefährlich. Er stand vor acht Jahren unter Mordverdacht. Ich hätte ihn gern eingelocht, musste ihn aber laufen lassen. Sie wissen ja: im Zweifel für den Angeklagten. Mahler bekam nur drei Jahre wegen unerlaubten Waffenbesitzes und Widerstand gegen die Vollzugsbeamten. Seine Pistole ist nie gefunden worden. Womöglich hat er sie noch.«

»Hmm«, sagte Irma und schielte zu Gustav. Er war aufgestanden und schien die aufgegangenen Sämlinge auf den Beeten zu zählen.

Da nun die mandeläugige Frau aus dem Wohnwagen kletterte, ging er ihr entgegen, nahm ihr bunte Keramikbecher und eine Thermoskanne ab und stellte sie auf den Gartentisch. Ihre Haare waren jetzt gekämmt und lagen glatt und schwarzglänzend um ihr Gesicht. Sie trug Jeans und einen engen knallroten Pullover.

So ein Schlawiner, dachte Irma, der Kerl lebt mit einem schönen, jungen Thaimädchen zusammen!

Gustav stellte sie vor: »Das ist Jesa.«

Jesa blickte misstrauisch zu Irma, und Mahler fragte: »Sie trinken doch einen Tee mit uns, Frau Kommissarin?«

Irma konnte ihm nicht antworten, weil sie auf Schmolls Handystimme hörte. »Ich habe bereits zwei Beamte in die Mühlengasse geschickt. Aber da war nur eine alte Frau, aus der sie nichts herausgebracht haben.«

»Wahrscheinlich waren ihr die Uniformen nicht geheuer. Mir hat Frau Tranfuß jedenfalls bereitwillig verraten, wo ich Mahler finden kann.«

»Und Sie sagen, Sie sind jetzt auf seinem Gütle? Wo?«

»Kann ich schwer erklären, aber ich bin hier sowieso fertig und in einer halben Stunde im Büro. Wann soll Mahler ins Präsidium kommen?«

»Sofort!«, bellte Schmoll. »Unsre Streife soll ihn abholen. Bevor er abhaut!«

»Ich glaube nicht, dass er abhaut.« Irma drückte das Handy aus und trank mit Jesa und Mahler Tee. »Mein Vorgesetzter möchte, dass ich Sie gleich mit ins Präsidium bringe«, sagte sie zu Mahler.

»Ich weiß«, sagte er. »Ich weiß, dass es Schmoll eilt. Er denkt, nun, da wieder einmal eine Leiche in meiner Nähe aufgetaucht ist, kann er durchdrücken, was ihm vor acht Jahren nicht gelungen ist: mich endgültig hinter Gitter zu bringen! Es geht doch um den Mord an Ranberg?«

»Woher wissen Sie von dem Mord?«

»Na, das pfeifen doch die Spatzen von den Dächern.«

»Mir scheint, die schwäbischen Urwaldtrommeln funktionieren«, sagte Irma. »Sie stehen nicht unter Verdacht, Herr Mahler, aber da Sie in direkter Nachbarschaft des Tatortes arbeiten, brauchen wir Ihre Zeugenaussage. Es wäre für Sie besser, wenn Sie mitkämen.«

»So«, sagte Mahler. »Und was ist, wenn ich keine Lust habe?«

»Ich konnte soeben verhindern, dass Sie von einer Polizeistreife abgeholt werden.«

»Scheißspiel.« Mahler stand auf. »Okay. Ich komme mit, aber nur unter einer Bedingung.«

»Welche Bedingung?«

»Versprechen Sie mir, Jesa da nicht hineinzuziehen.«

»Weshalb soll ich das versprechen?«

»Sie beginnt gerade, sich von einem schlimmen Schicksal zu erholen. Ich habe sie vor zwei Jahren sozusagen von der Straße aufgesammelt. Blutiggeschlagen, mit kahl rasiertem Kopf und völlig verwirrt.« Mahler zeigte auf den Garten und den Wohnwagen. »Wie Sie sehen, führen wir eine zwar wilde, aber gutbürgerliche Ehe. Nach drei Jahren Zigeunerleben, das mich nach meinem Knastaufenthalt wieder menschlich gemacht hat, sind mein Wohnwagen und ich gemeinsam mit Jesa sesshaft geworden. Wir haben unser Auskommen: Jesa betreut Haus und Hof und ich arbeite bei Max Busch.«

»Wissen Sie, wer Jesa misshandelt hat?«

»Ihr Ehemann. Ein Gentleman, der sie an seine feinen Bekannten für Geld verschachert hat. Wenn sie sich geweigert hat, wurde sie von ihm geschlagen. Dem ist sie weggelaufen. Er sucht sie. Und er hat ihre Papiere unter Verschluss. Sie kann sich nicht ausweisen, obwohl sie legal in Deutschland lebt.«

Jesa hatte bisher noch kein Wort gesagt, und Irma bezweifelte, dass sie Deutsch sprechen konnte. Als sie sie aber jetzt fragte, warum sie ihren Mann nicht anzeige, antwortete Jesa: »Gustl sagen: besser nix Polizei.«

»Verdammt«, sagte Mahler zu Irma. »Verstehen Sie doch: Ich traue den Bullen nicht. Sie haben mir schon einmal übel mitgespielt, so übel, dass ich seither keinen Job mehr bekommen habe. Rufmord nenne ich so einen Prozess. Wenn Max mir nicht Arbeit und Lohn gäbe, hätte ich mir längst die Kugel gegeben.«

»Schmoll hat von einer Pistole gesprochen. Haben Sie die noch?«

»Diese Frage werde ich nicht beantworten.« Mahler stand auf und blickte auf Irma hinunter. »Also, Frau Kommissarin: Jetzt nehmen Sie mich meinetwegen mit aufs Präsidium zu diesem lausigen Schmoll. Aber tun Sie mir den einzigen Gefallen und erwähnen Sie Jesa nicht.«

»Ich habe Jesa heute nicht gesehen«, sagte Irma. »Und sobald diese Mordsache erledigt ist, werde ich versuchen, etwas für sie zu tun.«

Gegen elf Uhr, gleichzeitig mit Irma und Mahler, kam im Präsidium das erste Fax aus Tunesien an. Mahler musste warten. In dem französischen Schreiben stand, dass es bisher keine Spur von Max Busch und Claire Ranberg gebe. Die Ermittler hätten die Suche zunächst im Norden begonnen mit Schwerpunkt auf die größeren Städte wie Tunis, Karthago und Kairouan. Aber ohne Erfolg. Seit gestern würden die Hotelanlagen bei Sousse und Hammamet unter die Lupe genommen. Bisher vergeblich.

Schmoll haute mit der Faust auf das Fax. »Können diese staubigen Brüder sich nicht mal etwas schneller bewegen?« Möglicherweise ist es Zufall, dass Claire Ranberg und Max Busch zur selben Zeit nach Tunesien geflogen sind, dachte er. Allerdings ein höchst verdächtiger. Frau Ranberg wird wahrscheinlich ihre Eltern besuchen. Und Max Busch? Warum sollte er nicht ein paar Tage Urlaub machen? Nur komisch, dass seine Frau angeblich nichts davon weiß. Aber es ist ja immer alles möglich. Ich darf mich nicht an den ersten Verdächtigen, die mir ins Fahndungsfeld laufen, festbeißen.

Schmoll freute sich, nun einen alten Bekannten in die Mangel nehmen zu können. Mahler war vorbestraft und er wusste, wo in der Gärtnerei das Gift gelagert wurde.

Bei der Vernehmung war auch Irma Eichhorn anwesend. Es wird ein Genuss sein, dachte Schmoll, dieses übereifrige Eichhörnchen vor Ehrfurcht erstarren zu sehen, wenn ich meine Trümpfe aus dem Hut ziehe.

Doch vorher schickte er Katz mit vier Beamten in die Maschinenfabrik. Sie sollten dort Rolf Ranbergs berufliches Umfeld abgrasen.

»Man muss immer auf mehreren Hochzeiten tanzen und alle Eisen ins Feuer legen«, belehrte er Irma.

Als Irma mit Schmoll und Mahler im Vernehmungsraum saß, konnte sie die Feindseligkeit zwischen den beiden fast greifen. Obwohl die Männer etwa gleich alt, so um die 50 waren, schienen sie äußerlich aus verschiedenen Generationen zu stammen. Der drahtige Mahler wirkte trotz seiner grauen Haare jugendlich lässig im Vergleich zu dem korpulenten, biederen Schmoll. Doch diese Unterschiede bedeuteten nichts gegen die Differenzen, die Irma zwischen ihren Charakteren und Lebensanschauungen spürte.

Während Mahler etwas von seiner Unbekümmertheit, die er am Morgen zur Schau gestellt hatte, eingebüßt hatte, schien Schmoll bester Laune und bereit, seinen Kampf erfolgreich auszutragen.

»Gute alte Bekannte, wie wir sind«, begann er, »brauchen wir uns ja nicht großartig vorzustellen. Kommissarin Eichhorn kennen Sie auch schon.«

Mahler stützte die Ellbogen auf den Tisch und legte das Kinn auf die verschränkten Finger. Er sah Schmoll mit ausdrucksloser Miene an und wartete ab.

»Am 22. April 1998 ist der Mann, bei dem Sie in Untermiete gewohnt haben, erschossen worden.«

Mahler ging hoch. »Wollen Sie jetzt diesen Fall wieder aufrollen?«

»Hier stelle ich die Fragen!«, sagte Schmoll scharf. »Fassen wir nochmal zusammen, damit auch Frau Eichhorn der Sache folgen kann: Sie, Herr Mahler, hatten damals kein Alibi für die Tatzeit. Sie haben sich der Verhaftung entzogen, indem Sie gedroht haben, sich Ihren Fluchtweg freizuschießen. Als Sie einen Tag später gefasst wurden, fehlte von der Pistole jede Spur. Ihre Aussagen widersprachen sich bei jedem Verhör.« Schmoll machte eine Pause. »Leider hatten wir außer Ihren Fingerabdrücken in der Wohnung des Toten keine Beweise. Die Abdrücke, so haben Sie sich rausgeredet, waren dort, weil sie dem alten Mann hin und wieder zur

Hand gegangen seien. Das konnten wir nicht widerlegen. Sie sind also mit drei Jahren wegen unerlaubten Waffenbesitzes und Widerstands gegen Vollzugsbeamte weggekommen.«

»Hab ich abgesessen«, wandte Mahler ein.

»Okay«, sagte Schmoll. »Aber jetzt sind Ihre Fingerabdrücke in einer Wohnung gefunden worden, in der Sie nun wirklich nichts zu suchen haben. Wunderbar frische Fingerabdrücke an der zerschlagenen Terrassentür einer Villa, in der Sie durchaus nicht als Untermieter gewohnt haben.«

»Ich habe keine verdammte Terrassentür zerschlagen!«

»Und wo waren Sie in der Nacht vom 17. zum 18. Mai?«

»Daheim.«

»In der Mühlengasse?«

»Nein, in meinem Wohnwagen.«

»Ist der Standort eigentlich behördlich genehmigt? Ist das nicht Landschaftsschutzgebiet?«

»Erstens gehört das Grundstück mir, weil ich es von meinem Großvater geerbt habe, und zweitens hat der Wagen noch nie jemanden gestört.«

»Das lässt sich nachprüfen«, sagte Schmoll. »Wichtiger ist im Moment, wer bezeugen kann, dass Sie sich in der besagten Nacht in Ihrem Wohnwagen aufgehalten haben.«

Irma sah, dass Mahler in der Klemme steckte. Wenn er wirklich die ganze Nacht in seinem Wohnwagen verbracht hatte, könnte das nur Jesa bezeugen. Aber Jesa hatte keine Papiere, und es war zu erwarten, dass sie wie schon einmal zu ihrem gewalttätigen Mann zurückgeschickt werden würde.

Schmoll entging Mahlers Ratlosigkeit nicht, und die schien ihm zu gefallen. »Keine Zeugen? Ganz allein in einem Wohnwagen von Wald und Wiesen umgeben. Wie idyllisch!«

Mahler sah zu Irma.

»Nennen Sie einen Zeugen«, sagte sie. »Es ist das kleinere Übel.«

Aber noch bevor Mahler sich das überlegen konnte, zog Schmoll alle Register: »Also machen wir es kurz, Herr Mahler: Sie haben kein Alibi für die Tatzeit. Aber Sie haben als Mitarbeiter der Gärtnerei Busch Zugang zu den Pflanzenschutzmitteln. An dem Giftschrank waren jede Mange Fingerabdrücke von Ihnen. Was noch interessanter ist: Rein zufällig natürlich sind diese Abdrücke auch an der Terrassentür und beweisen, dass Sie in der Villa waren. Also, wo sind hier noch Fragen?«

Mahler antwortete nicht und verrenkte seine Hände ineinander, bis die Gelenke knackten.

»Erklären Sie uns also, wie Ihre Fingerabdrücke an die Terrassentür gekommen sind und warum Sie Ranberg Schwiegermuttergift in den Trollinger gepanscht haben.«

Mahler hatte seine Selbstsicherheit verloren. Das Kinn in die Hände gelegt, drückte er die Fingerspitzen gegen die Schläfen, als wollte er eine Idee herauspressen, wie er aus dieser Malesche herauskommen könnte. Plötzlich warf er die Arme hoch und fing an, wie irre zu lachen. Lachte und lachte und schrie: »Schwiegermuttergift! Welches Schwiegermuttergift? Schwie-ger-mut-ter-gift!« Er verstummte, als hätte jemand den Ton abgedreht.

»Sie werden ja wissen, wie das Gift wirklich heißt«, sagte Schmoll. »Der richtige Name wird auf dem Behältnis gestanden haben, das Sie aus dem Giftschrank bei Busch gestohlen haben.«

»Ich habe gar nichts aus dem Schrank nehmen können, weil Max den Schlüssel hatte. Meine Fingerabdrücke sind überall in der Gärtnerei. Logisch: weil ich dort mit meinen Händen arbeite – und nicht wie Sie, Herr Schmoll, mit dem Kopf, in dem Sie derartige Beschuldigungen zusammenbrauen.«

Bevor Schmoll eine angemessene Antwort geben konnte, ging die Tür einen Spalt auf und die Sekretärin flötete: »Das ZDF am Telefon. Wegen heute Abend. Sie werden eingeschoben.«

Schmoll sprang auf. »Sie können hier mal weitermachen, Frau Eichhorn. Aber das Aufnahmegerät laufen lassen!«

Als Schmoll das Zimmer verlassen hatte, wirkte Mahler wieder lockerer. Er sah Irma an, als erwarte er, sie könne ihm aus der Patsche helfen.

Doch seit Irma von Mahlers Fingerspuren gehört hatte, war sie von seiner Unschuld nicht mehr überzeugt. »Also, Herr Mahler: Wieso waren Sie an der Terrassentür der Ranbergs? Fangen Sie ganz von vorn an.«

Mahler zögerte und fragte: »Ganz von vorn?«

»Beginnen Sie mit dem Tag vor dem Mord«, sagte Irma, »das war ein Samstag. Also vor drei Tagen, am 17. Mai.«

»Am Samstag bin gegen Mittag in die Gärtnerei gegangen. Ich wollte Max und Luzie fragen, ob sie abends zum Grillen auf mein Gütle kommen. Max war nicht da. Luzie sagte, er sei irgendwohin gefahren, um eine Zimmerpalme für Ranbergs abzuholen. Sie selbst hatte Null Bock auf ein Grillfest, weil Max und sie anscheinend Krach hatten. Okay, hab ich gesagt, schade. Als ich schon beim Weggehen war, hupte ein Taxi vor dem Tor. Ich hab mich gewundert, dass Luzie und Tobias da eingestiegen sind und zwei große Koffer mitgenommen haben.«

»Und dann?«

»Dann hab ich gewartet, bis Max zurückkam. Als ich ihm gesagt hab, Luzie und Tobias seien mit 'nem Taxi auf und davon, war er völlig durch den Wind. Echt unheimlich. Er zitterte. Ich hatte Angst, er würde ausrasten. Aber stattdessen sagte er, ich soll die Zimmerpalme bei Ranbergs abgeben, und ist ins Haus gegangen.«

»Haben Sie die Palme durch die Terrassentür ins Wohnzimmer getragen?«

»Ja.«

»War die Glasscheibe da noch heil?«

»Da bin ich mir ganz sicher.«

»Und um die Palme hineinzutragen, haben Sie die Tür angefasst?«

»Nein, Frau Ranberg hat sie aufgehalten.«

»Und wer hat die Tür wieder zugemacht?«

»Ich.«

»So kann es gewesen sein«, sagte Irma. »Aber das kann nur Claire Ranberg bezeugen, und die haben die tunesischen Kollegen noch nicht gefunden.« Sie stellte den Tonträger ab.

Mahler sprach leise und eindringlich: »Soll das alles noch einmal losgehen? Vor acht Jahren war ich ein Hitzkopf. Mit der Pistole rumzufuchteln, war ein Fehler. Doch ich habe weder damals noch jetzt einen Menschen umgebracht!«

»Ich nehme wohl richtig an«, sagte Irma, »dass es ein anderer Grund als eine Grippe war, weshalb Sie am Montag nicht in der Gärtnerei erschienen sind.«

»Das nehmen Sie richtig an«, sagte Mahler sarkastisch. »War doch klar, dass die Polizei bei allen Nachbarn rumschnüffeln würde. Ich hatte keine Lust, mich ausfragen zu lassen. Glauben Sie mir, ich habe nichts, aber auch gar nichts mit Ranbergs Tod zu tun.«

Irma kannte die Leier zur Genüge: Diese verzweifelt vorgetragenen Unschuldsbekenntnisse klangen immer ungefähr gleich.

Sie konnte nicht weiter nachhaken, weil Schmoll zurückkam. Er strahlte. »Es klappt. Heute Abend fahr ich nach München. Und dann wollen wir doch mal sehen!«

Nachdem Schmoll das Tonband abgehört hatte, sagte er: »Wir müssen Sie hier behalten, Mahler.«

Mahler sprang auf und verlangte nach einem Rechtsanwalt.

»Bitte keine Revolution«, sagte Schmoll. »Sonst hätte ich auch ein paar Handschellen für Sie. Bleiben Sie vernünftig. In Kürze werden wir Max Busch schnappen. Wenn er geständig ist, sind Sie entlastet.«

»Ich will meinen Anwalt Dr. Griesinger!«, schrie Mahler.

»Rufen Sie in seiner Kanzlei an, Eichhorn«, sagte Schmoll und öffnete die Tür des Verhörraumes. Mahler wurde im Zuge der *vorläufigen Ingewahrsamnahme* in eine Haftzelle gesteckt. Er wusste, dass Schmoll ihn nur 24 Stunden festhalten konnte, und wehrte sich nicht. Er hoffte auf den Beistand von Rechtsanwalt Griesinger, der ihn vor acht Jahren aus dem Mord-Schlamassel herausgeboxt hatte.

Gustav Mahler setzte sich auf die Pritsche, starrte gegen die geschlossene Tür und zog einen Gegenstand aus der Hosentasche. In den nächsten Stunden wurde er innerlich ruhiger und äußerlich unüberhörbar. Gustav Mahler spielte Mundharmonika.

Nach dem Mittagessen war Teamsitzung.

Irma berichtete über Mahler und ärgerte sich, weil Schmoll sie mehrmals unterbrach und unnötigerweise korrigierte. Die Meinungen über Mahler gingen auseinander. Schmoll bestand darauf, ihn so lange wie möglich in Polizeigewahrsam zu behalten, um in dieser Zeit einen Haftbefehl zu erwirken.

Danach berichtete Katz von den Befragungen, die er und vier Kollegen bei der Belegschaft der Maschinenfabrik Ranberg durchgeführt hatten. Dabei stand er auf und wippte auf den Zehenspitzen, um größer und wichtiger zu erscheinen. »Alles deutet darauf hin, dass Rolf Ranberg bei seine Angestellte net sonderlich beliebt gwesa isch. Seit er vor drei Johr die Leitung der Fabrik übernomme hat, isch es zu mehrere Kündigunga komme. Aber koiner der Befragten hälts für möglich, dass deswega jemand Ranberg umgebracht habe könnt.« Katz zupfte an seinem Lippenbärtchen herum und warf einen Blick auf seine Notizen: »Wir haben 35 Mitarbeiter der Fabrik – zwei waret krank und drei im Urlaub – befragt, wo se sich in der Mordnacht aufghalta hen.«

»Sind die Aussagen schon überprüft worden?«, fragte Schmoll.

»Aus zeitliche Gründ hen mir uns als Erschtes die Pappeheimer vorgnomme, die uns net ganz aschtrein vorkomma send. Doch je verdächtiger se waret, desto stichhaltiger sen ihre Alibis gwä. I han den Eindruck gwonna, da deckt jeder jeden.« Katz bügelte mit der flachen Hand seine Ponyfransen in die Stirn und blickte zu Schmoll.

Meine Güte, dachte Irma, dieser haselnussbraune Dackelblick ist echt süß.

Auf Schmoll wirkte dieser Blick offensichtlich anders. Seine rechte Faust fiel dreimal kurz auf den Tisch. »Habt ihr euch wenigstens Gedanken darüber gemacht, gegen wen die zusammenhalten? Gegen den Mörder ihres ungeliebten Chefs? Haben die Leute Angst, einen von ihnen, der sie von Rolf Ranberg befreit hat, ans Messer zu liefern?«

Katz faltete umständlich seine Notizzettel zusammen, räusperte sich und sagte: »So ähnlich wird's wohl sein.«

Schmoll knurrte und sagte: »Ich fahre heute Nachmittag selbst noch mal in die Fabrik, um mir einige Leute vorzuknöpfen.«

Da Luzie Busch von ihrer Lehre in der Buchhaltung erzählt hatte, ging Schmoll zuerst zu dem Abteilungsleiter Herrn Jobst. Jobst, klein, altmodisch hornbebrillt und mit schütterem grauem Haar arbeitete trotz beträchtlicher Hitze in Krawatte und Anzug. Jobst war nervös, aber aufgeschlossen für Schmolls Fragen.

Ja, er kenne Luzie, sagte Jobst. Vor zehn Jahren sei sie Lehrling bei ihm gewesen. Ein pfiffiges Mädchen. Sie habe ein wahres Talent beim Umgang mit dem PC gezeigt. Er selbst habe sich da viel schwerer getan, da er mit neumodischen Sachen seine Probleme habe. Luzie sei nicht nur gescheit, sondern auch hübsch. Ihm sei nicht entgangen, dass sich der Juniorchef an sie rangemacht hätte, aber der habe ja, wenn es um schnuckelige, junge Dinger ging, nie was anbrennen lassen.

Auf Hauptkommissar Schmolls Frage, ob Ranberg Feinde in den Reihen seiner Mitarbeiter gehabt hätte, zog Jobst die Augenbrauen hoch. »Feinde? Na ja, wahrscheinlich hat ihn niemand sonderlich gut leiden können. Jeder hatte Angst, entlassen zu werden, nachdem er sogar den Geschäftsführer, der schon für den alten Ranberg arbeitete, an die Luft gesetzt hatte. Den Wagner hat's besonders schwer getroffen, weil er früher sehr gut verdient hat. So viel ich weiß, hat er keinen neuen Job bekommen.« Jobst blickte trübselig vor sich hin: »Ich bin auch zum Jahresende gekündigt. Rausschmiss nach fast vierzig Jahren Dienstzeit in dieser Firma. Ich werde noch weniger etwas Neues finden als Wagner.«

Jobst gab Schmoll Wagners Adresse. Das Haus lag unweit der Villa Ranberg.

Da Irma nochmals die Vernehmungsprotokolle der Ranberg-Mitarbeiter durchgehen wollte, holte Schmoll Katz im Präsidium ab. Wie meistens konnte sich Katz seine dummen Witze über Schmolls altersschwachen Mercedes nicht verkneifen. Schmoll klopfte liebevoll auf die Kühlerhaube. »Achtzehn Jahre und topfit. So weit soll es dein mickriger Polo erst mal bringen! Unserer Stadt ist man's schuldig, Mercedes zu fahren, egal wie alt das gute Stück ist.«

Katz grinste und stieg betont vorsichtig ein.

Katz klingelte an der Tür des noblen Bungalows, in dem der ehemalige Geschäftsführer der Maschinenfabrik Ranberg wohnte. Aus der Sprechanlage meldete sich eine Frauenstimme. Nachdem Schmoll sein Kripo-Sprüchlein aufgesagt hatte, summte der Türöffner. Frau Wagner erwartete sie in einer geräumigen Diele. Sie saß im Rollstuhl. Schmoll schätzte die zierliche Brünette auf Mitte Vierzig. Frau Wagner bat sie ins Wohnzimmer und rollte davon, ihren Mann zu holen. Wagner, groß, hager und bleich, wirkte übermüdet und stopfte sich mit fahrigen Bewegungen sein Hemd in den Hosenbund.

»Kriminalpolizei?«, fragte er barsch. »Was verschafft mir die Ehre?«

»Es geht um den Mord an Rolf Ranberg.«

»Damit habe ich nichts zu tun!«, wehrte Wagner sofort ab.

»Reget Se sich doch net glei auf«, versuchte Katz ihn zu beruhigen. »Wir müsse jedem Hinweis nachgehe.«

»Wieso Hinweis? Wer zum Teufel hat auf mich hingewiesen?«

»Das können wir Ihnen nicht sagen. Aber uns ist bekannt, dass Ranberg Ihnen gekündigt hat«, sagte Schmoll.

Wagner tigerte in dem riesigen Wohnzimmer hin und her, nahm mehrmals seine Brille ab und setzte sie wieder auf. Er blieb vor Schmoll und Katz stehen und holte hörbar Luft. »Ja«, sagte er, »ich bin gefeuert worden. Seither bin ich arbeitslos und finanziell am Ende. Ich weiß nicht, wovon ich die Raten für das Haus zahlen soll. Ich habe bereits einen Makler beauftragt, es zu verkaufen.«

Wagner zeigte auf seine Frau im Rollstuhl. »Meine Frau leidet am meisten darunter. Seit ihrem Unfall war sie in unserer früheren Wohnung im dritten Stock quasi eingesperrt. Sie hatte sich den Bungalow so sehr gewünscht. Sie ist aufgelebt, seit sie wieder ohne Hilfe ins Freie kann.«

»Das kann ich gut verstehen«, sagte Schmoll.

»Nichts können Sie verstehen«, entgegenete Frau Wagner leise.

Katz nahm den Faden wieder auf und fragte Wagner, ob es Unstimmigkeiten mit Ranberg gegeben hätte.

»Der alte Ranberg war immer zufrieden mit meiner Arbeit, aber dem Juniorchef hab ich nichts recht machen können. Ja, es gab mehrere Unstimmigkeiten, wie Sie das nennen. Milde ausgedrückt: harte betriebliche Auseinandersetzungen. Nach der letzten hat dieser Jungspund mir gekündigt.« Wagner rieb seine Brille an seinem zerknitterten Oberhemd und ließ sich in einen Sessel fallen. »Ich hätte doch nie und nimmer dieses teure Haus gebaut, wenn ich mit meiner Entlassung gerechnet hätte.«

»Wo waren Sie in der Nacht vom Samstag zum Sonntag zwischen 11 und 12 Uhr?«, wechselte Schmoll das Thema.

Wagner hob abwehrend die Hände. »Sie wollen mir doch nicht etwa was anhängen? Ich habe Ranberg zwar gehasst, aber ihn umbringen? Nein!«

»Die Antwort höre mer oft«, sagte Katz. »Hen Se denn a Alibi?«

»Ich war daheim«, antwortete Wagner. »Meine Frau kann es bestätigen.«

Frau Wagner nickte.

Schmoll hatte schon eine Weile das unbestimmte Gefühl gehabt, jemand lauschte hinter der halbgeöffneten Tür. Als er jetzt aufstand, hörte er, wie sich Schritte entfernten. Leichte, schnelle Schritte wie auf Turnschuhsohlen. »Wer war da an der Tür?«, fragte er.

»Es wird Dirk gewesen sein. Mit fünfzehn sind die Jungs neugierig«, sagte Frau Wagner.

»Haben Sie noch mehr Kinder?«

»Katja«, sagte Frau Wagner. »Sie ist zwei Jahre jünger als Dirk. Sie singt im Schulchor und ist noch bei einer Aufführung. Wir sollten da eigentlich auch sein, aber wir haben gerade andere Sorgen.«

»Okay«, sagte Schmoll. »Danke für Ihre Auskünfte.«

An der Tür drehte sich Katz nochmal um. »No a Frog: Hen Sie a Schreibmaschee?«

»Wer hat denn heutzutage noch eine Schreibmaschine?«, Wagner schüttelte den Kopf. »Selbst meine Kinder haben Computer.«

Als Schmoll und Katz zurück ins Präsidium fuhren, fragte Katz: »Glaubsch, der Wagner hat a reine Weschte?«

»Wir werden sehen«, sagte Schmoll. »Wenn wir diesen Max Busch endlich greifen, und er unschuldig sein sollte, fühlen wir Wagner weiter auf den Zahn. Na, und der Mahler ist auch noch lange nicht aus dem Rennen!«

* * *

Am gleichen Tag verlassen Claire und Max gegen zehn Uhr morgens die Küstenstadt Sfax. Claire ist nichts mehr von ihrer Nervosität, die sie abends im Hotel gezeigt hat, anzumerken.

Sie fahren südwärts parallel zur Küste auf einer gut ausgebauten, viel befahrenen Straße. Die Olivenbäume verschwinden und machen der Steppe Platz. Beim Anblick dieser Kargheit kommt Max wieder der blühende Birnbaum vor seinem Haus in den Sinn. Er wird abrupt aus seinen Gedanken gerissen, weil sie von zwei Polizisten auf Motorrädern an den Fahrbahnrand gewinkt werden. Claire hört mitten im Satz auf zu sprechen und setzt die Sonnenbrille auf. Sie flucht leise irgendetwas in einer ihm unbekannten Sprache. Max flüstert schuldbewusst: »Bin ich zu schnell gefahren?«

»Eher zu langsam«, sagt Claire. »Wir sind auf einer Nationalstraße, da darf man 110 fahren.« Sie kurbelt das Fenster runter und wechselt ein paar Worte mit einem der jungen Polizisten. Max ist unsicher, weil Claire so verwirrt wirkt. Unsicher, weil er die Sprache dieses Landes nicht versteht. Unsicher, weil er denkt, womöglich irgendeine ihm unbekannte Verkehrsregel verletzt zu haben.

»Was wollen die denn von uns?«, fragt er.

»Sie wollen unsere Papiere und den Fahrzeugschein sehen«, sagt Claire und wühlt im Handschuhfach. Ihre Stimme klingt heiser. Als sie die Unterlagen durch das Fenster reicht, zittert ihre Hand. Nur Max kann das sehen. Der Polizist blättert in den Papieren. Aber er schielt dabei auf Claire und lächelt sie an. Offensichtlich gefällt ihm die schöne junge Frau und wahrscheinlich gefällt ihm auch, dass sie Arabisch spricht. Abwechselnd stellen die Polizisten Fragen. Claire antwortet, jetzt unaufgeregt, gelassen, lachend. Nach etwa zehn Minuten wird das Gespräch, das Max wie lockeres Geplauder erschienen ist, beendet.

Danach legen die Polizisten die Hände an die Mützen und sagen: »Merci, bon voyage.« Claire grüßt lächelnd zurück und dreht die Scheibe hoch. Max fährt los.

»Du meine Güte«, sagt er, »was wollten die denn alles wissen?«

»Sie haben sich erkundigt, wo wir herkommen und wo wir hinwollen.«

»Und was hast du geantwortet?«

»So wie es ist: Wir kommen von Sfax und wollen nach Gabes.«

»Und was haben sie sonst noch gefragt?«

Claire druckst rum, dann sagt sie: »Ich glaube, sie haben unsere Pässe gar nicht richtig gelesen und haben uns für ein Paar gehalten.«

»Und?«, fragt Max belustigt.

»Da es sich für tunesische Frauen nicht schickt, mit fremden Männern durch die Gegend zu fahren, habe ich gesagt, wir seien seit zehn Jahren verheiratet.«

»Schön«, sagt Max. »Aber die beiden haben noch mehr gefragt.«

»Sie haben sich erkundigt, wie viele Kinder wir haben.«

»Und wie viele haben wir?«

»Vier.«

Max lacht. »Du hast denen ja ordentlich was vorgelogen. Ich dachte schon, das sei ein Verhör.«

»Oh nein«, sagt Claire und hat ihre gute Laune wiedergefunden. »Das sind keine Verhöre. Es ist tunesische Höflichkeit. Die zwei wollten Interesse zeigen. So sind sie, die Tunesier.«

»Aha«, sagt Max und wird dann ernst. »Aber nun muss ich dich mal etwas fragen und Interesse zeigen: Wovor hast du Angst gehabt, als die Polizisten uns gestoppt haben? Mir scheint, dass dir ständig die Angst im Nacken sitzt. Wovor hast du Angst, Claire? Bitte sag es mir. Sorgst du dich um Melanie? Fürchtest du, Rolf hat einen Detektiv auf dich angesetzt, um dich zurückzuholen?«

Claire senkt den Kopf. »Detektiv? Zurückholen?«, sagt sie leise. »Verzeih, Max, es ist wahr, dass ich mich fürchte. Aber wovor kann ich dir nicht sagen. So dankbar ich dir auch bin, dass du mich begleitest und so viel Verständnis für mich aufbringst – aber das würdest du nicht verstehen.«

Nach zweieinhalb Stunden pausenloser Fahrt nach Süden, immer parallel zum Meer, erreichen sie die Oasenstadt Gabes.

Kurz danach sitzen sie in einer Pferdekutsche. Sie fahren im Schatten der Palmen auf einem schmalen Weg zwischen Gärten, die mit Zäunen aus Palmwedeln umgeben sind. Von ihrem erhöhten Sitz können sie in die Gärten hineinsehen. Der Kutscher erklärt mit auswendig gelernten Sätzen in gebrochenem Deutsch: »Hier Sie sehen berühmte Etagenpflanzungen. Dach sind die Palmen. In Palmenschatten: Zitronen- und Bananenstauden. Auch Granatäpfel, sie typisch für diese Oase. In der Tiefe Gemüse, Gewürze und Henna wachsen. Gärten gehören Kleinbauern.« Max interessiert das, er ist ganz Ohr. Er denkt über die Nachteile von Monokulturen nach und sitzt gar nicht mehr in der Kutsche, sondern pflanzt in seiner Gärtnerei in Stuttgart Tomaten, Bohnen und Zwiebeln in Etagenanbau, denkt, welch Glück es ist, dass der Boden daheim nicht so verdammt sandig und trocken ist.

Der Kutscher zeigt mit der Peitsche auf eine sprudelnde Quelle, die in einen betonierten Kanal plätschert: »Oase wird gespeist durch Wasser von diese Kanal. Wärter aufpasst, dass wird kostbare Nass gerecht verteilt.«

Max nimmt sich vor, daheim einen Brunnen zu bauen, für alle Fälle, wenn bei fortschreitender Klimaerwärmung irgendwann das Wasser zugeteilt werden würde.

Die Fahrt dauert etwa eine Stunde. Claire ist gut gelaunt. Sie unterhält sich mit dem Kutscher in der Landessprache und lacht viel. Sie kommen gleichzeitig mit der Kutsche, die hinter ihnen gefahren ist, an der Station an. Beide sehen, wie die Frau aufgeregt auf einen dicken Mann in grellbuntem Hawaiihemd einredet und zu ihnen hinzeigt. Claire zieht Max fast fluchtartig zum Parkplatz. Die beiden Touristen kommen nach und steigen in einen roten Peugeot. Claire klemmt sich hinters Steuer und braust mit quietschenden Reifen los. Max mahnt: »Nicht so schnell, Claire, wieso hast du es plötzlich so eilig.«

Sie antwortet nicht und rast weiter.

Als sie aus Gabes heraus sind, sagt sie: »Wir machen einen Abstecher nach Matmata. Ins Gebirge zu den Höhlenwohnungen. Dort können wir einen Tag untertauchen.«

»Wieso untertauchen?«, fragt Max erstaunt.

»Ich meine, wir können uns in einer der nicht mehr bewohnten Höhlen einnisten und übernachten. Das ist bestimmt sehr romantisch«, antwortet sie und biegt von der Nationalstraße ab. Als sie aber der rote Peugeot überholt, fährt Claire auf eine Schotterstraße, erreicht nach ein paar Kilometern wieder die Nationalstraße, dreht noch eine Runde durch Gabes und fädelt sich dann auf eine Straße Richtung Westen ein.

Erst, als sie nach etwa 30 Kilometern durch eine Ortschaft fahren, die El Hamma heißt, nimmt Claire den Fuß vom Gas. Max sagt irritiert: »Kannst du mir erklären, was dieses Hindernisrennen zu bedeuten hat?«

»Nein«, sagt Claire, und fügt dann nachdrücklich hinzu: »Ich habe es mir überlegt, wir fahren nicht nach Matmata, sondern direkt nach Kebili.« Max sieht auf die Karte: Bis Kebili sind es noch etwa 100 Kilometer. Von dort sind es weniger als 30 Kilometer nach Douz. Er möchte Claire fragen, warum sie nicht direkt nach Douz fahren, zu der Stadt, die sie ihm als Ziel ihrer Reise genannt hat und in der ihre Familie lebt. Aber er fragt nicht, weil er weiß, sie würde ihm nicht die Wahrheit sagen.

Die fruchtbare Küstenregion mit der Oase liegt längst hinter ihnen. Ringsum flimmert steiniges Land unter der Sonne, die gnadenlos durch einen nebligen Schleier sticht. Die Straße ist holperig, aber Claire fährt zügig. Ab und zu kommt ihnen ein Touristenbus entgegen, dann muss Claire langsamer fahren, bis sie aus der Staubwolke heraus sind und die Straße wieder sehen können. Mit den armseligen Dörfern, um die halbvertrocknete Palmen stehen, wirkt die Landschaft wie ausgebrannt. Kleine Gehöfte liegen in grauer Einsamkeit.

»Ich fühle mich wie am Ende der Welt«, sagt Max.

»Noch durch den Djerid«, sagt sie. »Dann sind wir in Kelibi. Dort übernachten wir.«

»Was ist Djerid?«

»Ein Landstrich aus roséfarbenen Felsen, Phosphatminen, Stein-, Sand- und Salzwüsten.« Sie zeigt nach rechts, wo das Land zu einer weiten glitzernden Fläche abfällt. »Das ist schon ein Ausläufer des Chott el Djerid, dem größten Salzsee Nordafrikas. Der Gebirgszug links von uns heißt Djebel Tabaga.«

Die Fahrbahn windet sich durch graubraunes mit Steinen bedecktes Land. Je näher sie Kebili kommen, desto mehr verwandelt sich die Steinwüste in eine gelbe Dünenlandschaft. Der Asphalt verschwindet unter Sand.

»Steigen wir wieder in einem Luxusschloss ab, das deinem Vater gehört?«, fragt Max.

»Nein, in Kebili möchte ich heute lieber in einem kleineren Hotel übernachten. Da kannst du auch deinen Schlips in der Tasche lassen.«

Sie sehen die ersten Palmen. Dann tauchen Häuser auf. Weiße Fassaden mit blauen Fensterläden und Erkern. Über den Gartenmauern hängen Kaskaden von Bougainvillea, darüber ragen Palmen und Olivenbäume.

Max wähnt sich nach der Wüstenfahrt in eine andere Welt versetzt. Sie haben die nächste Oase erreicht.

Claire und Max sitzen im Foyer eines außerhalb von Kebili liegenden kleinen Hotels und trinken einen Empfangscocktail. Dabei blättert Claire hektisch eine Zeitung durch, die an der Rezeption gelegen hat. Max beobachtet sie besorgt, denn diesmal scheint sie gefunden zu haben, was sie sucht. Claire liest und atmet dabei, als ob sie einen steilen Berg hinaufgestiegen wäre. Als sie merkt, dass Max sie beobachtet, legt sie die Zeitungsblätter zusammen und stopft sie in ihre Reisetasche.

»Du brauchst die Zeitung nicht zu verstecken, Claire. Ich kann sie sowieso nicht lesen. Du hättest mir eine deutsche mitbringen können.«

»Die deutschen Zeitungen kommen mit drei bis vier Tagen Verspätung«, sagt Claire.

»Darf ich fragen, was du so Aufregendes in der Zeitung gesucht und, wie mir scheint, endlich gefunden hast?«

»Du wirst es früh genug erfahren.«

Nach dem Abendessen, bei dem sie beide keinen rechten Appetit haben, gehen sie in den Hotelgarten und setzen sich auf eine Bank in der hintersten Ecke. Obwohl die Sonne schon vor drei Stunden untergegangen ist, scheint der Garten unter einer mit heißer Luft gefüllten Glocke zu liegen. Der Pool schimmert wie ein blinder Spiegel. Die verlassenen Liegen gleichen Bahren. Heruntergezogene Sonnenschirme stechen als schwarze Speere in den Himmel. Die Sterne funkeln matt durch eine Dunstschicht. Es könnte hier sehr friedlich, fast feierlich sein. Aber die Stimmen und das Gelächter von der Garten-Bar stören. Deutsche Stimmen, die lautesten in sächsischem Dialekt, dazwischen bayrisch und berlinerisch.

»Es ist eine Gruppe aus einem Rundreisebus«, sagt Claire, »Wahrscheinlich fahren sie morgen früh wie wir über den Chott el Djerid zu den Bergoasen. Oder nach Douz.«

Warum fährt Claire nicht endlich nach Douz zu ihrem Vater?, fragt sich Max. Das sind doch von hier nur noch 30 Kilometer. Warum will sie unbedingt vorher über den Salzsee? Was treibt sie um, kreuz und quer durch die Steppen zu reisen? Sie behauptet, sie will sich das Land noch einmal ansehen, wo es am schönsten ist, noch einmal dort sein, wo sie früher glücklich war. Stimmt das wirklich? Oder will sie einen Aufschub? Was ist das, was sie aufschieben will? Will sie Douz so spät wie möglich erreichen? Hat sie dort etwas zu befürchten? Wieso eigentlich? Sie hat doch gesagt, sie will sich mit ihrem Vater versöhnen ... Max findet keine Antwort. Aber wie auch immer, er wird Claire nicht mit Fragen bedrängen, er wird sie weiter begleiten, egal wohin.

Als die lärmenden Touristen endlich die Bar verlassen haben, ist nichts als Grillengezirp und Palmenwispern zu hören.

Claire sagt: »Erzähl mir von dir, Max.«

Max weiß, dass sie das vorschlägt, um selbst nichts erzählen zu müssen. Zum Beispiel, was sie in der Zeitung gefunden hat. Oder warum sie diesen Umweg nach Douz macht. Aber er mag sie nicht danach fragen und brummt: »Was soll ich erzählen?«

»Etwas, was du erlebt hast, bevor wir uns kennengelernt haben.«

»Da gibt es nichts, was besonders interessant wäre. Bis zu dem Tag, an dem wir losgefahren sind, habe ich ein recht gleichförmiges Leben geführt. Reisen zu machen, ist zwar immer mein Traum gewesen, aber außer drei Urlaubsreisen an den Bodensee bin ich aus Stuttgart nie herausgekommen. Vor unserer Reise habe ich noch nie in einem Flugzeug gesessen, und bis zu dem Moment, in dem wir über das Mittelmeer geflogen sind, habe ich noch nie das Meer gesehen. Diese Reise ist eine Flucht aus meinem alten Leben. Ich versuche, nicht daran zu denken, was früher war – nur Tobias geht mir nicht aus dem Kopf. Ich kann es mir nicht verzeihen, ihn im Stich gelassen zu haben. Mir fehlen die Abende, an denen ich ihm Märchen erzählt habe.«

»Erzähl mir so ein Märchen«, bittet Claire.

»Es sind von mir erfundene Märchenreisen. Sehr naiv und kindlich. Erzähl du mir lieber etwas. Erzähl mir ein tunesisches Märchen.«

»Der Mond hat ein Gesicht, er lacht«, sagt Claire. »Aber mein Märchen ist traurig.«

»Ich mag traurige Geschichten«, sagt Max.

Claire lehnt sich zurück, schaut zum Mond und beginnt: »Vor langer Zeit lebte in der Sahara ein Beduinenfürst. Er betrieb Kamelzucht. Im Gegensatz zu anderen Nomaden, die nur Ziegen und Schafe hatten, war er sehr reich. Er hatte viele Söhne und eine wunderschöne Tochter. Sie hieß Fatma. Das Mädchen wuchs in dem einsamen Nomadendorf inmitten riesiger Sanddünen heran. Fatmas einzige Abwechslung waren die Karawanen, die hier rasteten. Die fremden Kaufleute wurden von ihrem Vater gastfreundlich aufgenommen, und er verkaufte ihnen Dromedare oder tauschte die Tiere gegen Teppiche, Kleider und Lebensmittel. Als Fatma fünfzehn Jahre alt war, bot ihr Vater sie einem reichen Kaufmann zur Frau an. Als Fatma sich weigerte, ihn zu heiraten, weil er alt und hässlich war, sperrte ihr Vater sie in einem Zelt ein. Sie bekam keine neuen Kleider mehr und sehr wenig zu essen. Nur Tee durfte sie so viel trinken, wie sie wollte. So vergingen einige Jahre, und das Mädchen verlor seine Schönheit, weil es oft weinte. Doch eines Nachts kam ein Zauberer in Fatmas Zelt. Er sagte, er wollte ihr einen Wunsch erfüllen. Fatma hatte nur einen Wunsch: Sie wollte ihren Tee einmal nicht in diesem dunklen Zelt, sondern auf einer Düne in der Sahara trinken. Der Wunsch wurde ihr gewährt, und sie ging mit ihrem kleinen Teekocher hinaus in die Wüste. Sie stieg auf viele hohe Dünen, doch immer sah sie von oben aus eine, die ihr noch höher schien. So irrte sie tage- und nächtelang durch die Sahara, und als sie endlich auf der allerhöchsten Düne ankam, war das Teewasser verdunstet und Fatma verdurstete.«

Max betrachtet Claires Gesicht, das jetzt im Schatten liegt, da sich der Mond hinter einer Wolke versteckt hat. Trotz der Dunkelheit sieht Max ein feuchtes Glitzern in ihren Augen. Er legt die Hand auf ihren Arm und sagt: »Das ist wirklich eine traurige Geschichte.«

»Wenn du mich nicht begleitet hättest, Max, hätte ich vielleicht auch schon versucht, auf einer einsamen hohen Düne Tee zu trinken«, sagt Claire. »Ich weiß nicht mehr, wo ich hingehöre.«

»Wenn du nicht zu Rolf zurück willst, kannst du wieder in Frankreich leben und als Dolmetscherin arbeiten. Irgendwann wird dir das Glück begegnen. Du hast es verdient.«

Claire legt den Kopf an seine Schulter. Max würde gern stundenlang so sitzen bleiben, aber plötzlich springt sie auf, ruft »Gute Nacht« und verschwindet im Hotel.

SIEBEN

Mittwoch, 21. Mai

Die Stuttgarter Kriminalpolizei trat auf der Stelle. Die Beamten, die in der Sonderkommission »E 605« ermittelten, waren inzwischen alle der Ansicht, dass Claire Ranberg in Gefahr schwebte. Wusste sie überhaupt, dass sie mit dem mutmaßlichen Mörder ihres Mannes unterwegs war?

Die Medien hatten sich auf den Fall gestürzt und brachten Suchmeldungen. Jeden Tag riefen Menschen an und behaupteten, Max Busch gesehen zu haben. Mal in München, mal in Hamburg und zuletzt sogar in Stuttgart.

Auch Luzie Busch rief im Präsidium an und erwischte Kommissar Katz. Er wusste, dass Luzie ihn nicht ernst nahm. Sie schien nur vor Schmoll Respekt zu haben, hatte aber offensichtlich auch ein bisschen Vertrauen zu Irma Eichhorn gefasst. Katz, der schon einige Erfolge bei der Kripo zu verzeichnen hatte, wusste nicht, wie er mit Luzie umgehen sollte. Sie nahm ihm einfach allen Wind aus den Segeln.

»Hallo großer Sheriff«, sagte Luzie. »Darf ich euch ausnahmsweise auch mal eine Frage stellen?«

»Um was geht's denn?«

»Unsere Gärtnerei ist seit eurer Pressemeldung ständig von Neugierigen und unverschämten Journalisten belagert. Mir bleibt nichts anderes übrig, als sie mit dem Gartenschlauch zu verjagen. Aber sie kommen immer wieder. Einer der Presse-Heinis hat gedroht, mich anzuzeigen, weil ich seine Kamera eingeseift habe. Haben Sie vielleicht ein Rezept, wie man solche Typen fernhalten kann?«

Katz versprach in liebenswürdigem Ton, Polizeischutz vorbeizuschicken.

Später erzählte er Schmoll von Luzies Anruf. Schmoll konnte sich ein Schmunzeln nicht verkneifen und klopfte mit den Fingern auf der Tischplatte. Den Radetzkymarsch.

Sonst trommelte er den Takt wütend oder aufgeregt, jetzt pochte er ihn langsam, leise und nachdenklich. Dabei brummte er mit hinterhältigem Schmunzeln: »A gwiefts Luder, die Luzie. Aber die werden wir schon kleinkriegen.«

Katz spitzte die Lippen unter seinem Bärtchen. »Die hat ebbe Pfeffer im Arsch. I find se trotzdem zum Anbeiße. Hascht die Grüble in ihre Wanga gsehe, Schmoll?«

»Falls du Schmalzdackel drauf spekulierst, dich an die ranzumachen, wenn ihr feiner Gemahl im Knast verschwindet, da hast du dir viel vorgenommen«, scherzte Schmoll.

»I glaub, i hab koi Chance bei dera«, sagte Katz kleinlaut. Dass Luzie ihn einen rolligen Kater und sein Bärtchen eine Rotzbremse genannt hatte, erzählte er wohlweislich nicht. Er wechselte vom gemischten Schwäbisch ins gemischte Hochdeutsch: »Aber schließlich habe mer Wichtigeres zom tue. Gibt's ebbes Neis?«

»Nichts«, sagte Schmoll. »Die tunesischen Kollegen lassen uns zappeln. Anscheinend haben sie bisher weder Busch noch die schöne Claire gesichtet.«

»Ja, diese geheimnisvolle Claire«, Katz lächelte, seine treuherzigen Hundeaugen verklärten sich. »Auf dene Fahndungsfotos sieht die aus wie Angelina Jolie.«

»Wenn du Obergscheitle schon in Liebe zu ihrem Foto entbrannt bist, wie mir scheint, dann lass dir mal was einfallen, wie wir die arme Frau aus den Klauen von Busch befreien«, sagte Schmoll.

»Mir sen uf de tunesische Muselmänner agwiese. Bevor die den Busch net schnappet, sitze mir auf'm Trockena.«

Schmoll schlug sich mit der Hand gegen die Stirn. »Vielleicht sind die beiden wirklich schon wieder in Deutschland!«

Katz winkte ab. »I gäb nix uf die eifrige Möchtegern-Detektiv, die sich dauernd hier meldet. Die wollet doch nur die Belohnung kassiere. Dees kenne mer doch! – I wett, der Busch und die Schöne sen no en Tunesien! – Mei Oma sagt immer: ›No net hudle. Abwarta ond Tee drenga.‹«

»Wieso Tee? Wollen Sie heute keinen Kaffee?«, fragte Irma, die mit drei dampfenden Bechern hereinkam.

Katz lächelte und sagte: »Dankschee.«

»Sie auch?«, fragte Irma zu Schmolls Schreibtisch hinüber.

»I hab mi net noi sage höra«, brummte Schmoll, »stellet Se mei Häfele da ufs Eck.«

Irma schwor sich, Schmoll nächstens keinen Kaffee mehr zu holen.

In diesem Moment kam ein weiteres Fax aus Tunesien:

Renate Eiermann, eine deutsche Touristin, hat sich bei der örtlichen Polizei in Gabes gemeldet. Sie hat Max Busch mit Claire Ranberg nach den Fahndungsfotos erkannt. Die beiden haben gestern, am Dienstag, den 20. Mai, eine Kutschfahrt durch die Oasengärten gemacht und sind dann mit einem metallicblauen Renault weggefahren. Die Zeugin hatte nicht den Eindruck, als sei Claire Ranberg unfreiwillig mit Max Busch unterwegs. Renate Eiermann und ihr Mann haben den Wagen verfolgt und das Kennzeichen notiert, aber später den Renault aus den Augen verloren, weil er mit überhöhter Geschwindigkeit Richtung Matmata abgebogen ist.

Die Polizei hat in dieser Gegend gesucht, aber den Wagen nicht gefunden. Der Wagentyp und das Kennzeichen sind bereits an die Presse als dringende Suchmeldung weitergegeben worden.

»Na, dann kommt ja langsam Bewegung in die Sache«, sagte Schmoll. »Wenn die Wagennummer morgen in den tunesischen Zeitungen und im Fernsehen kommt, wird es Hinweise hageln.«

Es war inzwischen Zeit, zur Lagebesprechung zu gehen. Im Beratungsraum warteten bereits die Spurensicherer und der angeforderte Mitarbeiter der Hundestaffel. Schmoll las das Fax aus Tunesien vor und äußerte die Hoffnung, nun könne es sich nur noch um Stunden handeln, bis Max Busch und Claire Ranberg aufgegriffen werden würden. Er wandte sich an Müller von der Spurensicherung: »Ich erwarte von dir und deinen Leuten, dass ihr heute mit Hilfe des Hundes die Flasche findet, aus der das E 605 stammt. Es ist das wichtigste Beweisstück gegen Busch, und es muss vorliegen, sobald er dingfest gemacht worden ist. Denn er ist immer noch der Hauptverdächtige. Was er und die Witwe zusammen in Tunesien treiben, ist allerdings bis jetzt ein Rätsel. Trotzdem dürfen wir nicht ausschließen, dass Mahler der Täter ist. Er ist wegen Gewalttätigkeit vorbestraft. Er besitzt eine Pistole. Und wir können ihn nur 24 Stunden festsetzen.«

»Ranberg ist nicht erschossen, sondern vergiftet worden«, gab Irma zu bedenken.

»Mahler hat ihn vergiftet, um den Verdacht von sich abzulenken«, sagte Schmoll. »Vielleicht stammt ja auch der Erpresserbrief von Mahler, und weil das so schön geklappt hat, wollte er in der Nacht zum 18. Mai nachsehen, ob da noch mehr zu holen ist.«

»Das Haus sah nicht wie nach einem Raubüberfall aus«, sagte Müller.

»Und außerdem«, sagte Irma, »wie hat Mahler den Wein vergiften können, wenn er eingebrochen ist? Und welches Motiv sollte er eigentlich haben?«

»Larifari«, unterbrach Schmoll sie. »Wissen Sie jemanden, der uns sagen könnte, ob etwas fehlt? Jedenfalls muss Mahlers Wohnung, sein Garten und der Wohnwagen nach Diebesgut und nach der Giftflasche durchsucht werden. Und zwar heute noch. Bevor die 24 Stunden Polizeigewahrsam um sind und ich ihn auf freien Fuß setzen muss. Katz, das erledigst du! Nimm alles genau unter die Lupe! Bei dringend Tatverdächtigen kriegen wir schnell einen Durchsuchungsbefehl – und da Mahler in Gewahrsam ist, geht es auch ohne.«

Irma sollte zwei Kollegen der Spurensicherung und den Hundeführer zur Gärtnerei und zum Tatort begleiten.

* * *

Max hat erwartet, sie würden an diesem Morgen zeitig aus Kebili aufbrechen. Aber Claire ist auch um neun noch nicht im Frühstücksraum.

Als sie eine halbe Stunde später kommt, sieht sie, obwohl sie wie immer sorgfältig zurechtgemacht ist, übermüdet aus. Nachdem sie nur ein Stück Baguette und eine Orange gegessen hat, will sie in die Stadt. Sie sagt, sie müsse sich ein paar Kleider kaufen. Max hat nicht viel Lust auf einen Einkaufsbummel, geht aber doch mit. Was soll er allein im Hotel?

Er ist erstaunt, als Claire in einem langen Gewand, wie es die meisten Tunesierinnen tragen, aus der Umkleidekabine kommt. Sie wählt eins der Tücher, die ihr die Verkäuferin, eine glutäugige Schwarzafrikanerin, anbietet, und legt es sich geschickt nach Landesart um den Kopf. Max findet, sie sieht damit geheimnisvoll verändert aus. Im nächsten Laden kauft Claire zwei große Sonnenbrillen und für Max eine kakifarbene Schirmmütze.

»Ist das unsere Wüstenausrüstung, wenn wir über den Chott fahren?«, fragt Max halb irritiert, halb belustigt.

»Ja«, sagt Claire. »Es ist besser so.«

Da Max keine Ahnung hat, was er von einer Salzseeüberquerung zu erwarten hat, begnügt er sich mit dieser Antwort. Er rückt verdrießlich seine Schirmmütze zurecht und erzählt, er habe in seiner Jugend *Durch die Wüste* gelesen, er fragt, ob es derjenige Salzsee ist, in dem Karl May eine ganze Karawane versinken lassen hat.

»Es ist derselbe Salzsee und auch dieselbe Piste«, antwortet Claire. »Früher war es tatsächlich ein gefährliches Wagnis, über den See zu gelangen, aber in den 80er Jahren wurde ein Damm aufgeschüttet, über den eine schmale, feste Straße führt. Aber wehe, wer davon abweicht und auf die Salzkruste gerät, der kann auch heute noch im Chott versinken.«

Inzwischen ist es Mittag geworden. Sie essen an einem Imbiss-Stand gefüllte Blätterteigtaschen und holen ihren Wagen aus der Hotelgarage. Ein Hotelboy will das verdreckte Nummernschild abwischen, aber Claire hindert ihn daran. Sie setzt sich ans Steuer und sagt: »Ab jetzt geht es nur noch durch Wüsten. Erst durch die Steinwüste, dann in die Salzwüste und über den Chott und als Krönung durch die Sandwüste bis nach Tozeur.«

Max schaut auf die Karte und stellt erstaunt fest: »Nur hundert Kilometer und dabei durch dreierlei Wüsten!«

Es dauert ziemlich lange, bis sie aus der Stadt heraus sind, denn auf der Fahrbahn laufen Schulkinder in Formationen wie Schafherden. Sie sind nach Alter und Geschlecht geordnet und scheren sich nicht um die Autos.

Mit den Kindern und den Häusern bleiben auch die Palmen zurück, und Claire und Max fahren durch graubraunes Land voller Geröll und Felsbrocken, dazwischen sitzen kugelige, dornige Sträucher, die Max an Blumenkohl erinnern.

Allmählich geht die Steinwüste in eine brettflache weiße Ebene über. Es sieht aus, als sei Neuschnee gefallen. Sie haben den Salzsee erreicht und fahren auf dem Damm, der den See nur wenige Meter überragt. Auf beiden Seiten liegt ein Teppich aus Salzkristallen. Die Sonne zaubert blitzende Lichter darauf. In der Mitte, wo der See noch nicht mit Salz überkrustet ist, schimmert er wie geschmolzenes Metall. Sie haben die Straße fast für sich allein. Nur drei Mal muss Claire scharf rechts fahren, um einen Bus vorbeizulassen.

»Die meisten Touristen sind schon längst auf der anderen Seite«, sagt sie. »Am Ende des Chott werden sie in Jeeps verfrachtet und sind wahrscheinlich schon unterwegs zu den Bergoasen.«

Als auf halber Strecke am Straßenrand Verkaufsbuden auftauchen, halten sie an. Es ist ein kleiner Basar mitten auf dem Chott. Claire kauft eines der bizarren Gebilde aus kristallisiertem Sand. Sie überreicht es Max. »Ein Andenken an unsere Chott-Überquerung.«

»Danke.« Max wiegt den Stein in der Hand.

»Ich habe den größten gewählt«, sagt sie. »Er soll ja auch zu seinem Besitzer passen. Diese Steine werden Wüstenrosen genannt.«

Claire will wieder hinters Steuer, damit Max den Chott betrachten kann und vielleicht eine Fata Morgana entdeckt. Nach ein paar Kilometern taucht am Horizont ein See auf. Er leuchtet in zartem Türkis und ist von Dattelpalmen umgeben. In dem Moment, in dem Max seine erste Fata Morgana sieht, platzt ein Hinterreifen. Der Wagen schleudert, rutscht vom Damm und kommt erst auf dem schrägen Ufer zum Stehen. Es ist schwierig auszusteigen.

Schließlich, wieder auf sicherem Boden, fragt Max: »Wären wir versunken, wenn wir noch weiter geschlittert wären?«

Es hebt nicht gerade seine Stimmung, als Claire sagt: »Klar wären wir versunken. Ziemlich schnell sogar. Einen Meter weiter und knacks wären wir eingebrochen.«

Da er keinen anderen Stein findet, legt Max die Wüstenrose vors Hinterrad, um es zu stabilisieren.

»Und nun?«, fragt er. »Den Reifen kann ich wechseln, aber wie kriegen wir den Wagen wieder auf die Straße?«

»Wir müssen abwarten, bis Hilfe kommt«, sagt Claire.

Ratlos stehen sie unter der gnadenlos brennenden Sonne.

»Hast du deine Papiere bei dir, Max?«

»Meine Brieftasche steckt in meiner Hosentasche.«

»Meine Handtasche liegt noch auf dem Autorücksitz. Ich muss sie holen.« Bevor Max sie zurückhalten kann, steigt sie wieder in den Wagen. Als er kontrollieren will, ob der Stein vor dem Rad auch nicht im Salz versinkt, setzt sich der Wagen in Bewegung. Max reißt die Tür weiter auf und zerrt Claire heraus. Im nächsten Moment rutscht der Wagen abwärts bis auf die Salzkruste. Dann ein Knirschen und Brodeln, leise und unheimlich. Langsam, wie in Zeitlupe, steigt weißliches Wasser an der Karosserie hoch. Max nimmt Claire an der Hand und hilft ihr zur Straße hinauf. Sie setzen sich an den Rand des Dammes. Claire schiebt ihr Kopftuch zurecht und drückt ihre Tasche an sich. Sie keucht und hustet.

»Hätten wir doch eine Flasche Mineralwasser aus dem Wagen«, stöhnt Max. »Wer weiß, wie lange wir hier noch sitzen müssen?«

»So lange, bis ein Auto kommt. Irgendwann wird uns irgendwer aufsammeln«, sagt Claire leichthin, nimmt ihr Tuch ab, wedelt den Salzstaub heraus und schlingt es sich wieder kunstvoll um den Kopf.

Weit und breit kein Schatten. Sengende Hitze, mindestens 40 Grad. Die Luft steht. Grabesstille.

Claire hat die Arme um die angewinkelten Beine geschlungen und verbirgt ihr Gesicht in ihrem Gewand.

»Claire«, fragt Max, »bist du okay?«

Ohne den Kopf zu heben, sagt sie leise: »Ja.«

Max schaut zum See. Der Wagen ist fast verschwunden. Nur das Dach guckt noch heraus: Ein silberblaues Blechstück, das auf einem zugefrorenen Fluss zu schwimmen scheint.

»Unser Wagen versinkt«, sagt er mit Panik in der Stimme.

»Ich bin froh, dass er versinkt«, sagt Claire gleichgültig.

»Bist du jetzt verrückt geworden?« Max' Stimme überschlägt sich vor Grauen. Er schämt sich sofort, so grob reagiert zu haben. »Entschuldige, Claire, es ist die Hitze, die mich fertig macht. Aber warum sagst du so etwas? Du kannst doch nicht froh sein, dass der Wagen versinkt? Wenn wir hier noch stundenlang sitzen, werden wir verdursten.«

Claire murmelt: »Für mich ist es das Beste. Aber für dich tut es mir leid, Max.«

Er spürt nackte Angst in sich aufsteigen. Hat sie einen Sonnenstich? Was soll ich machen, wenn sie bewusstlos wird? Und wie schon die ganze Zeit auf dieser Reise wünscht er sich, ihr zu helfen und sie zu beschützen. Er wischt seine staubige Hand an der Hose ab und streicht ihr über den Kopf. Ganz leicht. Ganz zärtlich. Sie weint. Aber ihm fallen keine Worte ein, die sie trösten könnten. Max hat sein Zeitgefühl verloren, er weiß nicht, wie lange sie dort sitzen und warten.

Als sich eine Staubwolke nähert, denkt er an eine Luftspiegelung. Dann hält ein Bus neben ihnen. Hastig zieht Claire ihr Tuch tiefer in die Stirn und steckt einen Zipfel über Mund und Nase. Die Fahrgäste drücken die Gesichter an die Scheiben. Der Fahrer steigt aus. Max zeigt wortlos auf das gerade endgültig versinkende Blech im Salzsee. Lautlos steigen dicke Blasen an die Wasseroberfläche.

Claire verhandelt mit dem Fahrer. Sie sprechen französisch. Schließlich steigen Claire und Max in den Bus. Er ist klimatisiert und empfängt sie wie ein Kühlschrank. Vom Fahrer bekommen sie eine Flasche Mineralwasser. Beide meinen, noch nie im Leben etwas Köstlicheres getrunken zu haben.

Die Fahrgäste bombardieren sie mit neugierigen Fragen. Wollen wissen, was passiert ist. Max, der diesmal alles versteht, da es eine deutsche Reisegruppe ist, tut, als ob er kein Deutsch könne. Es ärgert ihn, wie begeistert alle sind, ein Abenteuer auf dem Salzsee zu erleben.

Claire sagt auf jede Frage: »Je ne comprends pas.« Sie senkt den Kopf auf die Brust, als sei sie völlig erschöpft.

»Ist dir schlecht, Claire?«, flüstert Max.

»Nein, ich tu nur so. Ich will nichts hören, nichts sehen und vor allem nicht mit dieser fröhlichen Bagage sprechen.«

»Wie kommen wir von Tozeur weiter?«

»Wir mieten einen anderen Wagen. Wir brauchen sowieso einen Jeep.«

»Und der Wagen, der im Salzsee steckt? Müssen wir das nicht melden?«

»Das eilt nicht. Frag bitte nicht so viel, Max.«

Max fühlt sich von Claire überfordert. Wieso ist sie so gleichgültig? Sie wäre mit dem Wagen im Chott versunken, wenn er sie nicht rechtzeitig herausgezogen hätte. Warum ist sie jetzt wieder traurig, da sie doch Glück hat, noch zu leben? Claire steht unter Schock, denkt Max, sonst hätte sie nicht gesagt, sie würde gern am Rand des Salzsees verdursten.

Um auf andere Gedanken zu kommen, beobachtet Max die Leute im Bus. Alle sind gut drauf, anscheinend verschiedene untereinander befreundete Gruppen. Jedenfalls allesamt Rentner. Kegelbrüder? Sportvereine? Frühere Arbeitskollegen? Ihre Kleider, Mützen und Hüte sind aufdringlich bunt. So aufdringlich wie ihr Lachen und Geplapper. Touristen eben. Max sehnt sich danach, aussteigen zu können, um dieser Gute-Laune-Stimmung zu entgehen.

Claire legt mit ihrer Schmetterlingsgeste ihre Hand auf seine und zeigt mit der anderen zum Fenster. Der Bus hat den Salzsee hinter sich gelassen und fährt durch Palmenwälder. Stämme so hoch und gerade wie Telegraphenmasten stehen in schnurgeraden Reihen und vereinen ihre Wedel zu einem grünen Dach, durch das die Sonne flirrende Lichter wirft. Dann bleiben die Palmenplantagen zurück, und die Straße ist von mehrstöckigen weißen Häusern gesäumt. Über die Gartenmauern hängen Jasminblüten. Die Welt ist weiß, grün und blau: Häuser, Palmen und ein tiefblauer Himmel. Nur die Fahrbahn ist asphaltgrau.

Der Bus hält vor einem Fünf-Sterne-Hotel. Die Fahrgäste steigen aus und streben der marmornen Freitreppe zu.

Claire will nicht in diesem Hotel bleiben. Nachdem sie dem Busfahrer Trinkgeld gegeben hat, winkt sie ein Taxi und nennt als Ziel den Marktplatz von Tozeur. Hier sind die Häuser aus ockerfarbenen, kunstvoll verzierten Lehmziegeln. Zwischen Teppichläden und Antiquitätengeschäften finden Claire und Max ein Café, trinken Pfefferminztee und essen Thunfischsandwichs.

In einem Laden ersetzen sie notdürftig den Inhalt ihrer Reisetaschen, die nun auf dem Grund des Chott liegen.

»Brauchen wir sonst noch etwas?«, fragt Max.

»Nur noch einen Jeep«, sagt sie und führt ihn in eine Nebengasse. Im Hof der Leihwagenvermietung stehen ein Dutzend Landrover. Claire entscheidet sich für einen viersitzigen Jeep. »Kannst du die Reifen, Keilriemen und die

Bremsschläuche überprüfen, Max? Die Tunesier nehmen so etwas nicht sehr genau. Nicht, dass uns noch einmal ein Reifen platzt!«

Max macht sich an die Arbeit, aber es scheint alles in Ordnung zu sein. Claire zeigt auf einen Jungen, der eine Großpackung Mineralwasser, einen Spaten und mehrere Säcke anschleppt und in den Jeep lädt. »Ich habe mich derweil um unsere Wüstenausrüstung gekümmert«, erklärt sie.

Sie fahren los und erreichen nach wenigen Kilometern ein kleines Hotel. Es liegt direkt am Rande der Sandwüste.

»Gehört das Hotel auch deinem Vater?«

»Nein«, sagt Claire. »Dieses Haus hat nur zwanzig Gästezimmer und ist wahrscheinlich nicht ausgebucht. Ich kann heute keine Touristen mehr sehen, zumindest nicht so viele wie in den großen Hotels.«

Sie gehen auf ihre Zimmer, um sich frisch zu machen und verabreden sich eine Stunde später zum Abendessen.

* * *

Gegen 16 Uhr machte sich Schmoll bereit, um nach München zu fahren. Er hatte Kopfschmerzen und sein Magen rebellierte. Ihm grauste vor der Fahrt. Schmolls miese Stimmung lag nicht daran, dass Katz bei seinem Auftrag, Mahlers häusliches Umfeld zu durchsuchen, zu keinerlei Ergebnissen gekommen war. In der Mühlengasse war Katz von Martha Tranfuß mit »scheinheiliger Bulle« beschimpft worden. Beim Zuknallen des Fensterladens hatte sie Katz' spitze Nase erwischt, die zu dicht an sein Ermittlungsobjekt geraten war. Nach diesem Fehlschlag und endlich gestilltem Nasenbluten hatte Katz den Mut verloren, Mahlers Wohnwagen aufzubrechen. Mitarbeiter der Spurensicherung durchstöberten den Schuppen. Ohne Ergebnis, außer dass dabei die Hühner ausrissen. Bei dem Versuch, sie einzufangen, trampelten die drei eifrigen Spurensucher die Gemüsebeete in Grund und Boden.

Zu allem Unglück war dieses Tohuwabohu von einem Spaziergänger beobachtet worden, der die Polizeidienststelle in Zuffenhausen anrief, die prompt eine Streife schickte.

»Echt peinlich für uns«, sagte Katz zu Schmoll, und der sagte: »Dipfelesschisser seid ihr!«

Doch Katz' missglückter Feldzug war unwesentlich, gegen das, was Schmoll Magenschmerzen bereitete: Der Suchhund Rex hatte im ranbergschen Garten eine Leiche aufgespürt. Rex, der weder in der Gärtnerei Busch noch in der Villa eine Flasche mit E 605 fand, buddelte hartnäckig ein Loch unter dem Haselnussstrauch. Aus der Wolldecke, die er schließlich freilegte, kam ein Kind zum Vorschein. Ein kleines Kind von vielleicht zwei Jahren. Die Verwesung war noch nicht so weit fortgeschritten, so dass alle es sahen: ein zerfleischtes Kind mit Wunden am ganzen Körper. Die linke Hand fehlte. Irma Eichhorn hatte Schmoll erzählt, die Männer von der Spurensicherung seien blass geworden und hätten aufgestöhnt. »Ich bin zur Seite gerannt und habe mich übergeben müssen«, hatte sie verlegen gestanden.

Schmoll hatte das Kind erst am frühen Nachmittag in der Pathologie gesehen. Seither hatte er Magenschmerzen und ein würgendes Gefühl im Hals.

Dr. Bocksteins gebräuntes Gesicht hatte an diesem Tag einen Grünstich. Sein Pferdezähne-Lächeln war verschwunden. Er sagte: »Weiblich. Etwa zwei bis drei Jahre. Todeszeitpunkt schätzungsweise vor sechs bis acht Wochen. Die Wunden können von einem Messer sein. Allerdings eher von einem Sägemesser. Hier hat niemand geschnitten, sondern zerfleischt.« Der Gerichtsmediziner zog das Tuch über den kleinen Körper. »Dem Kind muss etwas Schreckliches widerfahren sein.«

Schmoll war zurück den Weinberg hinunter in sein Büro gegangen und konnte den Anblick des verstümmelten, kleinen Mädchens nicht loswerden. Er war sich sicher, dass es sich um Melanie, das Kind der Ranbergs, handelte. Aber wer tut so etwas?, fragte er sich immer wieder. Claire Ranberg? Weswegen war sie in der Psychiatrie gewesen? Hatte sie ihr behindertes Kind umgebracht und hinter dem Haselnussstrauch vergraben? Oder hatte es ihr Mann dort verschwinden lassen, um seine Frau zu schützen?

Da Schmoll die Ranbergs nicht gekannt hatte, konnte er sie schwer einordnen. Rolf Ranberg: erfolgreicher Unternehmer, der, wie die Ermittlungen inzwischen ergeben hatten, sprichwörtlich über Leichen ging. Claire: eine schöne junge Frau. Von den Nachbarn als freundlich, aber zurückhaltend beschrieben. Eine Fremde, die seit drei Jahren in dieser Siedlung wohnte, aber mit niemandem befreundet gewesen war. Wie hatte die Ehe der Ranbergs ausgesehen? Und welche Rolle spielte der Nachbar Max Busch? Warum musste Melanie sterben? Warum musste Rolf Ranberg sterben? War Eifersucht im Spiel? Hauptkommissar Schmoll wusste nicht, wo er ansetzen sollte, um diese Geheimnisse zu lüften. Geheimnisse, die ihm schon unaufgedeckt das Gruseln lehrten.

Doch vorrangig musste er jetzt nach München fahren. Zuerst aber nach Hause, um sich für seinen Fernsehauftritt in Schale zu werfen. Schmoll hasste Krawatten und geputzte Schuhe. Aber was sein musste, musste sein. Daheim fand er kein sauberes Oberhemd im Schrank und fuhr zur Reinigung, um seine Wäsche abzuholen.

Ab 17 Uhr raste er mit Durchschnittstempo von 130 Stundenkilometern über die A8 Richtung München. Bei dem Gedanken, dass sein alter Mercedes das noch hergab, hob sich seine Laune. Kein Stau. Keine Baustelle. Pünktlich um 19 Uhr hielt Schmoll auf dem Parkplatz der Bavaria Filmstudios. Schmoll verabscheute Fernsehauftritte. Er hätte nie zugegeben, wie aufgeregt er war, wenn er vor der Kamera und unter den heißen Scheinwerfern Rede und Antwort stehen musste.

Als er es dieses Mal überstanden hatte, war er überzeugt, eine gute Figur gemacht zu haben, und stolz darauf, sich nur dreimal versprochen und zweimal wiederholt zu haben. Schmoll und der Moderator Rudi Cerne rechneten fest damit, dass Aktenzeichen XY auch von den deutschen Touristen in Tunesien gesehen würde, und hofften auf Hinweise über den Verbleib der beiden Gesuchten.

Schmoll fuhr noch vor Ende der Sendung zurück nach Stuttgart. Er hatte sich entschlossen, die Nacht im Präsidium auszuharren und auf Cernes Informationen zu warten. Es kamen keine. Schmoll schlief vor dem Schreibtisch ein und wurde kurz nach Mitternacht durch das Rattern des Faxgeräts geweckt. Es warf keine Neuigkeiten von Rudi Cernes Telefonteam aus, sondern zwei Nachrichten aus Tunesien!

Den Gedanken, Irma, die bisher die französischen Nachrichten übersetzt hatte, jetzt mitten in der Nacht herzubeordern, verwarf er, weil er keine Ahnung hatte, wie wichtig diese Faxmitteilungen waren. Die bisherigen Meldungen aus Tunesien hatten so gut wie nichts zur Lösung des Falls beigetragen.

Schmoll quälte sich fast eine Stunde verbissen mit seinem Schulfranzösisch und einem Wörterbuch ab.

Durch die Veröffentlichung des Typs und der Wagennummer des Fluchtautos in der tunesischen Presse sind im Laufe des Tages zahlreiche Hinweise auf den blauen Renault eingegangen. Doch immer, wenn jemand den Wagen gesehen haben wollte, waren die Gesuchten bereits mit unbekanntem Ziel weitergefahren und konnten leider bisher nicht gefasst werden.

Schmoll wurde zunehmend ungeduldig. Das zweite Fax war eine Aktennotiz mit der Überschrift:

Anzeige bei der Polizeidienststelle in Tozeur:
Der Busfahrer Mohamed Hamid sagte aus, er hätte heute Nachmittag, Mittwoch, 21. Mai, auf seiner Fahrt über den Chott El Djerid beobachtet, wie ein blauer Renault im Salzsee versunken ist. Hamid hat die Besitzer des Wagens, eine muslimisch gekleidete Tunesierin und einen Mann, den er für ihren Chauffeur gehalten hat, nach Tozeur mitgenommen.

Er hat beide vor dem Orient-Hotel abgesetzt. Von dort sind sie mit einem Taxi weitergefahren. Mohamed Hamid hat erst abends die Fahndungsfotos im Fernsehen gesehen und den Mann als den gesuchten Max Busch identifiziert.

Schmoll klopfte den Radetzkymarsch auf die Tischplatte und las das Fax noch einmal. Eine Tunesierin? Claire Ranberg war von allen als elegant gekleidete Französin beschrieben worden. »Eine raffinierte Verkleidung!«, murmelte Schmoll beeindruckt. Die Idee, den Wagen im Salzsee zu entsorgen, fand Schmoll so ausgefuchst, dass er schmunzeln musste. Doch wenn der Busfahrer und seine Touristen nicht so begriffsstutzig gewesen wären, dachte er, wäre die Reise des Herrn Busch mit Frau Ranberg zu Ende gewesen. Sie wären verhaftet und nach Deutschland gebracht worden, und ich hätte sie endlich verhören können. Mit Sicherheit hätte dann auch das Rätsel um die Kinderleiche gelöst werden können.

* * *

Nachmittags sitzen Claire und Max im Speiseraum des kleinen Hotels in Tozeur beim Abendessen. Da sie beide nach der aufregenden Chott-Überquerung erschöpft sind, gehen sie schon um halb zehn Uhr in ihre Zimmer. Max ist zwar müde, aber zu aufgewühlt, um schlafen zu können. Das erste Mal während der Reise stellt er den Fernseher an. Er zappt sich durch unzählige Programme aus fast aller Herren Länder. Auf dem 52. findet er das ZDF, es läuft »Aktenzeichen XY ... ungelöst.«

Rudi Cerne leitet in diesem Moment einen neuen Fall ein: »Als Nächstes, meine Damen und Herren, bittet die Kriminalpolizei Stuttgart um Ihre Hilfe bei der Aufklärung des hochaktuellen Mordfalls Rolf Ranberg. Ich gebe das Wort an Kriminalhauptkommissar Schmoll.«

Ein schwergewichtiger Glatzkopf kommt ins Bild, räuspert sich und berichtet mit schwäbisch gefärbter Bassstimme: »Der Mord an dem 37-jährigen Stuttgarter Industriellen Rolf Ranberg konnte immer noch nicht aufgeklärt werden. Ranberg wurde am Sonntag, dem 18. Mai, in seiner Villa am Rand des Stuttgarter Stadtteils Freiberg tot aufgefunden. Wie feststeht, wurde er mit dem Pflanzenschutzmittel E 605 vergiftet. Das Gift stammt mit großer Wahrscheinlichkeit aus der Gärtnerei Busch, die an das Grundstück der Ranbergs grenzt.«

Auf der Mattscheibe erscheint ein Foto von Rolf, sympathisch lächelnd, mit sorgsam frisiertem Haar, korrekt gebundener Krawatte. Daneben ein schwarzes Kreuz.

»Wir bitten um Ihre Hilfe, den Mörder oder die Mörderin ausfindig zu machen. Bereits einen Tag, nachdem Ranbergs Leiche gefunden worden ist, haben wir ermitteln können, dass sein Nachbar Max Busch gemeinsam mit Claire Ranberg, der Ehefrau des Ermordeten, nach Tunesien geflogen ist. Nicht völlig auszuschließen ist, dass Frau Ranberg nicht freiwillig mit Busch unterwegs ist, sondern dass er sie auf der Flucht als Geisel mit sich führt. Allerdings ist das nicht bewiesen – Claire Ranberg kann auch freiwillig mit Max Busch unterwegs sein. Die tunesische Polizei, die über Interpol im Rahmen eines Amtshilfeersuchens hinzugezogen wurde, hat die Flüchtigen bisher nicht ausfindig machen können.

Unser Aufruf geht an alle Deutschen, die sich zurzeit in Tunesien aufhalten: Wer Max Busch oder Claire Ranberg erkennt, wird dringend gebeten, deren Aufenthaltsort unverzüglich der nächsten Polizeidienststelle mitzuteilen. Wir bitten auch alle, denen in der Mordnacht in der Nähe des Tatortes etwas Verdächtiges aufgefallen ist, ihre Beobachtungen der Polizei zu melden. Für Hinweise, die zur Aufklärung des Verbrechens führen, ist eine Belohnung von 3000 Euro ausgesetzt.«

Danach werden Personensteckbriefe eingeblendet. Das Portrait Claires hat offensichtlich ein Fotograf aufgenommen. Sie blickt mit bezauberndem Lächeln in die Kamera und ist schön wie ein Filmstar. Hauptkommissar Schmoll liest den Text neben ihrem Foto vor: »Claire Ranberg, 28 Jahre, 1,75 Meter groß, schlank, glatte, lange schwarze Haare. Schwarze Augen. Elegante Erscheinung.«

Das Foto von Max stammt aus einem Automaten, ein Gesicht wie aus dem Verbrecheralbum. Schmoll beschreibt ihn: »Max Busch, 37 Jahre, 1,90 Meter groß, athletisch gebaut. Graubraune Augen. Kurze, dunkle Haare.«

Max drückt die Austaste der Fernbedienung und lässt den Kopf in seine Hände sinken. Vor seinen geschlossenen Augen läuft der Film nochmals ab, in seinen Ohren dröhnt die Bassstimme des Kripokommissars. Max weiß nicht, wie lange er vor dem leeren Bildschirm sitzt. Als er sich endlich erhebt, fühlt er sich schwindlig und taumelt zur Tür. Er klopft an der Tür des Nebenzimmers, hört das Klopfen wie Gehämmer, bekommt keine Antwort.

»Claire«, ruft er, »um Himmels Willen mach auf.« Es rührt sich nichts. Er rüttelt am Türknopf und merkt, dass die Tür nicht verschlossen ist.

Im schwachen Mondlicht, das durchs Fenster fällt, sitzt sie reglos vor dem dunklen Fernsehbildschirm. Max streicht sich über die Stirn und sagt leise, aber erregt: »Claire, ich habe es im Fernsehen gesehen. Rolf ist tot! Ist es das, was du schon in Kebili aus den Zeitungen erfahren hast?«

Claire nickt fast unmerklich. Ein kurzer, verzweifelter Blick auf Max. Was hat Claires Blick zu bedeuten, den sie sofort wieder hinter ihren dichten Wimpern verborgen hat? Viel mehr als Rolfs Tod, der ihn erschreckt und verwirrt, erschüttert Max jetzt Claires Gesicht. Sie starrt emotionslos auf den dunklen Bildschirm. Jäh begreift er, dass sie ihn für Rolfs Mörder hält. Max weiß, er muss jetzt etwas sagen. Irgendetwas, das Claire aus diesem Zustand herausholt.

»Dass ich alles stehen und liegen gelassen habe, Claire, und dir gefolgt bin, ist doch keine Flucht gewesen. Ich habe Angst gehabt, die ganze Gärtnerei zu zertrümmern. Ich war verzweifelt, weil ich erfahren habe, dass Tobias nicht mein Sohn ist. Bitte, Claire, glaube mir: I-ch habe Rolf nicht ver-vergiftet!«

Er meint, keine Luft mehr zu bekommen und geht auf den Balkon. Lehnt sich ans Geländer. Blickt auf den Pool und auf Palmen, ohne etwas wahrzunehmen. Ein Windhauch trägt die Wüstenhitze aus den Dünen herüber. Aber Max fühlt Eiseskälte in sich. Er lässt sich auf einen Stuhl fallen und wimmert wie ein verletztes Tier.

Als sich Claire neben ihn setzt, keucht er: »E 605! Niemand hat gewusst, wo die Flasche stand, niemand hätte sie finden können.«

»Aber ich habe sie gefunden«, sagt Claire.

»Du!?«

Sie sieht Max an und flüstert: »Ich habe Rolf vergiftet.«

Er braucht Zeit, um zu verstehen. Sie sitzen und schweigen. Claire blickt zu den Dünen. Der Mond färbt ihr Gesicht silbern. – Eine Königin der Nacht, denkt Max. Eine Königin der Nacht ohne Wutschreie. Ohne Triumph-Koloraturen.

»Rolf hat nichts anderes verdient«, sagt sie. »Ich musste es tun. Das Einzige, was ich nicht bedacht habe, ist, dass das Gift aus deiner Gärtnerei stammt und du unter Verdacht geraten könntest. Es tut mir leid, Max.«

Claire legt ihre Hand auf seine. Er zieht sie weg. Will sich retten vor dieser Rachegöttin. Er fragt leise: »Was hat Rolf getan, dass er den Tod verdient hat?«

Sie antwortet nicht.

Max brütet vor sich hin. Vor ihm tauchen Bilder auf: Luxushotels. Orientalische Basare. Das Kolosseum in einsamer Steppe. Palmenoasen. Ihre Fahrt immer weiter nach Süden und zuletzt über den mörderischen Salzsee.

»Nun verstehe ich auch, warum du froh warst, als der Renault im Chott versunken ist«, sagt er tonlos. »Wahrscheinlich hast du sogar nachgeholfen.«

»Ich habe die Handbremse gelöst«, sagt Claire.

»Bist du noch zu retten?«

»Wahrscheinlich nicht. Aber ich wollte nicht, dass wir gefunden werden. Nicht, bevor ich noch einmal die Orte gesehen habe, an denen ich glücklich gewesen bin. Ich möchte noch in die Bergoasen, Max. Und ich möchte noch einmal auf einem Dromedar durch die Wüste reiten.«

»Aber ich will nicht durch die Wüste reiten. Ich will auch keine Bergoasen sehen! Fahr, wohin du willst! Flieh, wohin du willst! Ich fliege morgen zurück. Ich werde mich in Deutschland der Polizei stellen.« Und dann sagt er leise, aber nachdrücklich: »Aber ich schwöre dir, Claire, dich nicht zu verraten.«

»Du kannst der Polizei erzählen, was ich dir gestanden habe. Aber, bitte, Max, verlass mich jetzt nicht. Ich brauche dich. Ich kann nicht allein sein.«

Sie bebt am ganzen Körper. Sie weint ohne einen Ton, ohne Träne. Sie wirkt zerbrechlich und verloren. Er streckt die Hand aus, hebt ihr Kinn hoch und sieht sie an. Claire nimmt seine Hände, führt sie an ihre Lippen und küsst seine Fingerspitzen. Max durchrieseln beglückende Schauer. Und wieder, so sehr er sich auch gegen dieses Gefühl wehrt, wird sein Beschützerinstinkt wach, gemischt mit unendlichem Mitleid. Er sieht, wie sie friert, nimmt ihr das Beduinentuch vom Kopf und legt es ihr um, löst die Spange, mit der ihre Haare hochgesteckt sind, sieht die schwarze Flut über ihre Schulter und in ihr Gesicht fallen.

»Sag mir den Grund, weshalb du es getan hast, Claire. Ich will den Grund wissen! Wenn ich ihn akzeptieren kann, dann bleibe ich bei dir bis zum bitteren Ende. Aber spätestens in Douz werden die Fahnder auf uns warten, uns verhaften und nach Deutschland bringen.«

»Ich weiß«, sagt sie und legt ihre Hand auf seine. Er zieht sie nicht zurück und sagt leise und eindringlich: »Claire, du bist mir eine Erklärung schuldig. Du musst sie mir geben, sonst werde ich dich verlassen, egal, wie schwer es mir fällt.«

Sie nickt, wirft ihr Haar in den Nacken, faltet die Hände im Schoß und beginnt zu sprechen. Zuerst langsam und stockend. »Melanie ist nicht in einem Heim.«

»Wo sonst?«

»In einem Grab unter dem Haselnussstrauch in unserem Garten.«

Max schluckt. »Wieso ist sie tot? Und wenn, warum liegt sie nicht auf dem Friedhof?«
»Rolf wollte kein Aufsehen.«
»Gibt es Aufsehen, wenn ein Kind stirbt?«
»Melanie ist nicht einfach gestorben. Sie ist umgebracht worden.« Claire kann nicht weiter sprechen. Sie blickt mit leeren Augen auf die Sanddünen, die im Mondlicht wie Bernstein leuchten.

Und dann bricht es aus ihr heraus: »Ich bin nur kurz ins Kinderzimmer gelaufen, um für Melanie, die im Garten in ihrer Hängematte schlief, eine Decke zu holen. Da habe ich Attila bellen hören und aus dem Fenster geschaut. Der Hund war bereits aus seinem Zwinger gestürmt und zerrte Melanie aus der Hängematte. Ich rannte. Ich flog. Ich schrie. Als ich im Garten ankam, war es schon zu spät. Melanie blutete am ganzen Körper. Sie blutet, blutet, blutet. Ich versuchte, den Hund wegzureißen, aber er sprang mich an und biss mir in die Wange.«

Claire hält erschöpft inne, verbirgt das Gesicht in den Händen und stößt heisere Schluchzer aus. Max nimmt ihr die Hände vom Gesicht und streicht über die Narbe an ihrer Wange, die Narbe, die wie eine Eidechse aussieht. Erst nachdem sich Claire etwas beruhigt und Max, den kaltes Grauen gepackt hält, sich halbwegs gefangen hat, fragt er: »Und wo war Rolf, als das passiert ist?«

Sie legt ihr Gesicht wieder in die Hände und flüstert durch die Finger: »Er stand neben dem Zwinger und hat sich nicht vom Fleck gerührt. Erst als der Hund auch mich anfiel, pfiff er ihn zurück. Als Attila zu Rolf lief, sah ich aus dem Hundemaul eine kleine Hand hängen. Ich rannte hinterher, aber Rolf stieß mich weg und sperrte Attila in seinen Zwinger. Er sprang am Gitter hoch und bellte, gebärdete sich wie ein tobsüchtiger Satan. Plötzlich hörte er auf zu toben, schnappte nach etwas auf dem Boden und fraß es auf. Ich wusste, es war Melanies Hand. Ich ließ mich neben das blutige Häufchen, das einmal Melanie gewesen war, fallen und fühlte mich, als könne ich nie wieder aufstehen.«

»Und Rolf?« Max merkt, wie seine Stimme zittert.

»Er wollte mich von Melanie wegzerren. Meine Schreie gellten mir in den Ohren, aber ich wusste nicht, dass ich es war, die schrie. Rolf stopfte mir sein Taschentuch in den Mund. ›Du bleibst hier liegen, bis ich zurückkomme‹, sagte er, ›sonst lasse ich den Hund wieder los.‹ Ich musste zusehen, wie er Melanie in die Decke wickelte, mit dem Bündel zum Schuppen ging und mit einem Spaten wieder herauskam. Er ging hinter den Haselnussstrauch. Ich hörte ihn graben. Mein Kopf war leer. Ich war wie gelähmt. Ich fiel in ein schwarzes Loch.«

Claire ist auch jetzt wie gelähmt. Es dauert lange, bis sie weiterspricht.

»Als ich wieder zu mir kam, lag ich im Bett. Nackt unter dem Laken. Meine Wange schmerzte unter einem großen Heftpflaster. Ich wollte nichts denken, ich wollte mich nicht erinnern. Rolf sah ins Zimmer, und ich begann wieder zu schreien. Aber ich war heiser und brachte nur krächzende Laute hervor.«

Max nimmt ihre Hände, die rastlos auf den Armlehnen des Stuhles hin- und hergefahren sind, in seine. »Du brauchst nicht weiterzureden, Claire. Hör auf, wenn du es nicht ertragen kannst«, sagt er leise.

Aber sie spricht weiter: »Am nächsten Tag hatte ich hohes Fieber. Ich rief pausenlos nach Melanie. Rolf ließ den Arzt kommen, und der sagte, es sei Nervenfieber. Ich rief nach Melanie. Rolf sagte zu dem Arzt: ›Meine Frau fantasiert. Der Hund hat sie angefallen, und das kann sie nicht verkraften.‹ Rolf veranlasste den Arzt, mich in die psychiatrische Klinik einzuweisen. Man stellte mich mit Spritzen ruhig. Ich begehrte nicht mehr auf, damit sie mich nicht anschnallten wie die Frau im Nebenbett.«

»Hast du dem Arzt nicht gesagt, was passiert ist?«, fragt Max.

»Doch. Aber es war ein Fehler. Er glaubte mir nicht. Er sagte, es sei der Schock. Diese Wahnvorstellungen würden sich verlieren, je länger ich dem Ort des Traumas, dem Ort, an dem mich der Hund gebissen hat, fernbliebe. Er verlängerte meinen Klinikaufenthalt. Ich verhielt mich ruhig, erwähnte Melanie nicht mehr. Versicherte, es ginge mir gut. Mir grauste zwar, zurück zu Rolf zu müssen, aber ich fürchtete auch, in dieser Klinik den Verstand zu verlieren. Nach sechs Wochen wurde ich entlassen. Rolf holte mich ab. Er tat besorgt und war freundlich zu mir. Ich blieb stumm, räumte meine Sachen ins Kinderzimmer und schlief seither dort. Tagsüber, wenn Rolf in der Fabrik war, ging ich zu Melanies Grab, dort konnte ich weinen.«

Claire schweigt und Max denkt, sie sei fertig mit ihrem grausamen Bericht. Aber nach einer Weile spricht sie weiter:

»Jeden Abend versuchte Rolf einzulenken. Er verfiel in seinen Schmeichelton: Es könnte doch alles wieder wie früher werden. Wir würden verreisen. Weit weg von dieser ›lästigen Geschichte‹ – ja, so hat er sich ausgedrückt! – würden wir uns wieder lieben können. Wir würden ein anderes Kind bekommen. Ein gesundes Kind. Ich schrie, wenn er mir je wieder zu Nahe käme, würde ich ihn umbringen. Er brüllte: ›Melanie hat uns auseinander gebracht! Ich habe ja nicht ahnen können, den Kampf gegen ein idiotisches Kind zu verlieren.‹«

Max hat atemlos zugehört. Ihm sind unaufhörlich kalte Schauer über den Rücken gejagt. Sie schweigen beide und versuchen vergeblich, ihr Entsetzen zu überwinden.

Max beugt sich vor und legt seine Lippen auf die Narbe an ihrer Wange. Endlich fragt er: »Warum bist du nicht zur Polizei gegangen?«

»Es hätte keinen Zweck gehabt«, sagt Claire. »Der Arzt hat mir nicht geglaubt, und die Polizei hätte es erst recht nicht getan.«

»Du hast einen Beweis«, sagt Max. »Das Grab von Melanie.«

Rolf hat gedroht, wenn ich zur Polizei ginge, würde er alles auf mich schieben: Eine psychisch kranke Frau, die vergisst, den Hundezwinger zu schließen und das zerfleischte Kind im Garten begräbt. Rolf hätte behauptet, er habe den Tod Melanies nicht gemeldet, weil er mich schützen wollte. Ich hatte keine Chance.«

»Ja«, sagt Max, »du hattest keine Chance. Gegen Rolf hat nie jemand eine Chance. Und da hast du beschlossen, ihn zu vergiften?«

»Nein«, sagt Claire. »Ich wollte das Gift für mich. Ich wollte etwas haben, wenn ich es endgültig nicht mehr aushalten würde. Rolf umzubringen, beschloss ich erst an dem Abend, an dem du ihn wegen Tobias zur Rede gestellt hast. Ich habe gehört, wie er dich verspottet und wie er dir Melanie zum Tausch gegen Tobias angeboten hat. Melanie, die seit sieben Wochen tot war.«

»Was ist passiert, nachdem ich weggegangen war?«

»Rolf war in Hochstimmung. Er betrank sich. Das ging schnell, weil er wegen seines Diabetes keinen Alkohol vertragen kann. Als er volltrunken war, hat er mich vergewaltigt. – Mein Widerstand reizte ihn. Er keuchte: ›Jetzt habe ich dich wieder. Dich und meinen Sohn!‹ Er öffnete eine weitere Flasche Wein und wollte mit mir feiern. Ich ging darauf ein, und es war nicht schwer, das Gift in sein Glas zu schütten. Er prostete mir zu und lallte: ›Auf dich, Claire, auf dich und meinen Sohn Tobias. Und vielleicht hat unser Spielchen dazu geführt, dass wir noch ein Kind bekommen. Auf uns und unsere Kinder!‹ – Als sich bei ihm die ersten Symptome zeigten – Schweißausbrüche, Muskelzucken und Atemnot –, lief ich aus dem Zimmer und habe ihn seinem Schicksal überlassen.«

Max ist innerlich zu Eis erstarrt. Auch seine Stimme klingt eisig: »Wie hast du ertragen können, den Rest der Nacht in diesem Haus zu verbringen?«

»Ich bin durch den Hinterausgang in den Garten gelaufen und habe mich neben Melanies Grab gesetzt. Ich hatte Halluzinationen, hörte jemanden durch den Garten huschen und eine brüchige Stimme, wie sie Jungs in der Pubertät haben, rief mehrmals ganz deutlich: ›Herr Ranberg, öffnen Sie, ich muss mit Ihnen reden!‹ Dann hörte ich einen Schlag und Glas zerspringen. Ich dachte, nun sei ich wirklich geistesgestört. Auch als es zu regnen begann, blieb ich unter dem Haselnussstrauch sitzen. Erst im Morgengrauen taumelte ich steif vor Kälte und Nässe ins Haus und holte einen Koffer aus dem Keller. Ich trug ihn die Treppen hoch, schloss mich in Melanies Zimmer ein und packte schließlich. Später habe ich das Haus wieder durch den Kellerausgang verlassen, um nicht am Wohnzimmer vorbeigehen zu müssen, in dem Rolf lag. Ich bin dann direkt zu dir gekommen.«

»Und die Giftflasche, hast du die im Haus stehen gelassen?«

»Die Flasche liegt in meinem Koffer. Und der liegt auf dem Grund des Salzsees.«

Nach langem Schweigen fragt Claire leise: »Genügt dir dieser Grund für das, was ich getan habe?«

»Ja«, sagt Max, und er denkt daran, wie ihn Rolf wegen Tobias verspottet hat. – Wollte ich Rolf an diesem Abend nicht selbst umbringen? Hätte ich es doch getan, dann hätte es Claire nicht tun müssen. Niemand wird ihr glauben, das Gift für sich selbst gestohlen und dann in Verzweiflung ihrem Ehemann in den Wein gemischt zu haben. Aber auch mir wird niemand glauben. Ich werde gesucht, weil das Gift aus meiner Gärtnerei stammt. Gesucht, weil die Kripo vermutet, Claire ist nicht freiwillig bei mir.

»Meine Flucht geht nur bis zur Sahara, dort ist Endstation«, sagt Claire. »Bitte, Max, verlass mich nicht in diesen letzten Tagen.«

Max steht auf, küsst sie auf die Stirn und sagt: »Ich werde dich nicht verlassen, Claire. Ich schwöre es dir«, und geht auf sein Zimmer.

Acht

Donnerstag, 22. Mai

Schmoll und sein Team saßen zur Beratung zusammen. Die Ermittlungen über Ranbergs Tod waren trotz der Mithilfe von Fernsehen und Presse in eine Sackgasse geraten.

Irma schrieb alle Namen auf ein Flipchart, die der Opfer und die der mutmaßlichen Täter, und verband sie mit Strichen, setzte Notizen und mögliche Motive daneben, strich aus, fügte hinzu.

Schmoll stand auf und zog einen dicken Strich über den an erster Stelle stehenden Name. »Den Mahler können wir vorläufig vergessen. Rechtsanwalt Griesinger hat durchgesetzt, dass ich diesen Galgenvogel freilassen musste – keine stichhalteigen Beweise.« Er tippte mit dem Finger auf den nächsten Name: »Doch solange wir Mahler nicht festnageln können, wollen wir uns mit unserem Hauptverdächtigen Max Busch beschäftigen. Ich fasse noch mal zusammen: Das Gift stammt mit größter Wahrscheinlichkeit aus seiner Gärtnerei. Der Verdacht gegen Busch erhärtet sich durch die Tatsachen, dass er sich ins Ausland abgesetzt hat. Ob Claire Ranberg freiwillig in seiner Begleitung ist, ist nicht klar.«

»Es gibt immer noch kein Motiv, weswegen Busch seinen Nachbarn vergiftet haben sollte«, wandte Irma ein.

Schmoll zuckte die Schultern. Katz rollte mit den Augen. Auch sonst hatte niemand eine Idee dazu.

»Also, dann der beziehungsweise die Nächste bitte«, sagte Schmoll. »Claire Ranberg. Sie war in der Psychiatrie. Es wäre denkbar, dass sie ihren Mann in geistiger Umnachtung umgebracht hat. 90 Prozent aller Giftmorde werden von Frauen verübt.«

»Und das Kind?« Irma schüttelte den Kopf. »Hat sie auch ihr Kind verstümmelt?«

Schmoll trommelte ratlos auf dem Tisch herum. »Wir müssen den Zusammenhängen auf die Spur kommen, sonst bleibt alles nur Spekulation.«

Irma sagte: »Bevor wir Claire Ranberg und Busch nicht verhören können, dürfen wir ihnen den Mord nicht anlasten.«

Schmoll hielt mit Trommeln inne. Er setzte die Namen in Klammern und tippte auf den nächsten: »Was ist mit Luzie Busch?«

Katz streichelte sein Lippenbärtchen: »Koi Motiv! Warum soll se ihren Nachbar vergiftet han? D'Luzie macht sich oifach verdächtig, weil se die Tragweite vom Mordverdacht net verschtoht.«

Schmoll grinste. »Und mir scheint, die kesse Busch hat unseren lieben Katz mit ihrer knitzen Unbekümmertheit bereits befangen gemacht.«

»Schwätz koin Stuss, Schmoll! Die isch viel zu naiv, um en Mord zu plane.«

»Also, auch zurückgestellt«, sagte Schmoll, klammerte Luzies Namen ein und blickte in die Runde. »Gibt es irgendwelche Ergebnisse wegen der zerschlagenen Terrassentür?«

Schulterzucken und Kopfschütteln.

»Und der Erpresserbrief?«

»Ich habe mit zwei unserer Leute bisher mehr als fünfzig Haushalte nach der Schreibmaschine abgeklappert«, sagte Irma. »Mittlerweile wird sich das aber herumgesprochen haben. Derjenige, dem das Ding gehört, hat es bestimmt inzwischen entsorgt.«

»Wir sollten auch noch die Mülltonnen und den Wald absuchen«, sagte Müller von der Spurensicherung.

Irma winkte ab. »Was könnte das bringen? Falls wir die Schreibmaschine wirklich finden sollten, wissen wir ja noch lange nicht, wem sie gehört hat.«

»Stimmt«, sagte Schmoll. »Also weiter: Gibt es im Umfeld der Ranbergs und Buschs noch irgendwelche Nachbarn, Kunden oder Mitarbeiter, die Ranberg ins Jenseits befördert haben könnten?«

Katz rang wie in höchster Verzweiflung die Hände, blickte zur Zimmerdecke und schnaubte. »Suche mer jetzt nach dem große Unbekannte?«

»Bleibt uns wohl nichts anderes übrig«, sagte Irma, »denn leider können wir unseren Verdächtigen, auf den wir alle abfahren, nicht vernehmen. Was machen wir, wenn wir ihn fassen – und er war's gar nicht?«

»Ha, ha, ha«, machte Katz. »Mei Oma sagt immer: A bissle isch besser wie gar nix. Ond bisher sen alle a bissle verdächtig.«

Irma warf ihren Eichhörnchenschwanz ins Genick und tippte mit dem Filzstift auf einen Punkt ihres Diagramms: »Vielleicht sollten wir uns nochmal den ehemaligen Geschäftsführer vornehmen. Wie ich dem Protokoll entnehme, hat er sich bei dem Verhör ziemlich verdächtig benommen. Womöglich hat er auch den Erpresserbrief geschrieben?«

»Stimmt«, sagte Schmoll, »Wagner ist offensichtlich in Geldnot. Nur wundert es mich, dass er dann nicht gleich mehr verlangt als 20 000 Euro.« Schmolls Fingerspitzen nahmen die nachdenkliche Variante des Radetzkymarsches auf. Er dachte daran, wie verächtlich Wagner über Rolf Ranberg gesprochen hatte. Er dachte an Wagners Frau, die ergeben im Rollstuhl gesessen hatte, an ihre bedrückte Miene, an ihre verzagten Worte. Er dachte an die Kinder der Wagners, die in diesem Luxus-Bungalow aufgewachsen waren und nun ausziehen sollten. Schmoll konnte die Verbitterung Wagners verstehen. – Trotzdem!

Ein Fausthieb knallte den Schlussakkord auf den Schreibtisch. »Okay«, sagte Schmoll. »Wagner ist der einzige, der ein Motiv hat, Ranberg umzubringen. Das Motiv heißt: Wut, Verzweiflung und Rache.«

»Aber wir dürfen unsere zweite Leiche nicht vergessen – da gibt es sicher einen Zusammenhang ...«, wandte Irma ein.

Schmoll rief Wagner an, um ihn aufs Präsidium zu bestellen.

Wagner sagte: »Heute früh kommt mein Makler mit Kunden, die an meinem Haus interessiert sind. Ich kann das nicht auf die lange Bank schieben. Mir steht das Wasser bis zum Hals.«

»Also gut«, sagte Schmoll, »dann spätestens heute Nachmittag, 14 Uhr.«

»Ich werde sehen, ob ich's einrichten kann.«

»Das ist eine Vorladung, Herr Wagner. Hier geht es um Mord.«

»Ich habe nichts damit zu tun. Finden Sie endlich den Richtigen.«

Nach diesem Telefongespräch hatte Schmoll den Eindruck, es sei dringend nötig, Wagner noch einmal ins Visier zu nehmen.

Um 14 Uhr erschien nicht Herr Wagner im Präsidium, sondern sein Sohn Dirk. Der schlaksige 15-Jährige wirkte ängstlich und verlegen.

Er stammelte: »Da Sie meinen Vater verdächtigen, mit dem Mord am Ranberg was zu tun zu haben, habe ich es ihm endlich erzählt. Er hat gesagt, ich soll zu Kriminalhauptkommissar Schmoll gehen und ihm das auch erzählen.«

»In Ordnung«, sagte Schmoll, »da bist du richtig bei mir. Dann erzähl mal.«

Dirk schielte misstrauisch zu Irma und Katz.

»Das ist Kommissarin Eichhorn und Kommissar Katz«, sagte Schmoll. »Wir führen die Ermittlungen gemeinsam. Frau Eichhorn stellt jetzt das Aufnahmegerät an und wir zeichnen das Verhör mit dir auf. Du brauchst nichts zu sagen, was dich oder deinen Vater belastet. Aber wenn du nicht bei der Wahrheit bleibst, musst du das möglicherweise später vor Gericht unter Eid wiederholen.«

»Ich werde Sie nicht anlügen«, sagte Dirk bestimmt. »Sonst wäre ich ja gar nicht erst hergekommen.« Seine Stimme überschlug sich. Er war im Stimmbruch.

Schmoll versuchte, sanft und väterlich zu sprechen, um den Jungen nicht zu verschrecken und ihn gesprächig zu machen.»Also gut, Dirk. Dann erzähl uns jetzt bitte, was du auf dem Herzen hast. Aber der Reihe nach.«

»Ich bin in der Nacht, in der der Ranberg ermordet worden ist, in der Villa gewesen.«

Irma fühlte eine Faust in ihren Magen landen und verkniff sich einen Seufzer.

»Und was wolltest du dort?«, fragte Schmoll.

Dirk kratze an einem eitrigen Pickel neben seiner Nase und holte tief Luft. »Am Abend hatte mein Vater meiner Mama, mir und meiner Schwester gesagt, wir müssen unser Haus verkaufen, weil er keine Hoffnung mehr hat, Arbeit zu finden.«

»Und dann?«

»Meine Mama hat geweint. Katja auch, doch die heult immer gleich. Aber mein Vater war richtig verzweifelt. Er tat mir echt leid. Und ich kriegte eine Stinkwut auf den, der Schuld hatte, dass es so weit gekommen war.«

»Wer hot denn deiner Meinung nach Schuld dro?«, fragte Katz.

»Na der Ranberg. Er hat meinen Vater doch gefeuert. Jeden Tag sah ich diesen eingebildeten Kerl mit seinem Köter durch die Siedlung laufen. Alle Leute hatten Angst, weil das Viech wie verrückt an der Leine zog und geiferte, sobald ein Kind auftauchte.«

Irma horchte auf: Der Bullterrier der Ranbergs war scharf auf Kinder! Sie sah sofort die kleine zerfleischte Leiche von Melanie vor sich. Sie erinnerte sich, wie der Hund am Tag, an dem die Leiche von Ranberg gefunden worden war, in seinem Käfig getobt hatte. – Verflixt aber auch, dachte Irma. Wieso haben wir alle auf der Leitung gestanden?

»Okay, Dirk«, half Schmoll dem Jungen auf die Sprünge. »Du hast Herrn Ranberg also nicht besonders leiden können. Und seinen Hund auch nicht.«

»Ich habe beide gehasst!«, sagte Dirk.

»Herrn Ranberg so sehr, dass du ihn umbringen wolltest?«

»Wie sollte ich ihn denn umbringen?«, sagte Dirk leise. »Ich wollte ihn überreden, meinen Vater wieder einzustellen.«

»Und das hast du an diesem Abend versucht?«

»Das wollte ich. Als meine Eltern und Katja endlich geschlafen haben, bin ich wieder aus dem Bett gekrochen und zu der Villa vom Ranberg gegangen.«

»Wie spät war es da?«

»Punkt zwölf. Das weiß ich genau, weil die Kirchturmuhr geschlagen hat.«

»Und was hast du dann dort gemacht?«

»Zuerst hab ich Sturm geklingelt. Aber es hat niemand geöffnet. Und weil im Vorgarten das Hundevieh wie verrückt gebellt hat, bin zur Rückseite des Hauses geschlichen.«

Dirk schwieg. Schmoll sah ihm an, dass er bereits bereute, zugegeben zu haben, in dieser Nacht in der Villa gewesen zu sein.

»Und dann?«, half Irma nach.

»Ich hab durch die Terrassentür ins Wohnzimmer geguckt.«

»War es denn nicht dunkel in dem Zimmer?«

»Nee, da brannte so 'ne kleine Stehlampe und ich konnte den Ranberg auf der Couch sitzen sehen.«

»Wie saß er dort?«

»Sein Kopf lag auf dem Tisch. Es sah aus, als ob er schlafen würde.«

»Und was hast du dann getan.«

»Ich hab gerufen, ich müsste mit ihm reden. Als er nicht hochgeguckt hat, hab ich mit den Fäusten an die Glastür geklopft. Ich dachte, der Mistkerl stellt sich schlafend, weil er nicht mit mir reden will. Und deswegen hab ich die Wut gekriegt und mit einem Stein gegen das Glas geschlagen.«

»Hast du den Stein schon mitgebracht?«, fragte Katz.

»Nee. Der lag da so rum auf 'nem Blumentopf.«

»Und dann?«

»Ist die Scheibe zerbrochen, was ich eigentlich gar nicht gewollt hab. Aber da das Loch nun einmal im Glas war und der Kerl sich immer noch nicht gerührt hat, hab ich durchgegriffen, die Klinke heruntergedrückt und die Tür aufgemacht. Ich war inzwischen stocksauer und wollte mich auf ihn stürzen. Aber da habe ich gemerkt, dass was nicht stimmt. Irgendwie war mir plötzlich klar: Der ist tot.«

»Und da bist du weggelaufen?«

»Panik hab ich gekriegt! Mir war ganz schlecht. Ich weiß gar nicht, warum ich nicht wieder zur Terrassentür raus bin. Rückwärts bin ich getappt und hatte auf einmal die Wohnzimmertür im Rücken. Durch die bin ich raus. Im Flur war's stockdunkel, aber ich konnte die Haustür sehen, weil die oben so 'ne Scheibe hat, durch die die Straßenlaterne schien. Ich also nichts wie weg. Der Hund hat mir wie der Teufel hinterhergebellt.«

Dirk hatte einen puderroten Kopf bekommen und war außer Atem. Er sah ängstlich zwischen Schmoll, Katz und Irma hin und her.

»Noch eine Frage, Dirk«, sagte Irma. »Hast du die Haustür zugemacht, als du weggerannt bist?«

»Ich bin nur raus und weg.«

»Danke, Dirk. Das war alles. Du kannst gehen.«, sagte Schmoll.

»Du hast uns sehr geholfen«, sagte Irma. »Uns ist nämlich gerade etwas klar geworden. Sonnenklar!«

Dirk sauste blitzschnell raus. Sie hörten ihn die Treppe hinunterrennen.

»Was meinen Sie, Frau Eichhorn? Hat das Früchtchen uns angeschwindelt?«

»Ich glaube, er ist bei der Wahrheit geblieben«, sagte Irma.

»Der Wagner war's also selber und schiebt sein Bub vor!«, sagte Katz giftig. »Der Alte woiß, dass sein Bub nur a Jugendschtrof erwartet.«

»Würdest du so was von deinem Sohn verlangen, Katz?«

»Mach koi blöde Witz, Schmoll. I han koin Bub!«

»Du kannst also bei Söhnen noch nicht mitreden, Katz. Aber ich habe zwei großgezogen. Ich kann dir versichern: So etwas würde kein Vater auf der Welt von seinem Sohn verlangen.«

»Dirk und sei Vadder scheidet also vorerscht aus?«, fragte Katz enttäuscht.

»Ja, wir haben zwei Tatverdächtige weniger.« Schmoll seufzte. »Der Strick um Buschs Hals wird damit enger.«

Katz sah Irma an. »Und was isch jetzt eigentlich sonneklar gworde?«

»Melanie wurde von dem Bullterrier ihres Vaters zerfleischt!«

Da nach Dirks Verhör Wagner als Verdächtiger ausschied, beschloss Schmoll, in die Gärtnerei zu fahren und Luzie Busch mit der Frage zu konfrontieren, warum sich ihr Mann in Tunesien in Begleitung einer anderen Frau befand und sich offenbar nicht bei ihr meldete. Irma begleitete ihn.

Luzie stand in der Küche und putzte Salat. Auf dem Herd brutzelten Bratkartoffeln. Der Tisch war gedeckt.

»Wollen Sie hier Abendbrot essen?«, fragte sie gereizt.

Schmoll zählte fünf Gedecke. »Erwarten Sie Gäste?«

»Pia und ihre Kinder essen heute bei mir.«

Irma war derweil die Treppe ins Obergeschoss hinaufgegangen – eine Erlaubnis zur Hausdurchsuchung lag ja vor. Im Schlafzimmer und im Bad konnte sie nichts Besonderes entdecken. Aber im Kinderzimmer: Auf dem Tisch zwischen Tobias' Schulbüchern stand eine Schreibmaschine. Eine uralte Adler.

Als Irma mit der Maschine unterm Arm in der Küche erschien, schnaubte Schmoll: »Heiligs Blechle! Jetzetle! Wo kommt denn das Ding her? Sie haben doch gesagt, Frau Busch, Sie hätten keine Schreibmaschine.«

»Ach die«, sagte Luzie, »die hat Tobias gestern angeschleppt. Er hat sie irgendwo gefunden.«

»Ist ihr Sohn daheim?«

»Der ist Fußball spielen, wird gleich heimkommen.« Luzie schnitt weiter die Gurke in Scheiben.
Da guckte Tobias durch die Tür. »Gibt's bald was zu essen? Ich hab Höllenkohldampf.« Als er Schmoll sah, zog er eine Grimasse. »Schon wieder die Bullen?«
»Komm mal her«, sagte Schmoll, »wir müssen dich was fragen.«
Tobias setzte sich auf einen Küchenhocker und wippte nervös mit den Füßen.
»Deine Mutter behauptet, du hast diese Schreibmaschine gefunden!«
»Stimmt«, sagte Tobias.
»Und wo?«
»Die stand auf dem Papierkorb am Kickplatz.«
»Wo ist dieser Kickplatz?«
»Na, es gibt hier in der Siedlung doch nur einen.«
»An der Blumenstraße?«
»Ja, genau.«
Als Schmoll und Irma sich vieldeutig ansahen, kam Pia Brechtle in die Küche. Hinter ihr zwei kleine Mädchen. Das eine rief fröhlich: »Feierabend«, das ältere setzte sich an den Tisch und sagte: »Mahlzeit!«
Frau Brechtle blieb wie angewurzelt stehen und hielt sich am Türrahmen fest. Sie starrte auf die Schreibmaschine und stammelte: »Wie kommt denn die hierher?«
»Hab ich gefunden«, meldete Tobias stolz.
»Das ist Ihre Maschine, Frau Brechtle?«, fragte Irma.
Pia Brechtles kreidebleiches Gesicht bekam rote Flecke. Sie flüsterte: »Kann sein.«
»Wir müssen die Maschine mitnehmen«, sagte Schmoll. »Und Sie, Frau Brechtle, auch.«
Tobias protestierte: »Nee, das ist meine Maschine!«
»Du bekommst sie wieder«, versprach Irma.
Luzie verlor die Fassung und rief: »Ich ertrag das nicht mehr«. Sie schnitt sich in den Daumen. Die Gurkenscheiben verwandelten sich in rote Rüben.

Pia Brechtle begann hysterisch zu weinen.

»Deine Mädels können bei mir bleiben, bis du zurückkommst«, rief Luzie ihrer Freundin nach.

Nach dem Vergleich der Maschinenschriftprobe mit dem Erpresserschreiben gab es keinen Zweifel daran, dass beide mit ein und derselben Schreibmaschine verfasst worden waren. Pia Brechtle heulte und gab sofort zu, den Brief mit der Geldforderung geschrieben zu haben. »Dem Ranberg hat diese Summe nicht wehgetan. Er hätte wahrscheinlich noch mehr lockergemacht, damit ich der Polizei nicht sage, was ich gesehen habe.«

Pia Brechtle schniefte. Irma reichte ihr ein Taschentuch. »Nun erzählen Sie mal genau, was Sie gesehen haben.«

»An dem Tag bin ich wie immer nach Feierabend den Weg hinter Ranbergs Haus entlanggegangen. Ich bin stehen geblieben, weil ich eine Frau schreien hörte. Und dann bin ich dicht an den Zaun getreten und hab durch die Hecke geguckt. Es war furchtbar!« Frau Brechtle schauderte zusammen und presste sich das Taschentuch auf den Mund.

»Was haben Sie gesehen?«, fragte Schmoll ungeduldig.

»Den Hund!«, flüsterte sie. »Der Hund hat das kleine Mädchen gebissen. Immer wieder gebissen! Frau Ranberg wollte ihn verjagen, aber der Hund sprang an ihr hoch und hat sie auch gebissen. Ihre Wange blutete. Aber das Kind, mein Gott, das Kind! Der Ranberg hat die ganze Zeit zugesehen und nichts unternommen. Erst als die Frau nicht aufgehört hat zu schreien, hat er den Hund zurückgepfiffen und ihn in den Zwinger gesperrt. Ich wollte weg, aber meine Beine waren wie am Boden festgeklebt. Deshalb hab ich auch noch gesehen, wie er das blutige Kind in einen Decke gewickelt hat. Er ist dann mit dem Bündel und einem Spaten auf den Haselnussstrauch zugekommen, hinter dem ich am Zaun stand. Da bin ich nach Hause gerannt, als sei der Teufel hinter mir her.«

Frau Brechtle schwieg. Schmoll und Irma hatten die Details dieser Aussage zugesetzt und sie konnten nicht gleich weiterfragen.

»Wann war das?«, fragte Schmoll schließlich.

»Anfang April. Es war ein Freitag.«

»Und warum haben Sie das nicht der Polizei gemeldet?«

»Ich hatte das wirklich vorgehabt. Doch dann hab ich abends einen Krimi gesehen, wo jemand so einen Erpresserbrief geschrieben hat. Ich weiß nicht, wie das ausgegangen ist, weil ich eingeschlafen bin. Am nächsten Tag hab ich Mahnungen für die Miete und die Abzahlung der neuen Waschmaschine bekommen, und da hab ich den Brief an den Ranberg getippt. Dieser Kerl sollte zumindest finanziell dafür büßen, dass er so etwas getan hat. Zuerst wollte ich nur ein- oder zweitausend Euro verlangen, aber dann dachte ich – wenn schon, denn schon.«

»Sie wissen, dass Erpressung eine Straftat ist?«, fragte Schmoll.

»Darüber hab ich zuerst nicht nachgedacht. Es war so grauenhaft. Die Bilder verfolgen mich im Schlaf. Dass ich eine ›Straftat‹, wie Sie sagen, begangen habe, wurde mir erst klar, als ich das viele Geld gesehen hab. Deswegen hab ich auch nichts davon ausgegeben. Es ist alles noch da. Ich geb' es zurück.« Frau Brechtle schluchzte.

»Sie haben niemandem davon erzählt? Ich meine, das mit dem Hund und auch nicht das mit dem Brief?«, fragte Irma.

»Nein, keiner Menschenseele. Nicht einmal Luzie.«

»Und wieso haben Sie die Schreibmaschine dann entsorgt?«

»Luzie hat mir gesagte, die Kripo hätte bei ihr nach einer Schreibmaschine gesucht. Da wollte ich das Ding loswerden. Es war wie eine Eingebung, dass ich es dahin gebracht habe, wo ich das Geld abgeholt hatte.«

»Sie können jetzt gehen, Frau Brechtle«, sagte Schmoll. »Wir melden uns später nochmal bei Ihnen. «

* * *

Am Morgen sind Claire und Max noch in dem kleinen Hotel in Tozeur. Max hat in dieser Nacht wenig Schlaf gefunden. Die Gedanken an die grauenhafte Beichte Claires haben ihn wach gehalten. In den wenigen Minuten, in denen er in einen kurzen, bleischweren Schlaf gefallen ist, hat er von Hundehorden, die kleine Kinder jagen, geträumt. Von Claire, die im Regen unter dem Haselnussstrauch am Grab ihrer kleinen Tochter sitzt. Und auch von Rolf, wie er ihm schadenfroh lachend seine behinderte Tochter im Tausch für Tobias anbietet.

Max wacht auf, als an seine Tür geklopft wird. Es ist Claire. Sie sieht übermüdet aus, trägt ihr Beduinengewand und das Kopftuch. »Ich warte im Frühstücksraum auf dich. Es ist schon neun Uhr. Die Touristen sind alle weg.« Ihre Stimme klingt heiter und unbekümmert, als hätte es den vergangenen Abend nie gegeben.

Nach dem Frühstück gehen Claire und Max in den Garten, rücken sich Liegen in den Schatten und holen ihren Nachtschlaf nach.

Erst gegen drei Uhr nachmittags brechen sie wieder auf. Die Lufttemperatur beträgt bereits 40 Grad und Claire stellt die Klimaanlage auf Hochtouren. Vor ihnen liegen mehr als 100 Kilometer bis zu der Bergoase Chebika. Sie fahren durch eine schier endlose Steinwüste. Die Sicht ist stechend klar. Vor ihnen taucht ein Bergmassiv auf. »Das Atlasgebirge«, erklärt Claire.

Im Westen sind die Berge in Gewitterwolken gehüllt. Sie blähen sich zu einer schwarzen Wand auf und verschlucken die Sonne. Auf die Windschutzscheibe klatschen die ersten Regentropfen. Je näher sie dem Gebirge kommen, desto mehr Jeeps kommen ihnen entgegen. Die Fahrer fuchteln mit den Armen.

»Sie meinen, wir sollen umkehren«, sagt Max.

Aber Claire tritt aufs Gas und fährt unbeirrt weiter. Blitze zerschneiden die Wolken. Fernes Donnergrollen. Windböen wirbeln den Sand hoch.

»Wir fahren genau in das Unwetter«, warnt Max. »Ich wusste gar nicht, dass es in der Wüste Gewitter gibt.«
»Oh doch«, sagt Claire. »Sie können furchtbar sein. Vor dreißig Jahren wurde durch ein Unwetter das Dorf Chebika zerstört.«
»Und wenn jetzt so ein Gewitter kommt?«
»Diese Wetterfront verzieht sich anderswo hin«, behauptet Claire. »Der Regen lässt schon nach. Außerdem sind wir gleich da. Nur noch ein paar Serpentinen.« Und sie kurvt in halsbrecherischem Tempo die Straße aufwärts.

Als sie auf einem verlassenen Parkplatz ankommen und aus dem Wagen steigen, lotst Claire ihn auf eine Aussichtsplattform, von der eine steile Treppe in eine Schlucht führt. Die Imbissbuden und Souvenirläden, die den Platz umgeben, sind geschlossen. In der Schlucht brodelt es. Die zerklüfteten Felswände wären ein beklemmender Anblick, wenn dazwischen nicht Gruppen riesiger Dattelpalmen stünden. Paradiese inmitten kahler Bergmassive.

Die pechschwarze Wolkenwand wälzt sich über die Oase. Ein Blitz lässt das Gebirge golden aufleuchten. Mit dem Donnerschlag bricht mit Urgewalt der Regen los. Von den Felsen stürzen Bäche herab. Das Wasser in der Schlucht steigt und steigt.

Max nimmt Claire an der Hand und zerrt sie hinter sich her zu einem steilen Pfad, der auf einen Felsvorsprung führt. Mühsam stolpern sie über Steine, die im Wasser abwärtsrollen. Claire strauchelt. Max hebt sie auf und trägt sie. Keuchend und nass bis auf die Haut erreichen sie das Felsplateau. Das Plateau, auf dem einst das Dorf Chebika gestanden hat.

Sie irren zwischen Ruinen umher und finden ein Haus, das noch ein Dach hat. Vor seinem Eingang hängt ein verschlissener Teppich. Im Innern ist es stockdunkel, aber trocken. Sie kauern sich nieder und sind außer Atem vor Anstrengung.

Nach etwa einer Stunde hört der Regen genauso schlagartig auf, wie er losgebrochen ist. Sie rappeln sich hoch und treten vor die Hütte. Auf den Palmen glitzern Wassertropfen wie Edelsteine. Die Luft hat sich abgekühlt. Der Dunst lichtet sich und gibt die Sonne frei, die als orangefarbener Riesenballon zwischen zwei Berggipfeln versinkt. Claire breitet die Arme aus, als ob sie die letzten warmen Strahlen auffangen will. Max zeigt zu dem Pfad, den sie hinaufgestiegen sind. »Sieh doch, Claire, das Geländer ist in den Abgrund gerissen worden. Hoffentlich hat es nicht auch unsren Jeep weggeschwemmt.«

»In einer Viertelstunde ist es dunkel«, sagt Claire. »Es ist gefährlich, jetzt abzusteigen.«

Max nickt und klappt den Teppich vom Eingang aufs Dach. Jetzt, da Licht in den kleinen Raum fällt, entdecken sie in der Ecke eine Lagerstatt: Einen dicken Berberteppich mit einer gefalteten Decke darauf. Das Kopfkissen entpuppt sich als ein zusammengerolltes Turbantuch. In einer Wandnische steht eine Kerze, daneben liegen Streichhölzer. »Kein Luxushotel, aber für eine Nacht wird es gehen«, sagt Max und zündet die Kerze an. »Möchte wissen, wer in dieser Hütte kampiert hat.«

»Wahrscheinlich wohnt hier ein Oasenarbeiter«, vermutet Claire.

Max runzelt die Stirn. »Aber er hat sich rechtzeitig davongemacht, als er das Unwetter kommen sah.«

Claire verschränkt die Arme vor der Brust und klappert mit den Zähnen.

»Zieh deine nassen Sachen aus, Claire, wickle dich in die Decke ein.« Sie widerspricht nicht und lässt hastig ein Kleidungsstück nach dem anderen fallen. Max hat sich diskret umgedreht.

»Sieh mich an, Max«, sagt Claire. Als sie nackt vor ihm steht, stockt ihm der Atem. Er schluckt und legt ihr die Decke um die Schultern, weil er meint, so viel Schönheit nicht aushalten zu können, weil er Angst hat, sich zu vergessen und sie an sich zu reißen. Er rubbelt sie ab, vorsichtig und zart, wie man kleine Kinder abtrocknet. Claire hält ganz still. Ihr Atem geht unregelmäßig. Ihr Stöhnen klingt wie Schluchzen. Max möchte sie umarmen, jede Faser seines Körpers vibriert ihr entgegen. Sie drängt sich an ihn und er spürt, dass sie ihn will.

»Du solltest nichts tun, was du vielleicht später bereust«, sagt er leise.

»Ich tue nie wieder etwas, was ich später bereue!«, stößt sie hervor, umklammert seine Hand und zieht sie an ihren Mund. Ihre Lippen sind heiß und feucht. Er senkt den Kopf auf ihr Haar und atmet ihren Duft. Küsst ihren Hals und ihre Wangen, denkt an Rosenblätter, auf die er manchmal seine Lippen gelegt hat, um außer dem Duft auch die Zartheit zu spüren. Die Decke gleitet von ihren Schultern. Sie knöpft sein nasses Hemd auf, löst die Gürtelschnalle, streift ihm alles ab, was er anhat. Sie stellt sich auf die Zehenspitzen, zieht seinen Kopf zu sich herunter und legt ihre Lippen auf seine Stirn, lässt sie über seinen Nasenrücken wandern, über seinen Mund huschen und an der Halsbeuge ausruhen. Max fühlt ihre Finger in seinem Haar. Elektrisierende Fingerspitzen. Er meint, in Flammen zu stehen. Er zieht sie an sich, und sie küssen sich, als ob sie nie mehr damit aufhören können. Noch während sie sich küssen, trägt er sie zu dem Lager, hält sie auf sich fest, weil er fürchtet, sie unter sich zu zerbrechen. Er fühlt den Druck ihrer Schenkel an seinen Hüften und ihr langes, seidiges Haar auf seiner Brust tanzen.

Sie lieben sich wild und verzweifelt wie zwei Gestrandete, die nichts mehr von der Welt erwarten.

Claire schläft an seiner Schulter ein, atmet mit leisen zufriedenen Seufzern. Er fällt in einen tiefen, seit Tagen traumlosen Schlaf.

Neun

Freitag, 23. Mai

Als Max am nächsten Morgen erwacht, liegt Claire nicht mehr neben ihm. Er hört sie vor der Hütte singen, leise und trillernd wie eine Lerche, die über einem Feld aufsteigt.

Sie kommt herein. Sie ist nackt, kniet sich neben ihn und küsst ihn auf den Mund. Er zieht sie neben sich, und sie schmiegt sich an ihn. Er beugt sich über sie und küsst jedes Stück ihrer Haut, das er erreichen kann. Sie stößt kleine Glücksseufzer aus, aber sie kommt ihm nicht entgegen, sondern windet sich plötzlich aus seinen Armen und flüstert: »Es ist zu spät, Max. Schon nach neun. Sie werden uns stören.« Sie springt auf, geht nach draußen und kehrt mit den Kleidern zurück, die sie bei Sonnenaufgang zum Trocknen ausgelegt hat.

Fünf Minuten später sind sie angezogen und verlassen die Hütte. Max hängt den Teppich wieder vor den Eingang. Sie stehen in der Morgensonne und lassen sich von der gigantischen Bergwelt verzaubern.

Unter ihnen auf der Aussichtsterrasse herrscht Betriebsamkeit. Es wird gefegt und geputzt und die weggeschwemmten Stühle und Tische werden auf ihren Platz vor den Imbissbuden aufgestellt. Die Souvenirverkäufer ordnen ihre Waren. Von der Bergstraße dröhnen die Motoren der herannahenden Jeeps herauf. Erst als die ersten Touristen auf dem Aussichtsplateau eintreffen und mit ihrem Lachen und Lärmen den Zauber zerstören, gehen Claire und Max Hand in Hand den Pfad hinunter. Die meisten Besucher der Oase sind inzwischen mit ihren Reiseführern zur Schlucht unterwegs. Ein paar Nachzügler befinden sich noch auf der steilen Treppe, die hinunter zu dem Wanderweg führt. Er schlängelt sich in der Tiefe an dem Bach entlang, der wieder in seinem Bett fließt, als habe es hier nie ein Unwetter gegeben.

Vor einem Café mit dem schönsten Ausblick auf das Atlasgebirge bestellen sie ein Frühstück. Max schmerzt es, weil Claire, jetzt, da sie unter Menschen ist, wieder diese ängstliche Scheu zeigt. Sie hat ihr Tuch tief ins Gesicht gezogen, und wenn jemand am Tisch vorbeigeht, senkt sie den Kopf. Zwar kennt Max nun den Grund, weshalb sich Claire verstecken möchte, aber es geht über seine Vorstellungskraft, dass sie eine Mörderin ist. Er ist überzeugt, jeder Richter würde bei Claires Geschichte Gnade vor Recht walten lassen. Doch Max kennt sich nicht aus in der Gerichtsbarkeit. Noch weniger als Claire. Und Max weiß auch nicht, dass Claire diese Geschichte außer ihm niemandem erzählen wird. Dass sie längst beschlossen hat, womit und wie sie ihre Schuld büßt.

Der Jeep steht noch auf dem Parkplatz. Die Regenfluten haben ihn zwar in Bewegung gebracht, aber er hat an einer Felswand Halt gefunden. Außer einem Kratzer hat er keinen Schaden genommen. Claire setzt sich ans Steuer, und Max fragt nicht, wohin sie fahren. Ihn erwartet eine atemberaubende Tour durch das Atlasgebirge. Ab und zu hält Claire an Aussichtspunkten. Sie blicken über den Chott und sehen am Horizont die Silhouette von Tozeur. Mitten im kargen Gebirge tauchen hin und wieder grüne Tupfer auf: kleine Oasen in völliger Weltabgeschiedenheit. Winzige Dörfer liegen vereinsamt unter staubigen Palmen. Außer heiseren Eselsschreien ist kein Laut zu hören, kein Mensch zu sehen. Sie stehen schweigend, Claire vor Max, an ihn gelehnt, und er umschlingt sie von hinten und hält ihre Hände in seinen. Max hofft vergeblich, sie würde sich umdrehen und ihn küssen. – Sie muss doch merken, wie heftig mein Herz schlägt? Sie kann doch diese Nacht nicht schon vergessen haben? Er ahnt nicht, dass sie das Gleiche fühlt. Aber sie stehen wie Fremde, die sich aneinander festhalten und nichts zu sagen wagen.

Nach fast zwei Stunden Fahrt über unzählige Serpentinen und Kehren erreichen sie Tamerza. »Die Zwillingsoase von

Chebika«, sagt Claire. »Die tote Schwester mit dem gleichen Schicksal, zerstört im gleichen Jahr vom gleichen Unwetter.« Sie zeigt auf ein weißes Gebäude, das aus dem graubraunen Ruinenfeld leuchtet. »Die Moschee. Sie allein ist unbeschädigt geblieben.«

Auf der anderen Seite des ausgetrockneten Flusses liegt das neue Dorf. Dort kaufen sie Baguette, Käse und Datteln.

»Wir nehmen eine Abkürzung«, sagt Claire. »Wir fahren quer durch die Wüste.«

»Kennst du dich aus?«, fragt Max.

»Sei ohne Sorge«, sagt sie. »Bedenke, dass ich eine Wüstenpflanze bin.«

Die Straße ist mit Schlaglöchern gespickt und mit einer Sandschicht bedeckt. Bis zur algerischen Grenze kommt ihnen kein einziges Auto entgegen. Bevor die Straße endet, biegt Claire links auf eine Sandpiste ab, die beidseitig nahtlos in lockere Sandflächen übergeht. Max staunt, wie sicher Claire den Jeep auf diesem nur halbwegs festgefahrenen Streifen hält. Je weiter sie in die Wüste kommen, desto höher werden die Dünen. Höher und steiler. Claire muss oft mehrmals Anlauf nehmen, bis der Jeep mit heulendem Motor die Kuppe erreicht. Die Talfahrt findet Max noch bedenklicher. Claire lässt den Jeep langsam in Schräglage fallen, bis er fast senkrecht steht. Dann gibt sie Gas. Max denkt jedes Mal, sie würden sich überschlagen, aber Claire lacht und jauchzt, als führe sie Achterbahn.

»Woher kannst du das, Claire? Wer hat dir das beigebracht?«

»Mein Bruder Tahar ist Reiseführer, er hat mich früher oft zu seinen Wüstenfahrten mitgenommen. Außerdem hatte ich schon mit elf Jahren einen eigenen Jeep. In der Gegend um Douz gibt es oft Stürme. Sie begraben die Straßen in kurzer Zeit unter Sand. Ohne Allradantrieb bleibt man stecken.«

»Ach so«, sagt Max und schmunzelt. »Ich habe vergessen, dass du eine Wüstenpflanze bist.«

Nach etwa zwei Stunden Berg- und Talfahrt sehen sie von einer hohen Düne aus in einer Ebene ein seltsames Dorf liegen. Die Gebäude sind kaum von der Farbe des Sandes zu unterscheiden.

»Hast du den Film *Krieg der Sterne* gesehen?«, fragt Claire.

»Ja, aber es ist schon lange her«, sagt Max. »Es war bisher meine einzige Begegnung mit der Sahara.«

»Dort unten siehst du einen Teil des Wüstenplaneten des galaktischen Imperiums«, sagt Claire. »In dem Film galt er als Refugium für Leute, die nicht gefunden werden wollten.«

»Dann passt es ja für uns«, sagt Max beklommen.

Sie wandern zwischen den jahrzehntealten Filmkulissen umher. Durch eine Geisterstadt aus Gebäuden mit dicken runden Mauern, Gewölbedächern und Kuppeln. Hohe Torbögen und obeliskenartige Säulen scheinen aus der Wüste zu wachsen. Über allem hängt eine unirdische Stille. Erst als mehrere Jeeps auftauchen, drängt Claire zum Aufbruch, und sie setzen ihre Wüstenfahrt fort. Bei einem kleinen Ort, der Hazoua heißt, erreichen sie eine befestigte Straße. Sie tauschen die Plätze, und Max fährt weiter.

»Nun geht es immer dicht an der algerischen Grenze entlang«, sagt Claire. »Ab jetzt werden wir wieder einige Stunden keine Menschenseele treffen.«

»Und wenn wir auf dieser einsamen Straße eine Panne haben?«, fragt Max.

»Eigentlich hätten wir uns bei einer Polizeistation am Anfang der Straße abmelden müssen. Sie registrieren, wer auf dieser Route unterwegs ist. Am anderen Ende der Straße ist eine Station, bei der man sich wieder melden kann. Wenn ein Wagen dort nicht ankommt, dann rückt eine Streife aus und sucht nach ihm.«

Max legt die Stirn in Sorgenfalten. »Wäre es da nicht vernünftig gewesen, wir hätten uns abgemeldet?«

»Du weißt genau, warum wir einen Bogen um Polizeistellen machen. Wahrscheinlich hängen im Dienstzimmer schon die Fahndungsplakate.« Claire versucht, unbekümmert zu sprechen, aber Max spürt ihre Angst. Sie versucht, sie zu überspielen, indem sie ihm die Gegend erklärt: »Diese Glitzerlandschaft, die wie ein zugefrorener See aussieht, ist die Südseite des Chott el Djerid«, und Max denkt an den Renault, der unter der Salzkruste liegt. Claire zeigt auf die andere Seite in Richtung algerische Grenze: »Die riesigen Dünen gehören schon zum Großem Erg.«

»Was ist Erg?«, fragt Max.

»Die Gegend der Sahara, in der es nichts als hohe Sanddünen gibt. Die höchste Düne im Erg ist 300 Meter hoch.«

»Ist es die Düne, auf der die schöne Berbertochter Tee trinken wollte?«

»Ja.«

Der Sand neben der Fahrbahn ist lebendig geworden. Er wirbelt in Fontänen empor und zerrt an staubigem Dorngestrüpp. Auf den nächsten Kilometern wird der Wind zum Sturm und rüttelt am Wagen. Sie fahren wie durch Schneegestöber.

»Es ist schwer vorstellbar, dass außerhalb des Autos 40 Grad herrschen«, sagt Max. Wenig später hält er an, weil er die Piste nicht mehr sehen kann.

»Es ist nur ein Sandsturm«, sagt Claire. »Der hört wieder auf.«

Max fragt »Und wie lange dauert so ein Sandsturm?«

»Manchmal ein oder zwei Stunden, manchmal zwei Tage und Nächte hintereinander.«

»Lass die Scherze«, sagt Max. »Das ist doch der reinste Hexensabbat. Sieh doch, der Sand fliegt jetzt so dicht, dass man die Hand nicht vor Augen sieht.«

»Ja«, sagt Claire ungerührt. »Aber wenn wir schon nicht weiterfahren können, picknicken wir jetzt.« Sie beugt sich über die Lehne und angelt die Proviantüte vom Rücksitz.

Nachdem sie gemeinsam eine Flasche Mineralwasser getrunken und Baguette gegessen haben, lehnt sich Claire zurück. »Wir haben zu essen und zu trinken. Und wer in einer verfallenen Hütte nächtigen kann, kann das auch im Auto.«

Max legt seinen Arm um ihre Schultern. »Ich wäre jetzt lieber in der Hütte.«

»Ich auch«, sagt Claire, und plötzlich legt sie den Kopf an seine Brust und weint. Er zieht sie auf seinen Schoß und wiegt sie wie ein Kind, aber sie beruhigt sich nicht. Sie schluchzt: »Ich habe Angst, Max.«

»Vor dem Sandsturm? Du hast gesagt, der geht vorüber. Wir haben doch Zeit.« Er küsst und streichelt sie.

Der Sturm tanzt und faucht ums Auto und verklebt die Scheiben mit weißlichem Staub. Im Wagen ist es fast dunkel.

Claire schiebt Max' Hand von ihrer Brust und sagt: »Entschuldige, ich bin nicht gut drauf. Ich habe solche Angst, Max. Mehr um dich als um mich. Ich fürchte, die Fahnder von Interpol werden uns in Douz erwarten.« Als sie versucht, die Tür zu öffnen, hält er sie fest. Sie wehrt sich erbittert, aber er zieht sie zurück und drückt sie an sich, bis sie sich nicht mehr bewegen kann. »Hiergeblieben«, sagt er und es klingt wie ein Befehl.

»Ich will nicht nach Douz«, wimmert sie. »Ich will nicht abgeführt werden. Ich will nicht eingesperrt werden.«

»Dass du hier im Sandsturm umkommst, ist eine schlechte Alternative«, sagt Max. »Glaubst du, ich warte ab, bis ich dich nicht mehr finden kann? Wir werden uns in diesem Inferno verirren und zugeweht werden. Sobald der Sturm aufhört, fahren wir weiter. Irgendwann erwischen sie uns sowieso. Mach jetzt Schluss mit dieser Flucht, Claire. Ich kann dir nicht anders helfen, außer bei dir zu bleiben.«

»Du hast mir schon so sehr geholfen, Max«, sagt Claire und fügt leise hinzu: »Und ich durfte noch ein Mal im Leben glücklich sein.« Sie lächelt ihn an, unter Tränen mit einem Lächeln, das ihn schmerzt.

Claire sitzt immer noch auf seinem Schoß, mit dem Kopf an seiner Schulter. Max denkt nicht mehr an den Sandsturm und wann er aufhört, ihm ist, als sei die Welt stehen geblieben. Er befindet sich in einem Zustand, in dem Zeit und Raum unwichtig geworden sind, und er weiß, dass es Claire genauso fühlt.

Irgendwann küsst er sie auf die Stirn und sagt: »Es ist vorbei.«

»Was?«, fragt sie und sieht ihn an, als sei sie aus einem Traum erwacht.

»Der Sturm ist vorbei«, sagte er und schaut auf die Uhr. »Nach genau zwei Stunden ist er vorbei.«

Max steigt aus, und sein Bein versinkt in Sandstaub wie in frisch gefallenem Schnee. Draußen ist es totenstill. Die Sonne sticht durch einen diesigen Vorhang. Die Luft ist wie in einem Backofen.

Der Wagen steckt bis zu den Achsen im Sand.

»Claire, kommst du an den Spaten ran?«, ruft er ins Auto. »Es gibt hier ein bisschen Arbeit für mich.«

Claire klettert mit dem Spaten aus dem Wagen. Sie ist barfuß und zieht die Füße mit einem Schmerzensschrei zurück, weil der Sand zu glühen scheint.

Nach einer Stunde hat Max den Wagen freigeschaufelt. Bevor er losfährt, legt er die Säcke, die er im Kofferraum gefunden hat, vor die Reifen. Der Jeep setzt sich schon beim ersten Versuch in Bewegung. Die Straße ist völlig mit Sand bedeckt, aber die Räder greifen. Nach zehn Minuten Fahrt stehen sie vor dem nächsten Sandberg, er liegt wie eine Schneewehe quer über der Straße. Max schaufelt wieder.

Manchmal ist auf kurzen Abschnitten grauschwarzer Asphalt zu erkennen, der wie frisch gefegt aussieht. Dann sagt Max erleichtert: »Wir sind noch auf einer Straße!«

Nach etwa fünfzig Kilometern sind sie endlich aus der Wüsteneinsamkeit heraus und durchfahren zwei kleine Ortschaften. An den Hausdächern klebt der Salzstaub wie Schneebretter. Die Straße ist hier frei, sie verläuft zwischen Dünen, die den Sand und das Salz abgefangen haben. Gegen fünf Uhr nachmittags sehen sie die ersten Palmen und wenig später erreichen sie Douz. Die Grundstücke sind mit Zäunen aus Palmwedeln umgeben. Claire erklärt, dass diese Zäune den Sand abhalten, der ständig vom Großen Erg vordringt. Es regt sich kein Windhauch mehr, und der Himmel ist wieder enzianblau. Die schlichten Häuser werden von Palästen abgelöst, den großen Hotels, die Touristen zum Tor der Sahara locken. Sie stellen den Jeep auf einem Parkplatz ab, hinter dem ein mit Seilen abgegrenztes Gelände liegt, auf dem es von Menschen und Dromedaren wimmelt.

»Meine Güte«, sagt Max. »So ein Massenbetrieb!«

»Weil jetzt die beste Tageszeit für einen Dromedarritt ist«, sagt Claire.

Während Max auf Claire wartet, die mit einem alten Kamelführer verhandelt, verdrießt ihn das Geschrei und Gelächter der Touristen. Es verstärkt sich, wenn die gutgelaunte Meute in Beduinengewänder gekleidet wird und Turbane auf die Köpfe gesetzt bekommt. Die Vermummten werden von Kamelführern in die Sättel gehievt. Die Karawane setzt sich im Gänsemarsch in Bewegung. Bevor sie in den Dünen verschwindet, spuckt der nächste Bus neue Sahara-Touristen aus.

Max geht zu Claire und dem Kameltreiber, den sie Ali nennt, und sagt, dass er nicht reiten will.

Claire ist enttäuscht. »Du wirst mich doch nicht allein lassen?« Sie streichelt den Dromedaren über die Nasen. »Sieh doch, Max, wie lieb sie sind. Die schönsten Tiere der Welt.«

Max sieht sanfte Augen mit langen blonden Wimpern, weiche Schnauzen mit gespaltenen Oberlippen und rührend kleine, runde Ohren. Er kann nicht anders, als die Hand auszustrecken und die gebogenen Hälse zu tätscheln. Claire sitzt auf, ohne dass Ali ihr helfen muss. Max ist es peinlich, ein Tier vor sich niederknien zu lassen. Aber ehe er sich versieht, hat ihn Ali auf den Dromedarrücken geschoben, und Max klammert sich an den Sattelgriff, bis das Tier wieder aufrecht steht. Claire ruft Ali etwas auf Tunesisch zu, und der Alte hebt grüßend die Hand und grinst.

»Was hast du zu ihm gesagt?«, fragt Max misstrauisch.

»Ich hab gesagt, wir brauchen ihn nicht. Er weiß, dass ich mich hier auskenne. Und ich hab ihm auch versprochen, auf meinen Beduinenfürst aufzupassen.«

Sie wählt einen anderen Weg als die Touristenkarawanen. Max sieht Claire vor sich herschaukeln, und sie dreht sich um und ruft: »Das Wasser wäscht den Körper. Aber die Wüste wäscht die Seele.«

Unwirkliche Stille. Bernsteinfarbene Unendlichkeit. Claire und Max vergessen die Zeit. Erst als die sinkende Sonne Federn in allen Rottönen auf den Himmel malt, begreifen sie, dass es Abend ist. Kurz bevor sie die Dromedarstation wieder erreichen, lenkt Claire ihr Tier zu einer kleinen kegelförmigen Düne, die von Dattelpalmen gekrönt ist.

»Einer Legende nach«, sagt Claire, »wachsen Palmen nur auf Dünen, auf denen Liebespaare gerastet haben. Sie haben Datteln gegessen und die Kerne in den Sand gelegt.« Sie reicht Max eine Dattel, steckt sich selbst eine in den Mund, und sie spucken die Kerne in den Sand. Die Abendsonne vergoldet Claires Gesicht. Es strahlt vor Glück.

Als sie wieder am Parkplatz sind, geht Claire in das Wärterhäuschen, um zu telefonieren. Als sie zurückkommt, ist das Glück aus ihrem Gesicht gewichen. Sie ist blass, nur die Narbe auf ihrer Wange scheint zu glühen. »Ich habe daheim angerufen. Mein Vater war ärgerlich und sagte, die Fahnder von Interpol seien schon zweimal bei ihm gewesen. Er rät, uns der Polizei zu stellen oder aber Douz zu verlassen. Bevor er auflegte, hat er gesagt, ich sei willkommen, aber nicht der Mörder meines Mannes.«

Claire zieht ein Kuvert aus der Tasche und sagt: »Deswegen muss mein Vater wenigstens diesen Brief bekommen.« Sie läuft zu Ali, dem Kameltreiber, und übergibt ihm das Kuvert. Dann setzt sie sich neben den Jeep, nimmt eine Handvoll Sand und lässt ihn durch die Finger rinnen. Der Sand ist so fein, dass er staubt.

* * *

Schon früh um sieben saß Schmoll im Präsidium und wartete auf Nachrichten aus Tunesien. Da die Ermittlungen rund um den Tatort zu keinem Erfolg geführt hatten, wollte er sich nun nur noch auf Max Busch und Claire Ranberg konzentrieren.

Verdrossen studierte er die Landkarte von Tunesien, auf der ihm alle Städte böhmische Dörfer waren. Schmoll markierte die Orte, an denen Busch und Claire Ranberg gesehen worden waren: Die erste Stecknadel platzierte er auf Monastir. Daneben notierte er: Ankunft Sonntag, 18. Mai, 13.10 Uhr. Die nächste kam 300 km südlich auf die Oase Gabes: Dienstag, 20. Mai, Flüchtige von Touristen erkannt. Marke, Farbe und Kennzeichen des Leihwagens stehen fest. Dritte Nadel markierte 200 km westlich den Chott: Mittwoch, 21. Mai, 17 Uhr. Leihwagen versinkt im Salzsee. Weiterreise mit Touristenbus auf die andere Seeseite nach Tozeur. Seither kein Lebenszeichen! Die letzte Markierung setzte Schmoll auf das vermutliche Ziel: Douz, die Stadt, in der Claires Vater wohnt. Nachdem er die fünf Orte mit Strichen verbunden hatte, bezweifelt er, dass diese Informationen, die per Fax aus Tunesien gekommen waren, stimmten. Wenn Claire nach Douz wollte, was hatten die zwei da auf dem Salzsee zu suchen? Ein äußerst seltsamer, fragwürdiger Umweg, dem jede Logik fehlte. Nach dieser Erkenntnis fühlte sich Schmoll schachmatt und müde. Er stellte die Kaffeemaschine an.

Als der letzte Tropfen durch den Filter gurgelte, war es acht Uhr, und Irma stürmte ins Büro. Sie rief aus norddeutscher Gewohnheit »Moin-Moin« und zuckte zusammen, als ihr Schmoll ein »Grüß Gottle« entgegen knurrte. Sie beugte sich über sein Landkarten-Arrangement. »Was gibt es denn Neues?«

Schmolls hohe Stirn zog sich in Sorgenfalten: »Bevor wir Claire Ranberg und Max Busch nicht befragen können, wird es vorläufig nichts Neues geben. Solange ist alles nur Sisyphusarbeit. Ich verstehe nicht, wieso die tunesische Polizei die beiden noch immer nicht gefunden hat. Warum ist Claire Ranberg nicht auf kürzestem Weg zu ihrer Familie gefahren?«

Irma dachte einen Moment nach. »Glauben Sie, dass Busch sie daran gehindert hat?«

Schmoll seufzte abgrundtief. »Ich glaub bald gar nichts mehr. Ich kann nur hoffen, die Kollegen in Tunesien sind meinem Rat gefolgt und haben Beamte nach Douz geschickt, die unser mysteriöses Pärchen dort abfangen.«

»Ich kann ja mal hinfahren und nach dem Rechten sehen«, schlug Irma vor.

Schmoll sah sie an, als sei sie nicht ganz bei Trost. Dabei wurde er von einer Vision heimgesucht, in der sie, ihren Eichhörnchenschwanz schwenkend, zwischen den Muselmännern herumhüpfte. Er räusperte sich. »Schlagen Sie sich das aus dem Kopf. Unser Chef zahlt uns keine Urlaubsreisen. Aber wenn Sie durchaus irgendwohin fahren wollen: Es wird dringend Zeit, sich um die alte Frau Ranberg zu kümmern. Schauen Sie doch mal kurz bei ihr vorbei.«

»Vor einigen Tagen haben Sie gesagt, Frauen seien zu sentimental, um mit Müttern von soeben ermordeten Söhnen zu sprechen«, erinnerte Irma. »Vielleicht schicken sie besser Kommissar Katz hin.«

»Dem Steffen hab ich heut ausnahmsweise freigegeben. Seine Großmutter hat Siebzigsten.«

Irma grinste. »Die Oma mit den coolen Sprüchen!«

»Er hängt sehr an ihr.«

»Und er wohnt auch bei seiner Oma?«

»Ja.«

»Hab ich's mir doch gedacht.«

»Wollen Sie einen Kaffee?«, fragte Schmoll zuvorkommend. Irma roch die Bestechung, sagte: »Ja gerne«, stand aber nicht auf, sondern ließ Schmoll den Kaffee holen.

Nach seinem ersten Schluck, an dem er sich die Zunge verbrannte, guckte Schmoll noch verdrießlicher und brummte: »Also, gehen Sie nun bei der alten Ranberg vorbei?«

»Bleibt mir wohl nichts anderes übrig, wenn es mein Chef befiehlt.«

»Nun legen Sie nicht jedes Wort auf die Goldwaage. Wenn ich ehrlich sein soll, ich bin nicht mit ihr klargekommen, als ich ihr die Todesnachricht überbracht habe. Zuerst ist sie ausgerastet und dann umgekippt.«

»Aha«, sagte Irma. »Aber was soll ich ihr eigentlich sagen? Ich kann doch nicht reinplatzen und fragen, wie es ihr geht. Ist doch klar, dass sie sich hundsmiserabel fühlt nach so einem Schicksalsschlag.«

»Sie sollen sich nicht nur nach ihrem Wohlergehen erkundigen, sondern nach Claire fragen. Vielleicht hat die Schwiegermutter eine Nachricht von ihr? Offenbar haben sie sich ganz gut verstanden. Und zweitens: Schauen Sie mal, ob die alte Dame in der Lage ist, die Beerdigung für ihren Sohn auszurichten. Die Leiche ist von der Obduktion freigegeben.«

»Okay«, sagte Irma und schrieb sich die Adresse auf.

Schmoll knurrte: »Ich rühr mich hier nicht vom Fleck, bevor ein Fax aus Tunesien kommt.« Er hieb auf den Tisch, dass die Kaffeetassen hüpften. Als wollte das Faxgerät Schmoll besänftigen, warf es umgehend zwei DIN-A4-Seiten aus.

Irma übersetzte und las vor: »Die tunesische Polizei war bei Ahmed Ben Salem, dem Vater Claire Ranbergs, gewesen, der aber vorgab, nichts über den Aufenthaltsort seiner Tochter zu wissen.«

Schmoll klopfte mit den Fingerknöcheln auf dem Tisch herum, ohne dass Irma den Radetzkymarsch herauszuhören vermochte. Sie kannte ihren Chef inzwischen gut genug, um diese Geste als Ausdruck höchster Ungeduld und Nervosität zu interpretieren. Um ihn nicht noch mehr zu strapazieren, fasste Irma den Inhalt des zweiten Schreibens, das Informationen über Claires Familie enthielt, zusammen:

»Claires Vater, Ahmed Ben Salem, ist Millionär. Herr über Hotelketten, Ölquellen, einen Wohnpalast in Douz und ein Sommerschlösschen auf der Insel Djerba. Ahmed Ben Salem hat sieben Kinder von verschiedenen Frauen. Claire ist das älteste und die einzige Tochter. Sie stammt aus seiner ersten Ehe. Ihre Mutter war Französin, sie starb, als Claire fünf Jahre alt war. Claire verbrachte ihre Kindheit und Jugend in Douz. Nach dem Abitur studierte sie in Bordeaux Sprachen. Danach hat sie bei einem französischen Weinexporteur als Dolmetscherin gearbeitet. Claire wohnte in Bordeaux im Hause ihrer französischen Großmutter. Ihre Ferien verbrachte Claire regelmäßig bei ihrer Familie in Douz. Vor vier Jahren hat sie Rolf Ranberg geheiratet und ist nach Deutschland gezogen. Seither ist sie erst wieder am 18. Mai dieses Jahres nach Tunesien eingereist. Claires erwachsene Halbbrüder arbeiten in Betrieben ihres Vaters. Einer ist Reiseführer, ein anderer leitet ein Hotel in Karthago. Die anderen Halbgeschwister sind noch Kinder. Keiner der Familie ist vorbestraft. Ahmed Ben Salem ist in Tunesien ein angesehener Geschäftsmann. – Das war's!« Irma schob Schmoll das Fax hin.

Er fluchte leise auf Schwäbisch vor sich hin, und brummte abschließend: »Nichts, was uns weiterbringt.«

»Stimmt«, sagte Irma. »Dann geh ich jetzt zu Frau Ranberg.«

»Hier, nehmen Sie den Stadtführer mit. Fahren Sie vom Pragsattel mit der U15 in Richtung Innenstadt, und steigen an der Haltestelle *Mittnachtstraße* aus.«

Vor dem Haus, in dem sich die Apartments für *Betreutes Wohnen* befanden, saß unter der Klingelanlage mit mindestens 60 Namen, ein junger Mann. Besondere Kennzeichen: mager, fettiges Haar, schmuddelige Klamotten, Alkoholfahne. Er hob Irma eine Weinflasche entgegen und jubelte: »Zum Wohl! Ich bin der Hansi. Der Hansi Hinterseer. Hollatrio, tralala.«

Irma klingelte bei Frau Ranberg. Vergeblich. Als ein Rollstuhlfahrer aus dem Haus kam, hielt sie ihm die Tür auf und schlüpfte ins Treppenhaus. Mit dem Aufzug zum 3. Stock, Apartment Nummer 38. Klingeln. Klopfen. Rufen.

In der Nachbartür erschien eine füllige Dame im Morgenrock. »Zu wem wollet Se denn?«

»Zu Frau Ranberg.«

»Die ist weggegangen.«

»Wissen Sie, wohin?«

»Meist spaziert sie auf dem Friedhof rum. Der ist gleich ein paar Schritte hinterm Haus.«

»Danke«, sagte Irma, »Schönen Tag noch.«

Als Irma aus dem Haus kam und sich Richtung Friedhof wandte, rief jemand hinter ihr her: »Ich bin der Hansi Hinterseer. Hollatrio, tralala!«

Irma ging an einer Kirche aus grauen Backsteinquadern und an einem Brunnen vorüber und gelangte durch ein schlichtes Eisentor auf den Pragfriedhof. Der Weg führte zu einem monumentalen Jugendstilbau, dem Krematorium. Schilder wiesen den Weg zu einer unteren und einer oberen Feierhalle und zu den Aufbahrungsräumen. Irma stieg die breite Freitreppe zum Vorplatz empor. Obwohl sie von dort einen Teil des weitläufigen Friedhofs überblicken konnte, wurde ihr klar, dass es unmöglich war, Frau Ranberg so zu finden. Entmutigt marschierte sie den Hauptweg entlang, der aber zurzeit verwaist war. Die Sonne stach heiß durch das Blätterdach der Eichen-Allee. Kein Windhauch. Kein Vogelzwitschern. In dieser schläfrigen Stille begegnete Irma nur drei menschlichen Wesen. Alle waren klein und rundlich und hatten weiße Löckchen. Aber keine von ihnen war Frau Ranberg. Allerdings war jede hocherfreut, mit Irma ein Schwätzle halten zu können. Irma gefiel es auf dem Pragfriedhof. Ganz unerwartet fühlte sie sich auf der schattigen Insel inmitten von Hauptverkehrsstraßen wohl. Sie lief unter uralten Baumriesen zwischen den Gräbern hin und her und bewunderte angejahrte kitschige Steinengel, gusseiserne Mädchen, die trauernd auf Sockeln saßen, Obelisken mit verwitterter Goldschrift, verzierte Säulen und Säulchen und niedliche pausbäckige Putten mit appetitlichen runden Popos.

In die Stille hinein platzte ein Kinderlachen. Ein paar Gräber von Irma entfernt saßen auf dem Rasenstück vor einem mannshohen grauen Stein zwei Frauen und ein Kind: Die ältere Frau: klein, rundlich und mit weißen Löckchen. Das Kind, ein Junge, mochte acht oder neun Jahre alt sein. Die blonde Mähne der jüngeren Frau kam Irma bekannt vor. Vorsichtig näherte sie sich der Gruppe von hinten. Die kleine Rundliche mit den weißen Löckchen erzählte die Geschichte vom Stuttgarter Hutzelmännlein, das dem Schusterbub Seppe ein Brot schenkt, das nachwächst, sooft er davon abbeißt. Irma war inzwischen dicht genug an den Grabstein herangekommen, um die Inschrift lesen zu können: *Eduard Mörike, 1804–1875.* Sein Profil in einem Medaillon: strenger Blick und schmale Lippen, aber mit einer fröhlichen Lockenpracht bis auf die Schultern. Irma räusperte sich, und die Drei vor dem Grabstein drehten sich gleichzeitig zu ihr um.

»Die Kripo«, sagte Luzie lakonisch. »Vor der ist man nicht mal auf dem Friedhof sicher!«

Irma hockte sich zu ihnen ins Gras und wandte sich an Frau Ranberg. »Darf ich Ihre Märchenstunde kurz stören? Ich habe Sie daheim nicht angetroffen und muss etwas mit Ihnen bereden. Es geht um Ihren Sohn.«

Frau Ranbergs rosiges Gesicht erschlaffte. »Der ist tot«, sagte sie leise.

Irma drückte ihr die Hand. »Es tut mir sehr leid.«

»Davon wird er nicht mehr lebendig. Was gibt es da noch zu bereden?«

»Ihr Sohn kann nicht beerdigt werden, bevor Sie nicht zustimmen«, sagte Irma. »Trauen Sie sich zu – ich meine, verkraften Sie es seelisch, sich um das Begräbnis zu kümmern?«

Da sie keine Antwort erhielt, sagte Irma: »Dann müssen wir warten, bis wir Ihre Schwiegertochter Claire gefunden haben. Hat sie sich bei Ihnen gemeldet?«

»Nein! In der Zeitung steht, sie ist mit Max unterwegs. Davon glaub ich kein Wort. Max entführt doch niemanden! Er ist ein ehrlicher Mensch. Zuverlässig und hilfsbereit. Nie würde er so etwas tun! Und Claire ist auch ein liebes Mädchen. Luzie sagt, sie sei zu ihrem Vater gefahren. Er ist krank und braucht seine Tochter. Sie hat auch Melanie mitgenommen, damit sie ihren Opa kennenlernt.«

Irma bekam Respekt vor Luzie. Sie hatte es fertiggebracht, der alten Frau nach dem Verlust ihres Sohnes vorerst weiteren Schmerz zu ersparen. Eine Notlüge, die sicher irgendwann enttarnt werden würde, aber im Moment menschlich war.

Frau Ranberg blickte über die Gräber und sah plötzlich zehn Jahre älter aus. Irma vermutete, dass sie den gut gemeinten Schwindel, den ihr Luzie eingeredet hatte, doch nur halb glaubte. Ihre Stimme, die beim Märchenerzählen klar und melodisch geklungen hatte, krächzte. »Wenn Claire erfährt, dass Rolf tot ist, kommt sie womöglich nicht mehr zurück. Dann hab ich gar niemanden mehr auf der Welt.« Das Krächzen erstarb und ging in lautes, unbeherrschtes Weinen über. Luzie legte ihren Arm um die alte Frau, und Tobias haschte nach der kleinen, runzeligen Hand und tätschelte sie.

»Sehen Sie«, sagte Luzie giftig zu Irma. »Nun haben Sie sie aufgeregt!«

»Ich kann ihr das nicht ersparen«, sagte Irma. »Jemand muss mit ihr über die Beerdigung reden.«

»Das hab ich schon getan«, sagte Luzie. »Rolf soll ins Familiengrab auf dem Zuffenhäuser Friedhof. Ich war mit Frau Ranberg sogar schon beim Pfarrer. Aber Rolf liegt immer noch in der Pathologie im RBK!«

»Er kann beerdigt werden. Die Obduktion ist beendet und der Leichnam von der Gerichtsmedizin freigegeben. Er muss nur noch offiziell identifiziert werden.«

Irma war überrascht, dass Luzie zu Frau Ranberg sagte: »Dann gehen wir morgen zusammen hin. Wir verabschieden uns von Rolf und sorgen dafür, dass er mit einer würdigen Feier unter die Erde kommt.«

»Ich gebe Bescheid, dass Sie kommen«, sagte Irma. »Gegen 10 Uhr?«

»Okay«, sagte Luzie.

Tobias zog Frau Ranberg am Ärmel. »Jetzt erzähl endlich weiter! Du warst bei der Stelle, wo der Seppe auf die Schwäbische Alb kommt und dort den Schneckengarten der Königin von Saba sucht.«

Erst nachdem Irma sich schon ein Stück von Mörikes Grab entfernt hatte, wurde ihr die seltsame Konstellation der drei Menschen, die sie hier zusammen angetroffen hatte, bewusst: Die Frau und der kleine Sohn des mutmaßlichen Mörders des Sohnes einer anderen Frau saßen einträchtig und gemütlich auf dem Friedhof bei einer Märchenstunde.

War das makaber oder normal? Wahrscheinlich beides, entschied Irma. Luzie und Frau Ranberg sind schließlich jahrelang Nachbarinnen gewesen. Warum sollten sie sich nicht treffen? Möglicherweise hat jede für die Probleme der anderen, so verschieden und seltsam verknüpft diese Probleme auch sein mögen, mehr Verständnis als jeder Außenstehende.

Irma ging nicht zurück zur Nordbahnhofstraße, sondern lief zum Haupteingang, vor dem die Haltestelle der U15 liegt.

Sie stellte ihr Handy ab und dachte: Schmoll kann warten! Ich habe meine Pflicht getan, und jetzt nehme ich mir frei. Seit einer Woche bin ich in Stuttgart. Seit einer Woche herrscht ein Wetterchen, von dem ich in Norddeutschland geträumt habe. Niemand soll mich daran hindern, den Rest des Nachmittags zu genießen.

Also stieg Irma nicht in die Bahn zum Pragsattel, sondern fuhr in die Gegenrichtung. Sie wollte endlich den Stadtkern von Stuttgart sehen. Leider sah sie ihn nicht, da die Bahn unter dem Hauptbahnhof und dem Schlossplatz in einem Tunnel verschwand und erst hinter dem Charlottenplatz wieder ans Tageslicht kam. Bevor Irma gemerkt hatte, dass die Innenstadt nun schon hinter ihr lag, bog die Bahn am Olgaeck nach links und wand sich kurvenreich und steil aufwärts. Ohne ihr Zutun war Irma auf die schönste Panoramastraße der Stuttgarter Stadtbahnen geraten und wurde aus der dichten Bebauung des Talkessels bis in Stuttgarts gepriesene Halbhöhenlage befördert. Mal rechts, mal links staunte Irma hinunter auf die Straßen, Plätze und Parks der Stadt, die in südlich klares Licht getaucht waren, wie es Irma bisher nur in Italien gesehen hatte. Als der höchste Punkt erreicht war, ging es durch Laubwälder, bis die Bahn inmitten einer Lichtung die Endhaltestelle *Ruhbank* erreichte. Ganz in der Nähe ragte der Fernsehturm über die Baumwipfel. Irma hatte Lust, hinüber zu laufen und von oben auf die schwäbische Landschaft zu schauen, die ihr ganz unerwartet ans Herz zu wachsen begann. Doch dann dachte sie: Eines nach dem anderen. Zuerst die Stadt! Ich werde mich von innen nach außen vorarbeiten.

Irma stieg in die 15er um, die zur Rückfahrt ins Tal bereitstand. Als sie Schmolls Stadtführer aufschlug und den Lageplan studierte, erkundigte sich der bärtige Alte, der neben ihr saß, ob sie fremd in Stuttgart sei.

»Ja«, sagte Irma. »Ich wollte eigentlich den Stadtkern anschauen und bin versehentlich zu weit gefahren. Aber es hat sich gelohnt. Nun fahre ich zurück. Ich will zum Schlossplatz.«

»Da brauchen Sie nicht übers *Olgaeck* zu fahren. Laufen Sie doch über die Stäffele hinunter.«

»Wo muss ich da aussteigen?«

»Am besten am *Eugensplatz*. Von dort führt ein Treppenweg direkt in der Stadtmitte.«

Auf der Aussichtsterrasse des Eugensplatzes steht eine nackte, wohlgerundete Schöne und winkt hinunter zum Hauptbahnhof. Sie heißt Galathea, wie Irma auf ihrem Sockel las. Eine Schwäbin, so entschied Irma, ist das jedenfalls nicht. Die scheint mir eher aus einem Barockgarten Italiens entlaufen zu sein. Auf jeden Fall ist sie eine Nymphe, da sie über einem Brunnenbecken steht.

Irma folgte dem Wasser, das über Kaskaden zu Tal plätscherte, lief im Schatten alter Bäume abwärts und erreichte nach zehn Minuten Stuttgarts Talsohle. Dem Stadtplan entnahm sie: Rechts ist die Staatsgalerie, links die Musikhochschule und gegenüber, auf der anderen Seite der Konrad-Adenauer-Straße, liegt das Opernhaus. Durch einen Fußgängertunnel erreichte Irma den Schlossgarten. Nach einem ehrfürchtigen Blick auf die Säulenfassade des Theaters und zwei skeptischen auf einen eckigen See, der nicht so recht dazu passen wollte, steuerte Irma zielstrebig den Schlossplatz an. Sie stand schließlich unter der Concordia-Jubiläumssäule, atmete tief durch und hätte am liebsten laut gerufen: »Ich habe es geschafft! Ich stehe auf dem Schlossplatz in Stuttgart!«

Im Herzen Stuttgarts herrschte an diesem Tag südländische Betriebsamkeit. Familien, Gruppen von kichernden Teenagern und jede Menge Liebespaare flanierten kreuz und quer über den Platz. Alle Bänke waren besetzt. Sonnenanbeter hatten die Rasenflächen erobert und saßen oder lagen im Gras. Irma lief die Freitreppe des Königsbaus hoch und suchte sich einen Tisch auf dem obersten Absatz zwischen den Säulen. Sie bestellte ein Glas Latte macchiato und ein Stück Schwarzwälder-Kirsch-Torte.

Eine halbe Stunde später, kurz vor vier Uhr, stellte sie ihr Handy wieder ein, rief Schmoll an und berichtete, sie habe nach langer Suchaktion Frau Ranberg gefunden und mit ihr gesprochen. Sie käme morgen um 10 Uhr in die Pathologie, um sich von ihrem Sohn zu verabschieden und die Beerdigung in die Wege zu leiten.

»Na, das ist ja schneller und reibungsloser gegangen, als ich erwartet habe«, sagte Schmoll. »Dann kann ja das Kind gleich mit beerdigt werden.«

»Meinen Sie das ernst? Nach Frau Brechtles Aussage wäre das wie Hohn gegenüber der Mutter, wenn das Kind ins gleiche Grab mit dem Vater käme. Möglicherweise taucht Claire ja doch wieder auf. Außerdem weiß Frau Ranberg nicht, dass ihre Enkeltochter tot ist.«
»Wieso nicht? Stand doch in der Zeitung.«
»Was man nicht glauben will, glaubt man eben nicht«, sagte Irma. »Bitte, sagen Sie Dr. Bockstein, er soll Melanie vorerst nicht erwähnen.«
»Wahrscheinlich haben Sie Recht«, sagte Schmoll. »Mir langt es, dass die Frau schon einmal umgekippt ist. Dann machen Sie jetzt mal Feierabend. Aber morgen wie immer zur gleichen Zeit, auch wenn Samstag ist. Wir haben eine Soko!«
»Alles klar«, sagte Irma. »Schönen Abend.«
»Guts Nächtle«, wünschte Schmoll.
Irma trödelte auf dem Heimweg noch im Killesbergpark herum, und als sie endlich vor ihrer Wohnungstür stand, hörte sie innen das Telefon klingeln.
»Ja, Mama. Ich komme jetzt erst vom Dienst. Was gibt es denn so Wichtiges? – Ein Verehrer? – Übers Internet. – Versicherungsvertreter. – Ich hab's verstanden: sympathisch und gut aussehend. – Aha, jetzt kommt er, ihr wollt in den Adler Essen gehen. Der ist aber spendabel. Viel Spaß. Tschüss denn.«
Irma legte auf und dachte: Oje! Muss ich mir nun Sorgen machen? Nein, keinesfalls. Ich muss einfach akzeptieren, dass man heutzutage mit sechzig noch nicht alt ist. Zumindest ist es Mama nicht mehr langweilig, und sie wird von ihrem »Hobby« abgelenkt. Der Arno, den sie bis vor zwei Jahren hatte, war ja total nett, aber als er das mit der Klauerei gemerkt hat, war er schneller weg, als Mama gucken konnte. Das wird ihr eine Lehre sein. Wird schon hoffentlich gut gehen.

* * *

Seit Claires Telefongespräch mit ihrem Vater geht es Max wie ihr: Er will die Festnahme hinausschieben. Sein einziger Wunsch ist, so lange wie möglich mit Claire zusammen zu sein. Er tigert ruhelos auf dem Parkplatz vor der Dromedarstation auf und ab. Am Ende des Platzes sieht er das Plakat. Als Überschrift in großen Buchstaben: *Suchmeldung*. Darunter die Fotos von Claire und ihm, die gleichen, die das Fernsehen gezeigt hat. Die Personenbeschreibung ist in Arabisch, Französisch und Deutsch gedruckt. Die Prämie für einen erfolgreichen Hinweis hat sich verdoppelt. Der Gedanke, den er bisher beharrlich verdrängt hat, der Gedanke an das, was Claire bevorsteht, sobald sie gefasst wird, drängt sich bedrohlich in den Vordergrund. Claires Fingerabdrücke würden mit denen an dem Giftglas übereinstimmen. Sie würde zugeben müssen, die Tat vorsätzlich begangen zu haben. Nichts könnte sie vor dem Urteil lebenslänglich retten. In dem Moment, als Max das begreift, entscheidet er, die Schuld auf sich zu nehmen. Das könnte nicht schwer sein, denn war der Gärtner nicht immer der Mörder? Stammte das Gift nicht aus seiner Gärtnerei? Aus einem Schrank, zu dem nur er den Schlüssel besaß?

Max will nicht frei sein, wenn Claire hinter Gitter käme. Max ist an dem Punkt, der ihn endgültig von seinem früheren Leben trennt.

Er geht zurück zum Jeep, neben dem Claire sitzt und noch immer Sand durch ihre Finger rieseln lässt.

»Claire«, sagt er, »gibt es einen Ort, an dem wir untertauchen können?«

»Ja!« Sie springt auf und setzt sich hinters Steuer.

Es ist bereits dunkel, als sie aus Douz herausfahren. Claire hält an einer Tankstelle. Max will das erledigen, aber sie zieht sich ihr Tuch übers Gesicht, bis nur noch ihre Augen zu sehen sind, steigt aus und lässt auftanken. Als sie bezahlt, hört sie im Radio einen Warnhinweis: »Die Piste nach Zaafrane ist nach dem Sandsturm nicht befahrbar. Allen, die das Nomadencamp zum Ziel haben, wird dringend geraten, in Douz zu übernachten.« Sie erzählt Max nichts von dieser Warnung.

Claire fährt ein paar Kilometer westwärts und biegt an einem Wegweiser nach Zaafrane ab. Auf eine versandete Piste, die kaum zu erkennen ist.

»Was ist Zaafrane für ein Ort?«, fragt Max.

»Eine kleine Oase, von der aus abenteuerlustige Touristen Ausflüge in die Sahara unternehmen.«

»Wie weit ist es?«

»Nur etwa zwölf Kilometer. Aber ich möchte auf halber Strecke zu einer Berberfamilie. Sie wird uns für einige Tage aufnehmen. Dann sehen wir weiter.«

Durch die Autoscheinwerfer ist die Piste zwar besser zu erkennen als nachmittags im Sandsturm, aber sie kommen nur langsam vorwärts. Auch jetzt werden sie mehrmals durch Sandverwehungen gestoppt, und Max muss den Jeep freischaufeln. Das ist weniger anstrengend als nach dem Sandsturm. Es ist kühler geworden und der schneeweiße Sand leuchtet silbern im Mondlicht. Der Himmel ist klar und voller Sterne, ein mit Diamanten besticktes Gewölbe. Wieder lässt Claire den Jeep mit Schwung die Dünen hinaufschießen und bremst die steile Talfahrt geschickt ab. Sie jauchzt, wenn es abwärts geht.

Irgendwann sagt sie: »Ich habe den Abzweig zu dem Zelt der Berberfamilie verpasst.«

»Und nun?«, Max fühlt sich erbärmlich, weil er Claire die ganze Verantwortung für ihr Weiterkommen überlassen muss.

»Wir fahren weiter nach Zaafrane«, sagt sie. »Dort gibt es ein Nomadencamp für Touristen. Heute nach dem Sandsturm werden keine oder nur wenige Gäste dort sein. Möchtest du mit mir in einem Zelt übernachten, Max?«

»Wo du willst«, sagt er.

Nach zehn Minuten erfassen die Scheinwerfer ein steinernes Portal, das die Farbe von Ochsenblut hat. Über dem hohen zweiflügeligen Holztor steht: *Campement Mehari*. Hinter dem Tor werden sie von üppigem Grün und einem alten Araber, dem Herbergsvater, begrüßt. Nach einem freundlichen »Bon soir. Ça va?« zeigt er auf ein Gebäude, das an ein Bierzelt erinnert, und fragt: »Diner?« Obwohl sie die einzigen Gäste sind, serviert er ihnen Rindersuppe, Couscous mit Hühnchen und frische Orangen. Nach dem Essen fragt er, ob sie in einem Bungalow oder in einem Zelt übernachten möchten. Die Bungalows sind kleine Rundhütten aus Lehmziegeln, mit Palmenwedeln gedeckt. Die Zelte stehen dicht nebeneinander, und Claire wählt das Zelt am Ende der Reihe. Sie ziehen mit ihren Plastiktüten, die ihr Reisegepäck sind, seit der Renault im Chott versunken ist, in Zelt Nummer 63. Eine Sparbirne beleuchtet zwei Pritschen. Sie sind mit Matratzen belegt, die Laken sind schon aufgespannt. An den Bettenden liegen gefaltete Decken. In einer Korbtasche finden sie Handtücher. Claire fragt den Herbergsvater, wo sie sich waschen können. Der Alte führt sie entlang von Lämpchen, die notdürftig die Wege beleuchten, zu einem Platz mit einer hohen Palme und einem Ziehbrunnen. Er zeigt nach links auf ein kleines Wasserbecken und sagt: »Pool.« Zeigt geradeaus auf eine Baracke und sagt: »Douche et toilette.«

»Merci beaucoup«, Claire lacht und drückt ihm ein paar Dinars in die Hand.

»Wir gehen zuerst in den Pool«, jauchzt Claire. Zieht sich im Laufen aus und springt ins Wasser. Max hinterher. Sie tauchen und prusten, legen sich auf den Rücken und zählen die Sterne.

Sie rennen nackt zur Toilettenbaracke und treffen sich wenig später schlotternd im Zelt auf einer Pritsche wieder. Legen alle Decken über sich und wärmen sich gegenseitig. Die Sparbirne verlischt. Es ist Mitternacht. Max hält Claire in den Armen und spürt kein Verlangen außer dem, sie zu beschützen. Claire schläft ein, aber Max ist hellwach. Vor seinen geschlossenen Augen zieht der vergangene Tag vorbei: Er hört, wie Claire am Morgen in der Bergoase vor ihrer Liebeshütte singt. Spürt ihren Körper, als sie auf der einsamen Piste an der algerischen Grenze im Sandsturm auf seinem Schoss sitzt und weint. Sieht Claire bei Sonnenuntergang auf dem Dromedar durch die Stille des Großen Erg reiten. Max sieht das von der Abendsonne vergoldete Gesicht Claires, und er hört ihr Lachen, als sie auf der kleinen Palmendüne den Dattelkern in den Sand spuckt. Und dann sieht er Claires verzweifelte Miene vor sich, nachdem sie ihren Vater angerufen hat. Sieht sie ratlos und erschöpft neben dem Jeep im Sand sitzen. Und er sieht sich selbst vor dem Fahndungsplakat stehen, fühlt noch einmal sein Erschrecken. Max schüttelt es ab, und denkt an die wundersame Einsamkeit ihrer letzten Pistenfahrt, die sie in dieses verlassene Camp geführt hat. War das wirklich nur ein Tag gewesen? Passt so viel Schmerz und Glück in einen einzigen Tag?

Seine Erinnerungen verschwimmen und er schläft ein.

ZEHN

Samstag, 24. Mai

Es ist bereits taghell, als Max aufwacht. Im Morgengrauen hat er bemerkt, wie Claire aufgestanden, ihn auf die Stirn geküsst hat und aus dem Zelt gehuscht ist. Er hat gedacht, sie wolle zur Toilette, und ist wieder eingeschlafen. Aber nun sieht er, dass sie nicht zurückgekommen ist. Ihre Bettseite ist kalt. Auf Claires Kopfkissen liegt ein Kuvert mit seinem Namen darauf. Max reißt den Brief auf und liest:

Lieber Max,
ich bin in die Wüste gegangen, um auf der höchsten Düne Tee zu trinken. Ich danke dir für alles. Alles!
Deine Claire

Er knüllt den Brief zusammen, springt in seine Kleider. Auf dem anderen Bett liegen Claires Pass, die Autoschlüssel, ihre Geldtasche und ein Notizbuch. Er stopft alles in die Hosentaschen und rennt gehetzt aus dem Zelt. Eilt durch alle Zeltwege. Ruft ihren Namen. Ruft, ruft und ruft. Im Camp bleibt es still. Als Max endlich den Herbergsvater findet, zeigt der auf das Speisezelt und fragt: »Petit déjeuner?«

Max schüttelt den Kopf und redet mit aufgeregten Gesten und ein paar französischen Vokabeln auf den Alten ein, bis er ihm endlich klargemacht hat, um was es geht. Sie laufen vors Tor. Der Jeep steht noch neben dem Zaun. Der Alte zuckt mit den Schultern. Max verlangt zu telefonieren, und der Herbergsvater nickt und führt ihn zu einem überdachten Vorplatz, hinter dem ein kleiner Raum liegt. Dort steht eine Bank vor einem Fernseher. An der Wand daneben hängt ein Telefon. Aber nun weiß Max nicht, wen er eigentlich anrufen soll. Polizei? Oh nein! Sie würden Claire finden und sie beide verhaften. Wen könnte er um Hilfe bitten? Er sucht in Claires Notizbuch nach Namen und Telefonnummern. Ahmed Ben Salem. Es ist der Name ihres Vaters. Max wählt, verwählt sich, bekommt endlich Anschluss. Eine Männerstimme. Etwas verschlafen, ziemlich ärgerlich. Max meldet sich, und ist erleichtert, dass die Stimme nun Deutsch spricht. Es ist Claires Bruder Tahar. In Panik berichtet Max, dass Claire verschwunden ist, bittet ihn, nach Zaafrane zu kommen. Ihm zu helfen, Claire zu suchen. Doch Tahar lässt ihn nicht weiter zu Wort kommen und fährt ihn wütend an: »Aha, ich habe die Ehre mit Herrn Busch. Ich kann Ihnen nur dringend raten, sich der Polizei zu stellen. Es wäre an der Zeit! Nachdem Sie Claires Mann ermordet haben, haben Sie meine Schwester als Geisel auf Ihrer Flucht mitgeschleppt! Wie soll ich Ihnen glauben, dass Claire verschwunden ist? Hat sie Ihnen nicht mehr ins Konzept gepasst? Haben Sie meine Schwester auch umgebracht? Das muss die Polizei klären, nicht ich.«

Max' Hoffnung ist zunichte: Claires Bruder, der beruflich Touristen durch die Wüste führt und sich auskennt, würde nicht kommen. Tahar hat aufgelegt, bevor Max noch etwas entgegnen konnte. Max weiß: Tahar wird die Polizei verständigen. Nicht, um Claire zu suchen, sondern um ihn festnehmen zu lassen. Wahrscheinlich würden sie auch nach Claire suchen, aber nicht in der Wüste, sondern hier im Camp. Sie würden nach ihrer Leiche suchen, weil sie annähmen, er habe Claire umgebracht und versteckt. Max läuft in die Dünen vor dem Camp. Er ruft nach Claire. Aber die Wüste verschluckt seine Rufe und es kommt keine Antwort. Nach zwei Stunden stapft er erschöpft und mutlos zurück. Er findet das Camp nur, weil es der einzige grüne Punkt zwischen den Dünen ist.

Vor dem Tor steht ein Polizeiwagen. Max redet auf die Polizisten in einer Mischung aus Deutsch und seinem Schulfranzösisch ein. Erklärt, Claire sei am Morgen in die Wüste gelaufen und nicht zurückgekehrt. Dass sie in Lebensgefahr schwebe, wenn heute die Temperatur wieder auf 40 Grad ansteige. Max verlangt, sie sollen mit einem Hubschrauber nach Claire suchen. Aber die Polizisten verstehen ihn nicht, sie zucken mit den Schultern und schütteln die Köpfe. Sie legen Max wortlos Handschellen an und schieben ihn in ihren Wagen. Danach sperren sie das Camp mit Bändern ab.

* * *

Zwei Stunden später ging ein Fax von der tunesischen Polizei bei der Kripo Stuttgart ein: *Max Busch ist heute um 8.30 Uhr verhaftet worden. Claire Ranberg ist aber nicht bei ihm. Nach ihr wird weiter gesucht.*

Obwohl Sonntag war, trommelte Schmoll den harten Kern der Soko zusammen. Die Tatsache, dass Claire verschwunden war, wurde heftig diskutiert. Alle waren sich einig: Max Busch hatte Claire Ranberg, wie auch immer und warum auch immer, verschwinden lassen. Entweder war sie schon tot oder sie schwebte in Lebensgefahr.

Schmoll nahm sich vor, mit Max Busch nicht zimperlich zu sein. Er wollte ihn so lange ins Kreuzverhör nehmen, bis er den Mord an Ranberg und nun womöglich auch den an Claire zugeben würde.

Um 14 Uhr fuhren Schmoll und Katz zum Flugplatz nach Echterdingen, um Max Busch in Tunesien abzuholen.

Die tunesischen Polizisten hatten Max von Zaafrane zum nächstliegenden Flugplatz nach Tozeur gebracht, um ihn den deutschen Ermittlern zu übergeben. Schmoll wischte sich unentwegt den Schweiß von der Glatze. Katz hatte vom Herumstehen auf dem glutheißen Flugplatz einen Sonnenbrand auf seiner spitzen Nase. Er stöhnte: »Mei Oma sagt immer: ›Wer bei so em Wedder net krank wird, ischt net gsond.‹«

Beide waren zwar froh, endlich am Ziel zu sein, aber trotzdem schlecht gelaunt.

Obwohl es keine Sprachbarrieren mehr gab, ignorierten sie Max' aufgeregte, wirre Bitten, sie sollen nach Claire suchen. Sie gaben ihm zu verstehen, dass seine Flucht hier zu Ende sei. Er solle keine Märchen aus Tausendundeiner Nacht erzählen, sagte Katz spöttisch.

»Frau Ranberg ist bisher nicht bei ihrer Familie aufgetaucht«, sagte Schmoll. »Die tunesische Polizei sucht nach ihr. Falls Sie aber wissen, Herr Busch, wo sich Frau Ranberg befindet, dann wäre es vorteilhaft für Sie, wenn Sie uns einen Hinweis geben würden.«

»Ich wäre selbst froh, wenn ich wüsste, wo sie ist«, erwiderte Max entmutigt.

»Dann müssen wir uns eben in Stuttgart weiter darüber unterhalten«, sagte Schmoll und nahm ihm die Handschellen ab. Aber kaum war Max sie los, legte ihm Katz ein Kabelband aus Plastik um die Gelenke und zurrte es fest. »Vorschrift im Flugzeug«, knurrte er.

Ein Polizeijeep fuhr sie bis auf die Startbahn. Erst als alle Passagiere in der Maschine waren, stiegen Schmoll und Katz mit Max in der Mitte ein. Als sie zu ihren Plätzen gingen, hörte Max das Getuschel der Touristen und fühlte alle Blicke auf sich gerichtet. Er saß zwischen seinen Bewachern und empfand den Sicherheitsgurt, den Katz ihm anlegte, wie eine zusätzliche Fessel. Und als Katz dabei sagte: »Mer wolle net die Erschte sei, dene ihr Gfangener probiert, 's Flugzeug zum entführe«, legte Max seine Stirn gegen die Lehne des Vordersitzes und schloss die Augen. Vergeblich versuchte er, seine Gedanken, die in seinem Kopf wie zäher Schlamm brodelten, auszuschalten. Er schreckte hoch, als die Stewardess Sandwichs brachte und Getränke austeilte. Schmoll löste Max das Kabel von der rechten Hand und sagte: »Verhungern sollen Sie uns nicht.« Katz legte sich den gelösten Teil des Kabels selbst um, kettete sich sozusagen an ihn. Max hatte den ganzen Tag nichts gegessen, aber er brachte keinen Bissen herunter. Er fühlte nur brennenden Durst und griff gierig nach dem

Pappbecher mit Mineralwasser. Aber nach zwei Schlucken nahm ihm Katz den Becher weg. »Net, dass mer Pipi müsset. Des ischt ziemlich umschtändlich mit Handschelle.«

Zweieinhalb Stunden später landete die Boeing auf dem Stuttgarter Flughafen, wo bereits ein Polizeiwagen bereitstand. Auf der Fahrt über die Filder-Ebene, durch Degerloch und dann die Weinsteige hinunter in Stuttgarts Talkessel meinte Max, er könne seinen Augen nicht trauen. Er hatte vergessen, dass in Deutschland Frühling ist. Unversehens war er von einer gelben in eine grüne Welt gewechselt. Der Nieselregen verstärkte die Kontraste zwischen dem frischen Laub, den Blumen in den Vorgärten und den giftgrünen Rasenflächen. Max empfand diese überschwängliche Fruchtbarkeit und die Farbenpracht als unwirklich und aufdringlich. Er kam sich fremd vor, suchte vergeblich nach einer Beziehung zu seiner früheren Identität und seiner Heimatstadt. Er schloss die Augen und träumte sich zwischen zartgelbe Sanddünen, durch die Claires Gesicht lächelte.

Als Max aus seinem Wachtraum auftauchte, hatten sie die Innenstadt schon verlassen. Er hatte weder den Charlottenplatz noch die Staatsgalerie oder den Hauptbahnhof gesehen. Sie fuhren bereits die Heilbronner Straße stadtauswärts. Max erkannte jäh, dass die Fahrt nach Stammheim ging. Zu dem Gefängnis, in dessen Hochsicherheitstrakt die RAF-Häftlinge gesessen hatten und Schwerverbrecher untergebracht werden. Die Gebäude des Gefängnisses lagen hell erleuchtet wie ein weißes Schiff in der Dämmerung. Wenig später schloss sich das Tor hinter Max.

Max wurde durchsucht und musste alle persönlichen Gegenstände abgeben. Eine uniformierte Blondine tippte mit undurchdringlicher Miene seine Personalien in einen Laptop.

Fingerabdrücke abgeben.

Fotos von vorn und im Profil.

Max hatte nicht damit gerechnet, als U-Häftling Anstaltskleidung tragen zu müssen. Schweigend nahm er das Hemd und die Hose aus rauem graublauem Stoff in Empfang und zog sich in der Kabine um.

Nach diesen Formalitäten wurde Max von einem muskelbepackten Aufseher durch mehrere Flure mit spiegelnden Linoleumböden geführt. Endlich blieb sein Bewacher vor einer der dunkelrot gestrichenen Stahltüren stehen. Er schloss auf und schob Max hinein, verschwand so wortlos, wie er den ganzen Weg bis dorthin gewesen war. Max hörte, wie sich der Schlüssel von außen drehte.

Er befand sich in einem etwa zehn Quadratmeter großen Raum unter kaltem Neonlicht. Auch die Nacht jenseits des vergitterten Fensters war in Neonlicht getaucht. Ein Tisch mit einem Stuhl. Links neben der Tür ein Waschbecken und eine Nische, in der sich die Toilette befand. Auf der Matratze lag blaukarierte Bettwäsche. Max hatte sich eine Gefängniszelle karger vorgestellt, aber ihm war völlig gleichgültig, ob er künftig auf einer harten Pritsche mit Wasser und Brot oder in diesem Raum, in dem sogar ein Fernseher zum Mobiliar gehörte, auf seine Verurteilung warten musste. Er fühlte nur große Erleichterung, endlich allein zu sein. Gleichzeitig machte sich Kälte in seinem Körper breit. Seine Zähne schlugen aufeinander. Er war ausgelaugt, zermürbt und völlig erschöpft.

Er legte sich aufs Bett und wollte nur noch an Claire denken. Doch er schlief sofort ein. Er träumte nicht von Claire. Er träumte von Luzie. Sie lief durch die Gärtnerei und goss die Frühbeete. Tobias stand unter dem Birnbaum. Er haschte nach den Blüten, die wie Schneeflocken auf den Rasen schwebten.

Elf

Max weiß, dass eine Untersuchungshaft vorläufig ist und der Verdächtige freigelassen wird, wenn eine Straftat nicht nachgewiesen werden kann. Wenn es aber Beweise gibt und auch bei schwerwiegenden Indizien, wird der Angeklagte vor Gericht gestellt. Bei Mord vors Schwurgericht. Der Richter spricht das Urteil: lebenslänglich. Max will verurteilt werden. Er ist entschlossen, die Schuld an Rolfs Tod auf sich zu nehmen, weil er hofft, Claire würde gefunden und noch am Leben sein.

Schon am Tag nach seiner Verhaftung wird Max zum Verhör abgeholt. In dem Vernehmungsraum der Justizvollzugsanstalt Stammheim steht ein Tisch mit vier Stühlen. Die Stühle lassen sich nicht verrücken, sie sind am Boden festgeschraubt. Max vermutet, die Polizeibeamten fürchten, von den Häftlingen einen Stuhl über den Kopf gezogen zu bekommen. In der Wand ist eine breite längliche Scheibe, die wie Milchglas aussieht. Max erinnert sich, in Fernsehkrimis gesehen zu haben, dass hinter dieser Scheibe, unsichtbar für den Verdächtigen, Polizeibeamte stehen, die ihn von außen beobachten und jedes Wort hören, das im Nebenraum gesprochen wird. Ich werde beobachtet, denkt Max. Ich bin ein Schwerverbrecher. Ich bin ein Mörder.

Max sitzt auf einem der festgeschraubten Stühle, hat die gefalteten Hände auf den Tisch gelegt und starrt sie an. Als er endlich hochsieht, erkennt er die beiden Beamten, die ihn in Tunesien abgeholt haben. Er erinnert sich sogar an ihre Namen. Schmolls Glatze glänzt unter der Neonröhre. Katz steht an die Wand gelehnt. Zupft an seinen Oberlippenbärtchen. Die junge Frau mit dem kupferroten Haarschwanz, die neben Schmoll sitzt, wird Max vorgestellt, Kommissarin Irma Eichhorn.

Schmoll beginnt das Verhör. Er spricht langsam, fast feierlich. »Herr Busch, gegen Sie liegt eine Strafanzeige wegen vorsätzlich begangenen Mordes an Rolf Ranberg vor. Ich kann Ihnen nur raten, die Wahrheit zu sagen. Wenn wir Beweise für die Ihnen zur Last gelegte Tat finden, müssen wir den Fall der Staatsanwaltschaft übergeben und Sie müssen Ihre Aussage unter Eid vor dem Schwurgericht wiederholen.«

Irma stellt den Tonträger an.

Schmoll räuspert sich und schlägt die Akte auf. »Herr Busch, wo waren Sie in der Nacht vom 17. zum 18. Mai zwischen 23 und 24 Uhr.

»Ich bin spazieren gegangen.«

»Wo?«

»In den Weinbergen.«

»Da wir Ihre Jacke gefunden haben, mag das stimmen. Aber die Jacke konnte uns leider keine Auskunft darüber geben, zu welcher Zeit Sie spazieren gegangen sind. Gibt es dafür Zeugen?«

»Ich war den ganzen Abend und die ganze Nacht allein.«

»Sie haben also kein Alibi?«

»Nein.«

»Rolf Ranberg hat das Gift eine Stunde vor Mitternacht zu sich genommen und ist kurze Zeit später gestorben. Wir müssen annehmen, dass das E 605 aus dem Giftschrank ihrer Gärtnerei stammt. In dem Weinglas, das vor Ranberg auf dem Tisch stand, sind Reste dieses Giftes gefunden worden. Haben Sie es in den Trollinger geschüttet?«

»Ja.«

Schmoll verstummt für eine Weile. Er ist überrascht. Völlig verblüfft von Max' Geständnis. Als er sich gefasst hat, sagt er fast sanft: »Sie scheinen sich nicht im Klaren zu sein, Herr Busch, was Sie nach diesem Geständnis erwartet?«

»Schwurgericht. Lebenslänglich«, sagt Max.

Katz mischt sich ein: »Sie werdet die Welt künftig durch Gidder sehe, wenn Se bei Ihrer Aussag bleibet oder net wenigschtens Reue zeiget.«

»Ich bereue nichts.«

»Wollen Sie nicht besser einen Anwalt?«, fragt Schmoll.

»Keinen Anwalt«, sagt Max.

Irma hört aufmerksam zu und betrachtet Max unauffällig. Er sitzt am Tisch wie ein unbeholfener, gutmütiger Riese. In seinen Augen liegt eine rätselhafte Traurigkeit. Seine Antworten sind leise, aber bestimmt. Sieht so ein kaltblütiger Mörder aus? Kann jemand, der vor einer Woche seinen Nachbarn umgebracht hat und wie seit gestern einhellig von den Kripoermittlern angenommen wird, nun auch noch dessen Frau auf dem Gewissen hat, so gelassen sein? Doch Irma weiß auch, dass solche Äußerlichkeiten täuschen können. Sie darf nicht darauf hereinfallen.

Schmoll fragt Max, ob er ein Motiv für die Tat habe.

»Nein«, antwortet Max und an dieser Stelle wird ihm klar, dass er sogar ein sehr glaubhaftes Motiv gehabt hätte, Rolf umzubringen. Er hat sich ja nach seinem letzten Zusammentreffen mit Rolf selbst für dessen Mörder gehalten. – Ist es möglich, dass die Polizei bisher nichts von der Sache mit Tobias erfahren hat? Nur Luzie und Rolf wissen davon. Rolf ist tot, er hat dieses Wissen mit ins Grab genommen. Hat Luzie das Geheimnis gewahrt? Hat sie geschwiegen, weil sie mich nicht für den Mörder hält? Oder hat sie Tobias mit der Wahrheit verschonen wollen? Tobias, der nichts dafür kann, diesen Stein ins Rollen gebracht zu haben.

Katz kommt an den Tisch geschlendert und setzt sich mit einer Pobacke auf die Kante. »Man begeht koin Mord ohne Motiv!«

Max hält seinem Blick stand. Katz schielt zum Tonträger und bemüht sich ums Hochdeutsche: »Wechseln wir mal des Thema, um ebbes Klarheit über Ihr Motiv zu bekomme: Wie lang kannten Sie Frau Ranberg?«

»Seit sie vor drei Jahren in die Villa neben meiner Gärtnerei gezogen ist.«

»Wie war denn Ihr Verhältnis zu Frau Ranberg?«

»Wir waren Nachbarn. Sie kam manchmal herüber, um Blumen zu kaufen. Und ich hab den Ranbergschen Garten gepflegt.«

»Aha, und dabei sind Sie sich näher komme?«
»Wir haben uns ab und zu unterhalten.«
»Worüber?«
»Über Pflanzen und manchmal über ihr Kind.«
»Über des behinderte Mädle der Ranbergs?«
»Melanie leidet am Downsyndrom«, sagt Max.
»Wissen Sie, wo des Kind jetzt isch?«
»Ich hab gehört, es ist in einem Kinderheim.«
»Hat Ihne Frau Ranberg, mit der Sie ja immerhin a Woch lang unterwegs waret, net erzählt, wo ihre Tochter isch?«
»Nein.«
Max fürchtet, ins Stottern zu geraten. Nicht gerade jetzt, denkt er, ballt die Hände zu Fäusten und versucht sich zu konzentrieren.
»Warom werdet Se nervös?«, fragt Katz sofort und streichelt sein Bärtchen, um sein Grinsen zu verbergen.
»Reicht es Ihnen nicht, dass ich mich schuldig bekenne, Rolf Ranberg umgebracht zu haben?« Max ist erleichtert, dass ihm dieser Satz fließend über die Lippen geht.
»Es reicht nicht«, sagt Kommissar Schmoll. »Würden Sie uns jetzt bitte den Tathergang schildern.«
Max schüttelt den Kopf. Erst als Schmoll energisch nachfragt, erzählt er eine Story, die er sich nicht zurecht gelegt hat und die entsprechend wirr ausfällt: Er sei spät abends ins Nachbarhaus gegangen, weil da noch Licht brannte. Die Flasche mit dem Gift habe er in der Hosentasche gehabt. Rolf habe geöffnet und sie hätten zusammen Wein getrunken. – Nein, Rolfs Frau sei nicht dabei gewesen, die habe bereits geschlafen. »Rolf war schon angetrunken, als ich gekommen bin. Er hat nicht gemerkt, dass ich ihm das Gift in den Wein geschüttet habe. Ich habe ihn verlassen, nachdem er es getrunken hatte, und bin ein oder zwei Stunden durch die Weinberge gelaufen. Gegen Mitternacht bin ich nach Hause gegangen.«
Max spürt, dass ihn Schmoll und Katz für verrückt oder dämlich halten. Er kann Katz ansehen, wie er sich darauf

freut, seinem obersten Chef ein astreines Geständnis zu präsentieren.

Doch Schmoll macht ein Gesicht, als ob ihm das alles zu glatt gegangen sei. Er stellt das Aufnahmegerät ab. »Wir machen morgen weiter«, sagt er. »Vorher bekommen Sie einen Pflichtverteidiger, Herr Busch.«

Das zweite Verhör beginnt Hauptkommissar Schmoll mit der Frage: »Ist Claire Ranberg freiwillig mit Ihnen nach Tunesien geflogen?«

»Ja.«

»War es ein spontaner Entschluss?«

»Ich glaube schon.«

»Ihr Entschluss oder der von Frau Ranberg?«

»Frau Ranberg hat mich gefragt, ob ich sie auf ihrer Reise begleite.«

»Und das war eine gute Gelegenheit, von der Bildfläche zu verschwinden? Zu fliehen?«

»Das können Sie nennen, wie Sie wollen.«

»Wann haben Sie erfahren, dass Rolf Ranberg gefunden worden ist?«

Das weiß Max noch haargenau: »Es war Mittwoch, der 21. Mai. Ich habe die Suchmeldung im Fernsehen gesehen.«

»Haben Sie die Sendung allein oder gemeinsam mit Frau Ranberg angeschaut?«

»Allein in meinem Hotelzimmer.«

»Sie hatten getrennte Zimmer auf der Reise?«

»Ja.«

»Okay.« Schmoll knetet sein Kinn. »Wollen Sie damit behaupten, dass Sie kein Liebesverhältnis mit Frau Ranberg hatten?«

»Für das Verhältnis, das wir zueinander hatten, gibt es keine Bezeichnung.«

»Net verliebt?«, fragt Katz und streichelt zärtlich sein Bärtchen.

»Das geht Sie nichts an«, sagt Max.

»Hen Se Claire Ranberg, weil sie Se abgwiese hat, umbracht und verschwinde lasse?«

»Sie hat mich nicht abgewiesen.«

Katz triumphiert: »Also hen Sie sich doch an se rangmacht. Seit wann? Scho in Deutschland? Oder erscht auf der Flucht?«

Max wird ärgerlich, wieder fürchtet er zu stottern. Erst nach einer Weile antwortet er: »Es war nicht so, wie Sie es sich in Ihrer dreckigen Phantasie vorstellen.«

»Keine Beleidigungen!«, sagt Katz scharf. »Wir sind hier in einem Verhör, da sollte Sie sich Beamtenbeleidigunge verkneife!«

Max erwidert: »Ich habe Rolf Ranberg umgebracht. Seine Frau hat nichts damit zu tun.«

Schmoll lenkt ein. »Wir können Ihnen das erst glauben, Herr Busch, wenn wir ein Motiv dafür finden. Nehmen wir an, Sie waren in Ranbergs attraktive Frau verliebt. Das wäre ein Motiv, ihn umzubringen. Zuerst haben Sie Ranberg vergiftet, danach haben Sie seine Frau zu dieser Flucht gezwungen. Und als sie dann nichts von Ihnen wissen wollte, haben Sie sie auch umgebracht.«

Max schüttelt heftig den Kopf. »Ich hab Claire, äh, Frau Ranberg nicht umgebracht.«

»Die tunesische Ermiddler hen Claire Ranberg bisher net finde könne«, sagt Katz.

Bei der Nachricht, Claire sei noch immer vermisst, legt Max das Gesicht in die Hände und senkt den Kopf auf den Tisch. Als er wieder hochblickt, meint er zu wissen, wie die Beamten diese Gefühlsregung auslegen. Sie denken, ich bin erleichtert, weil Claire nicht gefunden worden ist. Sie denken, ich bin froh darüber, weil mir dadurch nicht nachzuweisen ist, sie umgebracht zu haben.

Nachdem Max Busch hinausgeführt worden war, sagte Schmoll: »Sodele« und dann: »Na, Frau Eichhorn, was halten Sie von ihm?«

»Er lügt«, behauptete Irma.

Diesen beiden Verhören waren weitere gefolgt, und bei jedem hatte Max zugegeben, Rolf vergiftet zu haben, aber versichert, über das Verschwinden Claires nichts zu wissen.

Auch Schmoll hatte inzwischen den Verdacht, dass Max log, auf jeden Fall aber etwas Wesentliches verschwieg. Deswegen zögerte er noch immer, den Fall der Staatsanwaltschaft zu übergeben und saß stundenlang an seinem Schreibtisch und blätterte in den Akten. Zum wiederholten Male prüfte er die Ergebnisse der Ermittlungen.

Durch Pia Brechtles Aussage war das Rätsel mit dem Erpresserbrief geklärt und gleichzeitig auch, wie das Kind umgekommen war. War es möglich, dass ein Vater sein Kind auf so grausame Weise umbringt?

Mit der Aussage Dirks war erwiesen, wer die Glastür zerschlagen und wer die Haustür offen gelassen hatte. Außerdem waren die Fingerabdrücke am Griff der Terrassentür mit denen von Dirk abgeglichen worden. Dadurch war Luzie Buschs Behauptung, das Haus sei am Morgen, als sie die Leiche gefunden hatte, nicht verschlossen gewesen, glaubhaft geworden.

Aber nun, da Max Busch gefasst ist, dachte Schmoll, beißen wir uns die Zähne an ihm aus. Was nützt sein Geständnis, wenn nicht aus ihm herauszukriegen ist, aus welchem Motiv er den Mord begangen hat? Es wäre nicht das erste Mal in meiner langen Dienstzeit, dass jemand den wirklichen Mörder decken will. Ist es womöglich Claire Ranberg, für die Busch den Mord auf sich nimmt? Aber sie ist und bleibt verschwunden ...

Irma Eichhorn glaubte nicht an Buschs Schuld. Sie blieb verbissen an der Frage hängen, wieso sich Max Busch selbst verraten hatte. Der Jeep stand noch vor dem Camp. Der Schlüssel dazu steckte in seiner Hosentasche. In Claires Handtasche befanden sich fast 2000 Euro. Busch hätte fliehen und versuchen können, noch einmal unterzutauchen.

Schmoll und Irma waren sich ausnahmsweise einig, dass hier manches nicht zusammenpasste. Beide hätten sich gern mit Max Busch noch etwas mehr befasst. Aber Schmolls Vorgesetzter drängte auf die Lösung des Falles, da die Medien anfingen, über die ergebnislose Ermittlung der Polizei herzuziehen. Kurz: Der Fall schien so klar, dass kein Aufschub der Anklage möglich war.

Trotzdem sagte Schmoll zu Irma: »Mir wäre wohler, wenn wir ein handfestes Mordmotiv gefunden hätten. Falls doch noch eins auftauchen würde, wäre das ein Wunder.«

Das Wunder geschah einen Tag, bevor Schmoll die Ermittlungsunterlagen der Staatsanwaltschaft übergeben wollte. Am Morgen rief eine Frau im Präsidium an und sagte zu Irma, sie könne Hinweise zur Aufklärung des Mordfalls Ranberg geben. Ob die Belohnungssumme noch ausgeschrieben sei?

Irma antwortete: »Bevor wir über die Belohnung reden, müssen Sie mir etwas genauer erklären, um was es geht. Sagen Sie mir noch einmal Ihren Namen?«

»Rübe. Erika Rübe. Ich weiß, dass es der Busch war. Ich weiß, warum er es getan hat.«

»Wieso sind Sie sich da so sicher?«

»Ich glaube, Sie wissen nicht, dass es Blutsbande zwischen den Buschs und den Ranbergs gibt.«

Irma war mit einem Schlag hellwach. »Dann kommen Sie doch bitte aufs Präsidium und erzählen uns, was Sie wissen.«

Frau Rübe kam pünktlich. Irma erkannte sie sofort: Es war die schwergewichtige Dame, die Irma im *Haus des betreuten Wohnens* den Hinweis gegeben hatte, dass Frau Ranberg senior auf dem Pragfriedhof rumspazieren würde.

Irma drückte auf die Aufnahmetaste und Schmoll sagte: »Na dann mal los, Frau Rübe.«

»Also, das ist so: Ich bin ja nicht neugierig. Aber ... die Wände im Haus sind so dünn ... und die Ranberg wohnt ja direkt neben mir. Sie ist 'ne ziemlich Hochnäsige, aber man kann sich die Nachbarn nicht aussuchen. Wir haben eigentlich keinen Kontakt.«

»Was hat das mit Ranbergs Tod zu tun?«, fragte Schmoll ungeduldig. »Können Sie bitte zur Sache kommen.«

»Seit dem Tod ihres Sohnes taucht bei der Frau Ranberg hin und wieder die junge Busch auf. Ich find das empörend. Wo doch der Luzie ihr Mann den Sohn von Frau Ranberg ermordet hat! Manchmal bringt die Luzie auch ihren Jungen mit. Tobias heißt er. Die alte Ranberg macht immer so ein großes Getue um den, als ob sie seine Großmutter wäre.«

»Na und?«, fragte Schmoll.

»Sie ist die Großmutter! – Das weiß Frau Ranberg aber erst seit gestern.«

»Hat sie es Ihnen erzählt?«

»Ich hab gehört, wie die Luzie es ihr gesagt hat.«

»Waren Sie dabei, als Frau Busch das zu Frau Ranberg gesagt hat?«

»Nicht direkt. Die saßen auf dem Balkon. Der ist nämlich von meinem nur durch eine dünne Wand getrennt. Man kann da alles hören, auch vom Balkon auf der anderen Seite. Soll ich etwa jedes Mal ins Zimmer gehen, wenn sich da jemand unterhält? Und außerdem, man muss doch wissen, was in diesem Hause vor sich geht. Also: Frau Ranberg hat wieder rumgeheult, wegen ihres Sohns. Und da hat die Luzie gesagt, sie hätte einen Trost für sie, aber das könnte sie ihr nur sagen, wenn sie schweigen würde wie ein Grab. – Na, da hab ich natürlich die Ohren gespitzt.« Frau Rübe sah Schmoll an, als erwarte sie eine Belobigung.

»Weiter!«, knurrte er.

»Die Luzie hat gesagt: ›Tobias ist der Sohn von Rolf.‹ – Da ist wohl der alten Ranberg die Spucke weggeblieben, denn auf einmal war's ganz still da drüben.«

Schmoll trommelte den Radetzkymarsch auf die Tischplatte. Nachdenklich und schleppend. Andante. »Hat das Frau Busch wirklich gesagt? Haben Sie vielleicht etwas falsch verstanden, Frau Rübe?«

»Ich hab es ganz genau gehört«, sagte sie beleidigt.

»Was haben Sie noch gehört?«

»Die Ranberg hat immerzu ›Oh Gott, oh Gott‹ und Ähnliches gestammelt. Und dann hat sie gefragt, ob das Max auch wüsste, dass Rolf der Vater von Tobias ist. Und Luzie hat geantwortet, Max wäre erst vor kurzem darauf gekommen, weil bei Tobias Diabetes festgestellt worden ist. Genau die Krankheit, die auch Rolf hat. Und da diese Krankheit erblich ist und so weiter und so fort ... Die Luzie hat dann gesagt: ›Ich hab es zugeben müssen, dass Tobias nicht von Max ist.‹ Danach war drüben auf dem Balkon wieder Pause. Ziemlich lange sogar. Doch dann bin ich ganz erschrocken, weil sich die beiden angeschrien haben. Frau Ranberg hat gekreischt: ›Deswegen hat Max meinen Rolf umgebracht! Dann war er's also doch!‹ Luzie hat zurückgeschrien: ›Max war es nicht! Er ist nur verzweifelt gewesen, dass Tobias plötzlich nicht mehr sein Sohn sein sollte.‹ Und die Luzie hat noch einmal gesagt, dass sich Frau Ranberg doch nun ein bisschen trösten könnte, da sie jetzt einen Enkel habe. – Und dann ist's still geworden. Ich glaube, da haben sie sich in den Armen gelegen.«

Irmas und Schmolls Gesichter waren während dieses Redeschwalls immer länger geworden. Schließlich fragte Schmoll: »Frau Rübe, ist das alles, was Sie uns erzählen wollten?«

»Ja«, sagte sie. »Aber was ist nun mit der Belohnung?«

»Da reden wir später darüber«, sagte Irma.

»Was soll denn das heißen?« Frau Rübe war empört.

»Sie können jetzt gehen«, sagte Schmoll. »Wir melden uns bei Ihnen.«

Irma hielt sie zurück: »Wem haben Sie sonst noch davon erzählt?«

»Bisher niemandem.«

»Dann, Frau Rübe, rate ich Ihnen ausdrücklich, auch weiterhin die Sache für sich zu behalten. Es handelt sich um eine Zeugenaussage in einem Mordfall, die geheim bleiben muss. Daher bitte ich Sie, Stillschweigen zu bewahren. Denn falls Sie das herumplaudern, wird es nichts mit der Belohnung, sondern im Gegenteil: Sie müssen mit einer Geldstrafe rechnen.«

Frau Rübe schaute pikiert, aber sie nickte. »Sie können sich auf mich verlassen. Man muss doch mit der Polizei zusammenarbeiten.« Sie rauschte ab.

Schmoll hatte Schweißperlen auf der Glatze und blaffte Irma an: »Da hätten Sie dieser Schwertgosch ja gleich noch Schweigegeld anbieten können!«

Irma wickelte die Spitze ihres Pferdeschwanzes um den Zeigefinger. »Ich hoffe, sie wird schweigen, weil sie auf das Belohnungsgeld spekuliert. Wenn die Behauptung dieser Dame an die Öffentlichkeit kommt, wird es neuen Presserummel geben. Es geht dann nicht nur um Max Busch – Luzie würde moralisch gelyncht. Und denken Sie auch mal an den Jungen! Soll er aus der Zeitung erfahren, wer sein Vater ist?«

»Wer weiß, ob da wirklich was dran ist, was die Schmalzkachel erzählt hat«, brummte Schmoll verdrießlich.

»Das werden wir wissen, wenn die Frage nach Tobias' biologischem Vater geklärt ist«, sagte Irma.

»Also, leiten Sie das mal in die Wege, Frau Eichhorn. Und zwar sofort!«

Irma warf ihren Pferdeschwanz in den Nacken. »Wie stellen Sie sich das vor? Soll ich gewaltsam Blutproben von Max Busch und Tobias nehmen und einen Vaterschaftstest durchführen lassen?«

»Es geht auch mit einer DNA. Wenn Tobias Diabetes hat, finden Sie die Klinik heraus, in der die Blutwerte des Jungen kontrolliert werden. Vielleicht wird er sogar im Robert-Bosch-Krankenhaus behandelt. So viel ich weiß, gibt es dort eine Abteilung, in der Diabetiker betreut werden. Ranbergs DNA können Sie sich von Doktor Beckstein besorgen.«

Schmoll seufzte vor Genugtuung auf. »Jetzetle, des bringt's: Wenn's stimmt, was die Rübe ausgesagt hat, haben wir gleich zwei Motive für den Mord. Erstens: Buschs Enttäuschung und Wut, weil ihn seine Frau hintergangen hat, und zweitens: seine Angst, dass er den Jungen, den er großgezogen hat, an Ranberg verliert.«

»Sieht fast so aus«, sagte Irma. »Aber ich fände es wirklich besser, wenn das nicht gleich öffentlich würde.«

»Gut«, sagte Schmoll. »Sollte dieses Familiendrama sich als wahr erweisen, werden wir nichts an die Presse geben. Es genügt, wenn wir die Staatsanwaltschaft informieren.«

Am 13. Juni teilte Kriminalhauptkommissar Schmoll Max Busch mit, die Ermittlungen gegen ihn seien abgeschlossen. Die Staatsanwaltschaft habe Klage erhoben und seinen Fall dem Gericht übergeben.

Den zwanzig Tagen, die Max bisher in Untersuchungshaft verbracht hatte, würden also noch unbestimmt viele folgen, bis er endlich verurteilt werden würde. Max hätte nicht sagen können, wieso er wünschte, dass das Urteil so bald wie möglich gefällt würde. Dr. Lederer, sein Pflichtverteidiger, hatte Max bei jedem ihrer Gespräche inständig geraten, sein Geständnis zu widerrufen. Lederer hatte Max das Mordgeständnis nicht geglaubt und ihn immer wieder gefragt, wen er damit decken wollte. Er hatte ihm klar zu machen versucht, dass dieser Prozess platzt, wenn er sein Geständnis widerrufen würde. Da die Indizien nicht ausreichten, käme ›im Zweifelsfall für den Angeklagten‹ zum Tragen. Aber Max war dabei geblieben, er habe Rolf Ranberg umgebracht.

Max wollte verurteilt werden. Er hatte Claire geschworen, sie nicht zu verraten, und er würde sie nicht an die Justiz ausliefern. Nur er konnte verhindern, dass Claires Schuld ans Licht kommen würde, und Max hatte nur einen Wunsch: Sie sollte frei sein und in Tunesien glücklich werden. Wenn er daran dachte, wurde er ruhiger und war dem Schicksal dankbar, Claire das Leben, das er selbst im Gefängnis führen musste, ersparen zu können: Diese Zeit, die im Schneckentempo dahinkroch. Die eintönigen Tagesabläufe: 5 Uhr 45 Weckton aus dem Zellenlautsprecher, 6 Uhr Frühstück, 9 Uhr 15 eine Stunde Hofgang: an der Mauer lehnen, die Sonne auf dem Gesicht spüren, oder mit anderen Häftlingen im Kreis laufen. 11 Uhr Mittag. Gegen 16 Uhr die letzte Mahlzeit, die sich Abendessen nennt. Dazwischen mindestens 20 stumpfsinnige Stunden in der Zelle. Mit einem Kopf, der vor Leere dröhnt. In einer Stille, die in den Ohren hallt. Erst, wenn er verurteilt wäre, würde er zu irgendeiner Arbeit für die Anstalt eingeteilt werden.

Max probierte es mit Fernsehen, aber die Scheinwelt, die ihm entgegenflimmerte, machte ihn konfus und wütend. Lieber grübelte er vor sich hin. Er grübelte ständig. Über die acht Tage mit Claire. Die Reise lief wie ein Film vor seinen Augen ab. Er konnte diesen Film Tag und Nacht aufs Neue ansehen, ohne seiner überdrüssig zu werden. Es waren Träume, die er immer wieder von vorn zu träumen versuchte. Denn mit ihrem Ende war auch sein Leben, sein Leben in Freiheit zu Ende.

Immer öfter erreichte er einen toten Punkt, an dem er fürchtete, den Verstand zu verlieren. Irgendwann wurde ihm bewusst, dass er sich ablenken musste, und er versuchte es mit Lesen. In der Gefängnisbibliothek fand er zwischen vielen Bänden mit Trivialliteratur Bücher, die er schon lange hatte lesen wollen. Er las planlos. Dicke Wälzer. Aber Thomas Mann, Hemingway, Stendhal, Tolstoi und Dostojewski vermochten ihn nur zeitweise von seinen Grübeleien zu befreien. Im Grunde beeindruckte ihn nur Dostojewskis Roman *Verbrechen und Strafe*. Er hatte das Buch schon früher unter dem Titel *Schuld und Sühne* gelesen.

Nach Max' Moralvorstellungen hatte Claire kein Verbrechen begangen. Ihr Motiv war ein völlig anderes als das Raskolnikows. Doch genau wie er war sie davon überzeugt, dass Morden in Zwangslagen gerechtfertigt und erlaubt ist. Claire weiß, dass sie sich schuldig gemacht hat, dachte Max, aber sie will für diese Schuld nicht vom Gesetz bestraft werden. Sie ist bereit, ihre Schuld zu sühnen, aber auf eine Art und Weise, die sie selbst bestimmt. Nach solchen Überlegungen sank Max zurück in seine Träume, pflegte sie, als ob es ein Verrat an Claire sei, die Erinnerungen aus seinem Gedächtnis zu verlieren.

Bis sein Prozess beginnen würde, lagen noch mindestens drei Monate dieses täglichen stupiden Kreislaufes vor ihm. Er wünschte, diese Monate wären schon vorüber. Die Tatsache, dass seine Lage nach dem Urteilsspruch nicht besser werden würde, verdrängte er. Beharrlich verbannte er die Gewissheit aus seinen Gedanken, dass aus den Tagen und Monaten dann Jahre würden. Viele Jahre: lebenslänglich.

Zwölf

Am 8. September begann vor der 1. Schwurgerichtskammer des Landgerichts Stuttgart der Prozess gegen Max Busch. Obwohl kaum Hoffnung bestand, hatte der Pflichtverteidiger durchgesetzt, dass Entlastungszeugen gehört wurden. Mehrere Kundinnen und Berufskollegen schilderten Max als einen gewissenhaften, immer freundlichen Menschen. Niemals habe er den Eindruck gemacht, zu Gewalt zu neigen. Er habe eine gute Ehe geführt und sei sehr liebevoll mit seinem Sohn Tobias umgegangen.

Auch der ehemalige Geschäftsführer Wagner und sein Sohn Dirk mussten noch einmal aussagen. Wagners Bericht löste bei den Zuhörern Mitleid aus. Dirk erntete Respekt, weil er seinem Vater helfen wollte, wenn auch auf falschem Wege.

Gustav Mahler war der auffälligste Typ unter den Zeugen. Er tappte erst nach dem dritten Aufruf abgehetzt und in verschwitztem Karohemd und dreckigen Gummistiefeln in den Gerichtssaal. Das befremdete die Zuhörer, was durch allgemeines Gemurmel kundgetan wurde. Es konnte ja niemand wissen, dass Mahler heute Morgen schon das Gewächshausdach ausgebessert hatte. Dabei war ihm die Leiter umgefallen. Er musste warten, bis jemand vorbei kam und sie ihm wieder aufstellte, damit er heruntersteigen konnte. Aber er war zum Gerichtstermin dennoch halbwegs pünktlich erschienen. Er erklärte unter Eid und sehr gelassen, wie seine Fingerabdrücke an die Terrassentür der Ranbergs gekommen waren und beteuerte, sie nicht eingeschlagen zu haben.

Als Pia Brechtle Melanies Tod beschrieb, hielt das Publikum den Atem an. Doch obwohl Frau Brechtles Aussage bewies, dass Rolf Ranberg den Tod seiner Tochter verschuldet hatte, wurde das von der Staatsanwaltschaft als mögliches Mordmotiv für Max ausgelegt. Er könnte die Szene im Nachbargarten ebenfalls beobachtet und Rolf daraufhin umgebracht haben, um vor Claire den Helden zu spielen. Daher war sie möglicherweise gemeinsam mit ihm geflohen.

Am letzten Prozesstag stand Luzie im Zeugenstand. Da Max alle Gefängsnisbesuche, auch die seiner Frau, abgelehnt hatte, sah er sie zum ersten Mal nach fast vier Monaten wieder. Ihr Gesicht war schmal geworden. Sie winkte zaghaft und lächelte Max scheu zu. Auch sie fand Max verändert: Seine sonst sonnengebräunte Haut war fahl, er hatte sichtlich abgenommen und unter seinen Augen lagen dunkle Schatten. Er löste sich erstmals aus seiner Erstarrung und hob die Hand in ihre Richtung, doch sein Lächeln war gequält.

Luzie sagte wieder aus, nicht zu wissen, wo sich ihr Mann in der Nacht, in der Rolf gestorben war, aufgehalten habe. Sie könne es nicht wissen, da sie mit ihrem Sohn bei Pia Brechtle übernachtet habe.

Da sie nicht danach gefragt wurde, verschwieg sie, weswegen sie mit Tobias das Haus verlassen hatten. Sie verlor auch kein Wort über ihren Streit mit Max.

Von der nächsten Frage, die knallhart vom Richterpodium donnerte: »Geben Sie zu, dass Rolf Ranberg der Vater Ihres Sohnes Tobias ist?«, wurde Luzie völlig überrumpelt. Sie sprang auf und schrie: »Woher wollen Sie das wissen?«

»Die Vaterschaft ist bereits geprüft worden.«

Luzie sank auf ihren Stuhl zurück und begann zu weinen.

»Können wir Ihre Reaktion als Zustimmung bewerten?«

Erst nachdem sie drei Mal gefragt worden war, brachte Luzie ein schluchzendes »Ja« über die Lippen.

»Mehr Informationen brauchen wir nicht von Ihnen.«

Sie warf einen verzweifelten, um Verzeihung bittenden Blick zu Max. Er starrte auf seine Hände, die zu Fäusten geballt vor ihm auf dem Tisch lagen.

Luzie wusste nicht, wie sie aus dem Zeugenstand in die hinterste Reihe des Zuschauerraumes gekommen war. Sie hob die Augen zu der weißen Decke, die durch Lichtblenden scheinbar frei schwebend über dem Gericht hing. Luzie hatte die Vision, diese Decke würde in dem Moment herunterbrechen, in dem das Urteil über Max gesprochen würde.

Die Urteilsverkündung wurde auf Montag, den 16. September festgesetzt.

Noch sechs Tage.

Schmoll hatte sich längst auf neue Fälle gestürzt. Seit zwei Wochen auf eine Heroinleiche, bei der es herauszufinden galt, ob sie sich selbst den Goldenen Schuss gesetzt hatte oder ihr jemand dabei behilflich gewesen war. Schmoll und Katz ermittelten enthusiastisch in Dealerkreisen, vernahmen Dutzende Verwandte und Bekannte des Opfers und überließen Irma den Bürodienst. Da diese Arbeit ziemlich unerheblich war, weil die Ermittlungen nur schleppend vorankamen, bat Irma um drei Tage Urlaub. Sie sagte, sie wolle ihre Mutter in Itzehoe besuchen, behielt aber für sich, dass sie dort ernsthaft nach dem Rechten sehen musste. Denn irgendwas stimmte da nicht. Vielleicht hatte sich Mamas Versicherungsvertreter wieder aus dem Staub gemacht, aber das war doch kein Grund für eine wochenlange Funkstille. Sooft Irma versuchte, in Itzehoe anzurufen – ihre Mutter nahm nie den Hörer ab.

»Fahren Sie nur«, sagte Schmoll gönnerhaft. »Aber wir sollten Sie jederzeit per Handy erreichen können.«

»Selbstverständlich«, sagte Irma. Ihr dämmerte, dass Schmoll keinerlei Vorstellung hatte, wo Itzehoe lag.

Noch am gleichen Tag stieg Irma um 11.27 Uhr in den ICE und war nach fünfeinhalb Stunden in Hamburg. Mit dem nächsten Regionalzug ging es weiter nach Norden. Abends um halb sieben stand Irma vor dem roten Backsteinhaus, in dem sie ihre Kindheit verbracht hatte. Eine Kindheit mit einer alleinerziehenden Mutter, die ihr im Laufe der Jahre mehrere Ersatzväter präsentiert hatte, von denen aber jeder früher oder später das Weite gesucht hatte. Irmas Mutter war freundlich und mollig. Sie hatte die gleiche krause kupferrote Mähne wie ihre Tochter. Dank einer Henna-Tinktur zeigte sich in diesen Haaren kein graues Fädchen. Es waren jedoch nicht die Haare, sondern ihre grünen Augen, die je nach Stimmung träumerisch traurig oder katzenhaft verführerisch blicken konnten, von denen sich die Männer bezirzen ließen. Auch jetzt mit fast sechzig wusste sie das Spiel ihrer Augen erfolgreich einzusetzen.

Irma war noch kaum zur Tür herein, als sie merkte, nicht willkommen zu sein. Auf dem Sofa im Wohnzimmer saß die Ursache für Mamas wochenlange Sendepause: Der Versicherungsvertreter. Ein geschniegelter, gebügelter Typ unbestimmbaren Alters. Die getönte Brille und der mit Gel aufgestellte Kurzhaarschnitt gaben ihm etwas jugendlich Verwegenes.

Mama stellt die beiden einander vor: »Das ist Axel – meine Tochter Irma.«

Axel stand auf und begrüßte Irma so galant, dass sie fürchtete, er würde ihr die Hand küssen. Dann tätschelte er Mamas dicken Popo und sagte: »Das habe ich ja gar nicht gewusst, mein Helgachen, dass du eine schöne Tochter hast.«

»Sei doch so gut, mein Herzchen«, sagte Mama zu Axel, »und richte für uns drei Hübschen einen Abendimbiss.«

Meine Güte, dachte Irma, richte einen Abendimbiss! Früher hat sie zu mir gesagt: Schmier mal paar Brote.

Axel war anscheinend daran gewöhnt, dass Mama vornehm tat, oder es gefiel ihm sogar. Zumindest sagte er bereitwillig »Bingo« und stand unverzüglich auf. Bevor er in der Küche verschwand, setzte er eine weltmännische Miene auf und verkündete: »Ich öffne schon mal eine Flasche von dem guten Bordeaux, damit er die richtige Temperatur hat, wenn wir es uns nachher gemütlich machen.«

Kaum war Mama mit Irma allein, sagte sie: »Dein früheres Zimmer hat Axel als Büro in Beschlag genommen.«

»Wohnt er denn jetzt hier?«

»Ja«, sagte Mama. »Es ist einfacher für ihn, weil er nicht mehr jeden Tag von Hamburg aus in seinen Vertreterbezirk nach Schleswig-Holstein fahren muss.«

»Verdient er gut?«, fragte Irma, eigentlich nur, um irgendwas zu fragen.

»Zur Zeit nicht so besonders«, sagte Mama. »Ich habe ihm ein bisschen unter die Arme gegriffen.«

»Unter die Arme gegriffen?«

»Mit meinem Sparbuch.«

»Das war dein Notgroschen, Mama!«

»Aber das Geld ist gut angelegt. Axel hat einen neuen Wagen gebraucht. Er sagt, mit einem standesgemäßen Auto vorzufahren, ist schon das halbe Geschäft.«

Mama lächelte und zeigte zu dem Blumenstrauß auf der Anrichte: »Er lässt sich ja auch nicht lumpen. Jede Woche bringt er mir so herrliche Rosen mit.«

Irma machte: »Hmmm.«

»Und jetzt richtet er Abendbrot für uns«, fuhr Mama begeistert fort. »Ist das nicht süß? Weißt du Irma: ich bin seit langer Zeit mal wieder unglaublich verliebt, ich würde für Axel mein letztes Hemd ausziehen. Er will mich heiraten.«

»Hmmm!«, machte Irma wieder und kaute auf der Spitze ihres Pferdeschwanzes.

Axel trug schwungvoll ein Tablett herein, servierte eine Platte belegter Brote und goss den Wein ein wie ein Oberkellner. Sehr teuren französischen Rotwein, wie Irma feststellte. Axel und Mama saßen auf dem Sofa, ziemlich eng nebeneinander, Irma ihnen gegenüber in einem Korbstuhl. Mama langte mit Appetit zu. Irma fand, sie trank zu hastig und zu viel. Axel bedachte Irma und die Mama abwechselnd mit mehr oder weniger anzüglichen Komplimenten und sprühte vor Charme. Betont familiär nannte er Irma ungefragt beim Vornamen und sagte du.

Nachdem die zweite Flasche Bordeaux zur Neige ging, wandte sich Mama mit weinerlicher Stimme an Axel und rückte ein bisschen von ihm weg: »Du hast den Wein gut ausgewählt, mein Süßer, er ist hervorragend. Doch die paar Flaschen haben den Rest meines Wirtschaftsgelds gekostet. Und heute ist erst der elfte.«

»Aber, Schatz, die Euros sind nicht nur durch den Wein dahingeschmolzen. Wir haben uns doch auch neu eingekleidet. Und um mich und deinen Fummel in erlauchten Kreisen vorführen zu können, hast du dir gewünscht, richtig vornehm Essen zu gehen. Im Adler ist's eben nicht billig.« Axel platzierte seine sorgfältig manikürte Hand ziemlich weit oben auf Mamas Schenkel und lächelte.

»Neu eingekleidet. Vornehm Essen? Französischer Spitzenwein? Und dann kein Geld mehr?«, platzte Irma raus.

»Das wirst du uns ja wohl gönnen«, verteidigte sich Mama mit bitterbösem Blick, korrigierte ihn aber sogleich zu einem aus Zuckerguss und sagte schmeichelnd: »Irma, mein Sonnenschein, du verdienst doch jetzt viel Geld in deinem neuen Job. Da du nun einmal da bist – kannst du uns mit ein paar Euros aushelfen?«

»Wollt ihr mich anpumpen?«

Nun schaltete sich Axel ein. »Ich fahre nächste Woche eine meiner besten Routen. Die Provision auf jede verkaufte Versicherungspolice ist absolut hervorragend.« Er schenkte Irma ein verbindliches Lächeln, das er wahrscheinlich einem erfolgreichen Manager in einem Hollywoodfilm abgeguckt hatte. »Ich überweise dir dein Geld in ein paar Tagen zurück, Kindchen. Darf ich neugierig sein und fragen, was du in Stuttgart arbeitest?«

»Irma ist Kommissarin bei der Kriminalpolizei«, posaunte Mama stolz.

»Guter Witz«, sagte Axel. »Ich lach mich tot.«

»Ich auch«, sagte Irma und sah auf die Uhr. »Jetzt muss ich gehen, wenn ich den Nachtzug noch kriegen will.«

Als die Mama sie beim Abschiedküsschen erinnerte: »Du wolltest mir ein bisschen Geld dalassen, meine Große«, versprach Irma einen Verrechnungsscheck aus Stuttgart zu schicken. Axels Angebot, sie in seinem neuen Audi zum Bahnhof zu fahren, lehnte sie ab.

Auf der Straße wurde Irma von Bindfadenregen und kalten Windböen empfangen. Sie sehnte sich nach Stuttgart.

Ihre Reisetasche über den Kopf haltend, rannte sie zum Bahnhof. Während des Dauerlaufes versuchte sie, sich ihre Wut herauszuschnaufen. Sie war auf hundertachtzig und zornig auf ihre naive Mama und diesen unverschämten Axel.

In Hamburg nahm Irma den nächsten Nachtzug. Alle Schlafwagenplätze waren ausgebucht und in Augsburg musste sie umsteigen. Die Fahrzeit betrug fast zehn Stunden.

Morgens halb neun Uhr kam Irma in Stuttgart an. Gerädert. Übermüdet. Doch sie fuhr nicht nach Hause, sondern ins Präsidium.

»Wollten Sie nicht zu Ihrer Mutter?«, fragte Schmoll.

»Bin schon wieder da«, gab Irma zurück und stürzte sich auf den PC. »Ich muss jetzt sofort unsere bundesweiten Fahndungs-Seiten befragen.«

»Was Beschtimmts?«

Katz ist schlimmer als ein neugieriges Weibsbild, dachte Irma, antwortete dann aber doch, falls sie die Seiten nicht finden und seine Hilfe brauchen würde: »Heiratsschwindel.«

»Jetzetle«, sagte Schmoll verdattert. »Das ist aber nicht unser Ressort!«

Irma haute schon in die Tastatur und brummte: »Aber im Moment meins!«

Nach viertelstündiger Suche sagte sie: »Fertig. Nun können wir die zuständige Abteilung anrufen und mitteilen, dass sich der auf der Fahndungsliste stehende Hans Dinkel, der sich auch gelegentlich Robert Denfer oder Martin von Riechenstein und zur Zeit Axel Wibser nennt, in Itzehoe aufhält. Falls er nicht inzwischen abgehauen ist, können ihn unsere Itzehoer Kollegen in der Stormstraße 52 bei Helga Eichhorn abholen.«

Schmoll und Katz waren baff und blieben stumm.

Schon gegen Mittag meldete die Itzehoer Polizei, dass der Mann verhaftet worden war. Gegen ihn hatten bereits acht Frauen Anzeige erstattet, weil er sie in den letzten Jahren um ihre Ersparnisse, insgesamt um 442 000 Euro, erleichtert hatte. Schmoll vergab sein höchstes Lob: »Sie sind echt ein Käpsele, Frau Eichhorn!«

Irma ging heim, stellte das Handy ab, legte das Telefon unter drei Sofakissen und schlief, bis am nächsten Morgen der Wecker klingelte. Bevor sie zum Dienst ging, schrieb sie einen Verrechnungscheck über 200 Euro aus. Verwendungszweck: Wirtschaftsgeld (September) für eine Person. Damit wollte Irma verhindern, dass sich Mama ihre Lebensmittel unentgeltlich im Supermarkt organisierte. Sie konnte sich über ihren Fahndungserfolg nicht freuen. Er hatte einen unerträglich bitteren Beigeschmack. Es war ihr gleichgültig, ob ihre Mutter nun leiden würde oder nicht. Sie schämte sich für sie.

Warum, verdammt noch mal, grübelte Irma, brockt sich Mama all ihre Probleme selbst ein? Manchmal kommt es mir so vor, als ob sie diesen blödsinnigen Bockmist treibt, um mich zu ärgern.

Aber nun, da die Sache erledigt war, wollte Irma nicht mehr an ihre Mutter denken, stattdessen dachte sie wie unter Zwang an Max Busch und an die Urteilsverkündung. Sie war die Einzige, die diesen Fall noch nicht für sich abgeschlossen hatte. Ihr ließ es keine Ruhe, dass Claire Ranberg nicht befragt werden konnte. Irma klammerte sich an den Gedanken, Claire befände sich wohlbehalten in ihrem Elternhaus in Douz. Sie war überzeugt, wenn jemand Max Busch entlasten könne, dann nur Claire: Sie muss wissen, wie ihr Mann umgekommen ist, und sie muss wissen, ob Max Busch ihn vergiftet hat oder nicht. Wann immer Irma an den offiziell abgeschlossenen Fall dachte, beschlich sie das Gefühl, nicht alles getan zu haben, was in ihrer Macht gestanden hätte. Es waren mittlerweile nur noch drei Tage bis zum Gerichtstermin, den Busch unweigerlich mit einer lebenslänglichen Haftstrafe verlassen würde, als sich Irma gegen jede Vernunft entschloss, auf eigene Faust nach Tunesien zu fliegen. Sie buchte einen Last-Minute-Flug, der am Samstagmorgen auf der Insel Djerba landete.

Am frühen Nachmittag war Irma bereits im Hotel an einem Touristenstrand. Ein Taxi oder einen Leihwagen für die lange Strecke nach Douz konnte sie sich nicht leisten. Sie reservierte sich einen Platz in einem Bus, mit dem am nächsten Morgen eine Reisegruppe zum Tor zur Sahara starten würde. Bis dahin musste sie im Hotel ausharren. Sie fühlte sich fehl am Platz zwischen den Schickimickigästen. Schließlich raffte sie sich zu einem langen Strandspaziergang auf, barfuß auf Sand oder im flachen Meerwasser, die Sonne auf Gesicht und Armen. Ein leichter Wind spielte mit ihren Haaren. Duft nach Meer und Salz. Das Rauschen der Brandung und Möwenschreie. Fast hätte sie den eigentlichen Grund, aus dem sie hier war, vergessen. Doch nun, da sie zur Ruhe gekommen war, beschlichen sie quälende Zweifel am Sinn ihrer Mission.

Als sie aber am nächsten Morgen in den Bus stieg, waren diese Bedenken vergessen. Ihr Ärger über die Aufenthalte bei landestypischen Sehenswürdigkeiten verflog, als sie Matmata erreichten. Irma erlag der Faszination dieser Mondlandschaft. Während sie die unterirdischen Wohnungen besichtigte, die von einem Hof in die Tiefe eines Erdtrichters abgingen, spintisierte sie herum: Max Busch hätte mit dem Jeep aus Zaafrane fliehen und sich hier in einer der verlassenen Höhlenwohnungen einnisten können. Sie stellte sich ihn als Einheimischen verkleidet vor: mit langem Beduinengewand, Turban und Araberbart. Mit den 2000 Euro aus Claires Handtasche hätte er hier unbehelligt lange Zeit leben können. Wahrscheinlich wäre die Sprache ein Problem gewesen, aber da hätte er sich eben taubstumm stellen müssen ... Du meine Güte, dachte sie, es ist die Hitze, durch die ich auf so verrückte Ideen komme. Sie drehte ihren Pferdeschwanz, unter dem ihr Nacken vom Schweiß feucht wurde, zusammen und steckte ihn mit Haarklemmen am Hinterkopf fest.

Bei der Mittagspause in einem Höhlenhotel wurde Irma ungeduldig. Die gutgelaunten Touristen, für die der Wirt unentwegt Bierkästen anschleppen musste, genossen den Aufenthalt in dem kühlen Gewölbe und hatten kein Verlangen, mit dem schlecht klimatisierten Bus weiter durch 40 Grad Hitze zu fahren. Als es endlich weiterging, fielen Irma beim Anblick der eintönigen Steppenlandschaft die Augen zu. Sie erwachte erst kurz vor Douz und nahm ein Taxi zum Haus der Ben Salems.

Sie wurde von Claires Bruder Tahar freundlich, aber distanziert empfangen. Er sprach fließend Deutsch, und sie konnte ihm ihr Anliegen genau erklären. Er sagte, es gäbe einen Brief von Claire, der wahrscheinlich helfen könne. Aber den Brief habe sein Vater, der sich zurzeit mit dem Rest der Familie in seinem Landhaus auf Djerba aufhalte.

Als Irma leise und verzagt sagte: »Djerba? Da komme ich doch gerade her«, rief Tahar seinen Vater an.

Nach einem längeren Gespräch, das auf Tunesisch geführt wurde, sagte Tahar: »Er will Sie sehen und mit Ihnen sprechen.«

»Und wie soll ich zurück nach Djerba kommen?«, fragte sie kleinlaut.

»Ich fahre Sie hin.«

Gegen Mitternacht kamen sie im Landhaus des Ben Salem an. Nachdem Claires Vater, ein attraktiver Mann um die 60, Irma den Brief zu lesen gegeben hatte, war sie dem Weinen nahe. »Zu spät«, sagte sie. »Morgen wird Max Busch verurteilt.«

»Wir schicken den Brief als Fax an Ihren Kriminalkommissario«, sagte Ben Salem. »Vielleicht kann er ihn rechtzeitig dem Gericht übergeben und die Verhandlung anhalten. Und wir, junge Kommissarin, fliegen morgen gemeinsam nach Stuttgart, und ich bringe dem Gericht den Originalbrief.«

Schmoll traute seinen Augen nicht, als er am Montag früh das Fax im Büro fand. Unter Claires Brief stand eine Notiz Irmas: *Komme morgen (Dienstag) spätestens um 8 Uhr mit Ahmed Ben Salem ins Präsidium. Bitte versuchen Sie, die heutige Verhandlung zu stoppen.*

Schmoll ließ alles stehen und liegen und fuhr zum Landgericht. Diesmal hatte er Grund zum Fluchen: zäher Berufsverkehr, eine Baustelle am Hauptbahnhof und ein Auffahrunfall am Charlottenplatz. Da half auch das Blaulicht, das er auf sein Autodach drückte, wenig.

Im Schwurgerichtsaal des Landgerichts Stuttgart war jeder Platz besetzt. Max Busch saß mit bewegungsloser Miene auf der Anklagebank. Die seitenlange Urteilsbegründung wurde verlesen. Auf die Frage, ob der Angeklagte noch etwas sagen wolle, schüttelte Max Busch den Kopf.

Doch bevor der Richter das Urteil fällen konnte, stürzte atemlos ein Mann in den Saal. Da es sich um Kriminalhauptkommissar Schmoll handelte, der die Ermittlungen in dem Fall geleitet hatte, wurde er nicht gehindert, zum Richter zu treten und ihm ein Schreiben zu überreichen. Der Richter las. Las noch einmal und hob den Kopf. »Die Verhandlung ist geschlossen und wird morgen fortgesetzt.«

Gemurmel. Stühlerücken. Das Richterpodium leerte sich. Die Zuschauer verließen enttäuscht murrend den Saal. Außer Schmoll und dem Richter wusste niemand, weswegen die Verhandlung unterbrochen worden war. Am Nachmittag fand eine Beratung mit der Staatsanwaltschaft statt.

Max Busch sitzt wieder in seiner Zelle in der Justizvollzugsanstalt Stammheim und starrt wie seit vier Monaten gegen das vergitterte Fenster, hinter dem es inzwischen Nacht geworden ist. Die Nacht, die keine ist, weil sie in regelmäßigen Abständen von Scheinwerfern zerschnitten wird. Max wartet auf seinen nächsten Gerichtstermin. Auf die Urteilsverkündung, die, warum auch immer, verschoben worden ist. Er hat nichts mehr zu hoffen. Ihm graut vor weiteren Verhören und öffentlichen Verhandlungen. Er will keine neuen Zeugen mehr sehen. Will endlich seine Ruhe haben. Hat sich bereits mit allem abgefunden.

Epilog

Am nächsten Tag, an dem kurzfristig neu angesetzten Gerichtstermin, ist Max deprimiert und erschöpft, weil er die ganze Nacht über den Anfang dieses Endes nachgedacht hat.

Kurz nachdem die Richter, Staatsanwälte und Schöffen ihre Plätze eingenommen haben, tritt Kriminalhauptkommissar Schmoll mit Irma Eichhorn zur Tür herein. Ein Raunen geht durch den Saal und alle Blicke richten sich auf den hochgewachsenen Mann, der hinter ihnen geht. Die Frauen im Publikum reißen die Augen auf und seufzen, denn der Fremde sieht aus wie Doktor Schiwago. Aber dieser Mann ist nicht Omar Sharif, es ist Ahmed Ben Salem, Claires Vater.

Der Richter hält die Formalitäten kurz und fragt Ben Salem, ob ihm klar sei, dass es sich bei dem jetzt erst vorgelegten Brief um Zurückhaltung von Beweismaterial handle. Dass er wahrscheinlich mit einer größeren Strafsumme rechnen müsse.

Ben Salem lächelt und sagt: »Geld – kein Problem!«

»Dieser Brief«, sagt der Richter, »ist schon am 23. Mai geschrieben worden und vermutlich einen Tag später in Ihre Hände gelangt. Warum haben Sie ihn bis jetzt zurückgehalten?«

Ahmed Ben Salem, der einen Dolmetscher abgelehnt hat, sagt in gebrochenem Deutsch: »Ich nicht wissen, dass Max Busch den Mord an Rolf Ranberg hat gestanden. Erst gestern von Mademoiselle Kommissarin erfahren. – Ich den Brief nicht öffentlich gemacht, weil nicht geglaubt, was darin steht. Und ich auch nicht glauben, dass Claire tot sein. Ich warten und warten, dass Claire wiederkommen. Einzige Tochter, ich sehr geliebt.« Er ringt um Fassung, bevor er weitersprechen kann: »Erst seit drei Tagen ich weiß, Claire ist tot. Nomadenfamilie sie in der Wüste gefunden. Claire unter Sand verweht war. Nomaden bringen mir tote Tochter.«

Niemand achtet auf Max, der in sich zusammenfällt und seine gefesselten Hände an die Stirn presst. Der aufspringen möchte und rufen: Das stimmt nicht! Sie lebt!

Ben Salem fährt fort: »Ich bitte Richter, den Brief zu verlesen. Ich nicht kann. Ich dabei muss weinen.«

Im Saal herrscht geballte, knisternde Spannung wie vor einem Gewitter. Der vorsitzende Richter erhebt sich: »Durch eine unerwartete Wendung in der Beweislage gegen Max Busch sind die Richter übereinstimmend mit der Staatsanwaltschaft zu einem neuen Urteil gekommen. Anstelle der Begründung werde ich einen Brief vorlesen, den Claire Ranberg am 23. Mai, also am Tag, bevor Max Busch verhaftet worden ist, an ihren Vater geschickt hat. Die Schrift ist von einem Graphologen geprüft worden. Es steht zweifelsfrei fest, dass ihn Claire Ranberg geschrieben hat.«

Der Richter setzt die Brille auf und beginnt, den Brief vorzulesen:

Douz, 23. Mai

Ich bekenne, meinen Ehemann Rolf am späten Abend des 17. Mai vorsätzlich vergiftet zu haben. Die Flasche mit dem E 605 habe ich aus dem Giftschrank der Gärtnerei Busch gestohlen. Ich habe Rolf umgebracht, weil er seinen Bullterrier auf mein wehrloses Kind gehetzt hat. Rolf vergrub das zerfleischte Kind im Garten. Nachbarn und Freunden sagte er, Melanie sei in einem Pflegeheim. Niemand hat daran gezweifelt. Wen kümmert schon ein behindertes Kind?

Ich bereue nichts und werde mich nicht der Justiz stellen. Ich habe beschlossen, mich selbst zu richten. Bevor ich morgen dieses Vorhaben in die Tat umsetzen werde, habe ich mir in den vergangenen sieben Tagen einen letzten Wunsch erfüllt. Ich bin noch einmal durch das Land gereist, in dem ich geboren bin und das mir in der Kindheit Heimat gewesen ist. Den Mut zu dieser Reise habe ich nur aufgebracht, weil Max

Busch bereit war, mich zu begleiten. Er wusste nicht, dass Rolf tot in unserem Haus lag. Davon hat er erst in Tozeur durch eine Fernsehsendung erfahren. Danach habe ich ihm erzählt, dass ich Rolf vergiftet habe und weshalb ich es tun musste. Dass Max mich danach weiter auf meiner Reise begleitet hat, dafür danke ich ihm von ganzem Herzen.

Falls Max Busch durch Rolfs Tod und mein Verschwinden in Schwierigkeiten geraten sollte, schwöre ich bei Gott, dass er unschuldig ist.

Claire Ranberg, geb. Ben Salem

Wäre die berühmte Stecknadel zu Boden gefallen, man hätte sie gehört. Max empfindet diese Stille wie einen stummen Schrei. Er sitzt in der Haltung einer Ramsesstatue: Mit geradem Rücken, erhobenem Kopf und undurchdringlicher Miene. Er hört die Stimme des Richters wie aus weiter Ferne: »Im Namen des Volkes ergeht folgendes Urteil: Der Angeklagte Max Busch wird freigesprochen.«

Wie nach einem Konzert, wenn der letzte Ton eines ergreifenden Musikstückes verklungen ist, bleiben alle stumm und bewegungslos sitzen.

Erst als Luzie aufsteht und hinausgeht, folgen auch die anderen. Ahmed Ben Salem kommt auf Max zu und reicht ihm die Hand.

Schmoll und Irma sehen aus, als ob sie auch gerade freigesprochen worden sind. Schmoll legt etwas unbeholfen seinen Arm um die Schultern seiner jungen Kollegin. »Geht das kluge Eichhörnchen mit dem alten Schmoll ein Viertele trinken? Es wird Zeit, dass wir uns duzen. Was halten Sie davon?«

»Okay«, sagt Irma. »Kannst mich aber lieber auf ein Bier einladen. In meiner Kehle sitzt noch Wüstensand.«

In der Eingangshalle wartet Luzie auf Max. Sie sagt: »Lass uns heimgehen.« Gemeinsam verlassen sie das Landgericht. Draußen auf der Olgastraße steht Tobias, neben ihm die alte

Frau Ranberg. Tobias fliegt Max um den Hals. Frau Ranberg drückt Max die Hand, lange, schluchzt auf und geht.

Luzie und Max sitzen im Auto. Tobias summt auf dem Rücksitz vor sich hin.

»Weiß es Tobias? Ich meine, dass ich nicht sein Vater bin?«, fragt Max leise.

»Er weiß es und hat kein Problem damit. Er wünscht sich nur, dass du zu ihm zurückkommst. Er war sehr unglücklich, weil du nicht da warst. Tobias hat nie geglaubt, dass du Rolf umgebracht hast. Ich auch nicht.«

Max kommt von einer langen Reise zurück, die viel weiter gewesen ist als die Fahrt mit Claire durch Tunesien.

»Danke«, sagt er. »Danke, Luzie.«

Sie lächelt ihn an, zeigt ihre Grübchen und sagt: »Morgen musst du die Birnen ernten.«

Ein Ulm-Krimi

In Ihrer Buchhandlung

Manfred Eichhorn

Die Maske der Moretta

Ein Ulm-Krimi

Es ist Februar, Fasnetszeit. Doch der Faschingslaune in Ulm wird ein Riegel vorgeschoben. Denn was sich im ersten Moment wie ein schlechter Witz anhört, wird grausame Wirklichkeit: Das Faschingsprinzenpaar der Großen Ulmer Karnevalsgesellschaft ist ermordet worden. Klaus Lott leitet die Soko und bald schon wird er mit einem weiteren »Fasnetsmord« konfrontiert. Das Opfer ist der »GaugaMa«, Symbolfigur einer Söflinger Fasnetsgruppe. Lott ermittelt an allen Fronten. Und muss sich, als Faschingsmuffel, selbst unter die ungeliebten Narren mischen, ehe am Rosenmontag die Masken fallen.

280 Seiten.
ISBN 978-3-87407-881-8

Silberburg·Verlag

www.silberburg.de

Ein Tübingen-Krimi

In Ihrer Buchhandlung

Michael Wanner

Madonnenmord

Ein Tübingen-Krimi

Im beschaulichen Ammertal, westlich von Tübingen, treibt ein Einbrecher sein Unwesen. Als Hanna Kirschbaum, Professorin für Sprachwissenschaft an der Tübinger Universität, eines Abends nach Hause kommt, hat der Täter offenbar wieder zugeschlagen. Der Einbruch passt nahtlos in die Serie – mit einem Unterschied: Dieses Mal wurde das Opfer, Hannas Nachbarin, ermordet. Plötzlich tauchen überall Verdächtige auf, die die alte Frau Häußler lieber tot als lebendig gesehen hätten. Und im Ammertal-Dorf Reusten geht das Gerücht um, die ansonsten so sittenstrenge Katholikin habe doch weit weniger fromm gelebt als sie vorgab …

272 Seiten.
ISBN 978-3-87407-853-5

www.silberburg.de

Ein Rems-Murr-Krimi

In Ihrer Buchhandlung

Jürgen Seibold
Endlich fit
Ein Rems-Murr-Krimi

Ist Sport doch Mord? Kommissar Klaus Schneider jedenfalls versucht vergeblich, sich im Fitnessstudio überzählige Pfunde abzutrainieren – und der Unternehmer Henning Horlacher setzt in einer Villa am Backnanger Bahnhof mit seinem Rennrad zu einem tödlichen Flug durch den Nachthimmel an. Schnell ist klar: Horlachers Dahinscheiden war kein Unfall. Wer aber steckt hinter seinem Tod? Wieder einmal ein kniffliger Fall für Schneider, Ernst und ihre Kollegen von der Polizeidirektion Waiblingen – denn Horlachers Tod kommt vielen gerade recht...

272 Seiten.
ISBN 978-3-87407-986-0

Silberburg-Verlag

www.silberburg.de

Ein Neckar-Krimi

In Ihrer Buchhandlung

Jürgen Seibold

Schwer verdaulich

Ein Neckar-Krimi

Bestattungsunternehmer Gottfried Froelich aus Weil der Stadt ist mit Freundin Inge in ein schönes Haus in der malerischen Innenstadt Besigheims gezogen. Die beiden haben schnell Zugang zur rührigen Genießerszene der Stadt am Neckar gefunden. Mit ihren neuen Freunden nehmen sie an einem Höhepunkt der Gourmetsaison teil: dem »schwimmenden Büffet«, das mit handverlesenen Feinschmeckern zwischen Plochingen und Besigheim über den Neckar schippert. Mit feinen Speisen und Getränken, gewürzt mit den üblichen Verbandsreden und mit vielfältigen Intrigen – und schließlich auch mit einer Leiche …

288 Seiten.
ISBN 978-3-87407-992-1

www.silberburg.de

Ein Gäu-Krimi

In Ihrer Buchhandlung

Jürgen Seibold

Unsanft entschlafen

Ein Gäu-Krimi

In Weil der Stadt stirbt eine alte Dame im Seniorenheim Abendruh und alles geht dort seinen gewohnten Gang. Bis der Bestatter Froelich einen schrecklichen Verdacht schöpft: War die 79-jährige Agathe Weinmann womöglich das Opfer eines Mordes? Froelich steht zunächst ganz allein mit seinem Verdacht, die Beweise fehlen und keiner glaubt ihm. Ausgerechnet die unverhoffte Einladung zu einem Kochkurs bei den örtlichen Landfrauen bringt den passionierten Hobbykoch auf die entscheidende Spur …

Ein undurchsichtiger Kriminalfall im idyllischen Heckengäu.

288 Seiten.
ISBN 978-3-87407-829-0

Silberburg-Verlag

www.silberburg.de

Ein Taubertal-Krimi

In Ihrer Buchhandlung

Wolfgang Stahnke

Der schwarze Fluss

Ein Taubertal-Krimi

Dr. Markus Ulshöfer, ein angesehener Facharzt aus Bad Mergentheim, ist verschwunden. Tage später wird er im Wald gefunden – von einem morschen Hochsitz gestürzt und überdies mit seiner eigenen Flinte erschossen. Ein Jagdunfall? Hans-Ulrich Faber ist skeptisch. Der Lokalredakteur der Tauber-Post und seine junge Kollegin Sylke Hebenstreit sind rasch vor Ort …

Ein abgründiger Psycho-Krimi vor der idyllischen Kulisse des Taubertals.

320 Seiten. ISBN 978-3-87407-801-6

Silberburg-Verlag

www.silberburg.de

Ein Tübingen-Krimi

In Ihrer Buchhandlung

Ulrike Mundorff

Efeuschlinge

Ein Tübingen-Krimi

Holger Krause, Student der Altorientalistik und freier Journalist beim Schwäbischen Tagblatt, ist tot. Seine Leiche lag kunstvoll – wie ein rituelles Opfer – drapiert in der Nähe eines beliebten Wanderparkplatzes im Schönbuch. Dieser Mord und der mysteriöse Tod mehrerer Schafe in der Umgegend: die taffen Kommissarinnen Birgit Wahl und Carolynn Baumann stehen vor mehreren Rätseln zugleich. Den Ausschlag zur Lösung des Falles gibt letztlich Birgits abgebrochenes Biologiestudium ...

208 Seiten. ISBN 978-3-87407-830-6

www.silberburg.de

Ein Stuttgart-Krimi

In Ihrer Buchhandlung

Birgit Hummler

Stahlbeton

Ein Stuttgart-Krimi

Hauptkommissar Andreas Bialas steht vor einem Rätsel: Am Feuerbacher Tunnel in Stuttgart wurde ein Toter gefunden. Doch wer ist er? Und wer ist der anonyme Anrufer, der die Polizei auf den Leichnam hingewiesen hat? Nur eines ist sicher: Der Tote starb an Tuberkulose. Einen Monat später finden Bauarbeiter auf der Großbaustelle der Fildermesse die Leiche eines Mannes zwischen den Schalbrettern für eine Stützmauer. Schnell wird klar, dass es sich bei dem Toten, der für immer unter Beton verschwinden sollte, um den anonymen Anrufer im Feuerbacher Fall handelt. Die Ermittlungen führen Bialas und sein Team in die Welt der Bauwirtschaft …

464 Seiten.
ISBN 978-3-87407-988-4

www.silberburg.de

Ein Baden-Württemberg-Krimi

In Ihrer Buchhandlung

Thomas Hoeth

Erblast

Ein Baden-Württemberg-Krimi

Völlig überraschend meldet sich Annette Delius, die Frau eines Pharmaindustriellen, bei Amon Trester. Ihre Eltern sind bei einem Autounfall ums Leben gekommen. Doch der Mann, der mit ihrer Mutter verunglückt ist, kann gar nicht ihr Vater gewesen sein. Tresters Nachforschungen führen ihn zurück zu einer Nacht vor fast 40 Jahren und zu den vier Menschen, die sie zusammen erlebt haben. Aber nur drei haben diese Nacht überlebt …
Der zweite Fall des Stuttgarter Privatdetektivs Amon Trester: Ein Krimi voll psychologischer und politischer Abgründe vom preisgekrönten Autor Thomas Hoeth.

224 Seiten.
ISBN 978-3-87407-991-4

Silberburg·Verlag

www.silberburg.de

Ein Baden-Württemberg-Krimi

In Ihrer Buchhandlung

Dietrich Weichhold
Börsenfeuer
Ein Baden-Württemberg-Krimi

Als ein Finanzberater bei Tempo 100 von der Schwarzwaldhochstraße abgedrängt wird, versucht er den Unfall auf einen Fahrfehler zu schieben. Hauptkommissar Kupfer kommt jedoch schnell dahinter, dass dieser Fall mit zwei Morden in Baden-Baden und im Herrenberger Hallenbad zusammenhängt: Alle Opfer waren in derselben Anlageberatung tätig. Unterstützt vom LKA und einem Jugendfreund kommt Kupfer einem gigantischen Betrugssystem und dem Motiv für die Verbrechen auf die Spur.
300 Seiten.
ISBN 978-3-87407-880-1

www.silberburg.de

Ein Stuttgart-Krimi

In Ihrer Buchhandlung

Sigrid Ramge

Cannstatter Zuckerle

Ein Stuttgart-Krimi

Ein Stuttgarter Zahnarzt stürzt vom Riesling-Steg in den Tod, und zwar unfreiwillig. Die Kommissarin Irma Eichhorn muss deshalb ihre geplante Traumreise nach Ägypten verschieben. Als die Nachforschungen ins Stocken geraten, gibt Schmoll seiner Kollegin Eichhorn doch noch grünes Licht für ihre Reise. Aber so richtig erholen kann sich die Polizistin auf der achttägigen Nilkreuzfahrt nicht: Alle naselang tauchen skurrile Mitreisende auf und im Heiligen See der Tempelanlage von Karnak lauert das Grauen …

224 Seiten.
ISBN 978-3-87407-990-7

Silberburg-Verlag

www.silberburg.de